KB183133

앨리스의 모든 것

앨리스의 모든 것

♥

그녀 앨리스 소설 ✠ 김세정 옮김

아작

⊕ 차례

"불가능한 일은 거의 없다."

— 스티브 윌리엄스, 인더스트리얼 라이트 앤 매직
(Industrial Light & Magic, ILM)[*]

"그 여자애는 재능이 있어 보이는데,
남자애는 할 줄 아는 게 없다."

— 프레드 아스테어에 대한 보드빌^{**} 공연 예약 기록

* 조지 루카스 감독에 의해 1975년 설립된 특수 효과 및 시각 효과 스튜디오
** 1890년대 중반부터 1930년대 초까지 미국에서 유행했던 버라이어티 쇼

#1 ——— 객석의 불이 꺼지다

타이틀이 오르기 전

오늘 밤 또다시 앨리스를 보았다. 굳이 앨리스를 찾고 있던 것도 아니었다. 스필버그 감독의 초기 실사 영화인 〈인디아나 존스와 마궁의 사원〉에서였다. 총격 게임과 VR 체험 놀이의 중간쯤 되는 그 영화에서 탭 슈즈를 보게 될 거라고는 상상도 못 했다. 게다가 제작 시기도 너무 늦었다. 마이클 케인을 닮은 그 교수가 웅변적으로 설명했던 바와 같이, 뮤지컬 부흥의 시발이 된 해는 1965년이었다.

〈인디아나 존스와 마궁의 사원〉은 컴퓨터 그래픽 혁명 초창기인 1984년에 제작된 영화로, 몇몇 신에서 CG가 사용되었다. 디지털로 된 밀교도 암살단원들이 절벽 아래로 내던져졌고, 어설프게 제작된 심장 모형이 덩어리째 뜯겨 나왔다. 내가 찾던 포드사의 트라이모터 비행기도 등장하는데, 그 비행기를 찾아 영

9

화를 뒤지다 앨리스를 발견하게 된 거다.

나는 중요한 공항 작별 신을 위해 트라이모터 비행기가 필요했고, 그래서 모르는 게 없는 헤다에게 접속했었다. 헤다는 스필버그 감독의 실사 영화 중 한 편에 포드의 트라이모터가 등장하는데 아마도 인디아나 존스 2편일 거라고 했다. "영화 끝부분에 나와."

"얼마나 뒤쪽인데?"

"끝에서 50프레임쯤. 아니면 3편에 나올지도 몰라. 아니, 3편에 나오는 건 비행선이니 2편이 맞아. 리메이크 작업은 잘 돼가, 톰?"

'거의 다 끝났어. 애스[1]도 3년 전에 끊었고.' 나는 마음속으로 대답했다.

"중요한 작별 신에서 막혔어. 그래서 그 비행기가 필요해." 내가 말했다. "자, 이제 알고 있는 것 좀 풀어내봐, 헤다. 뭐 따끈따끈한 가십거리 없어? 이달 안에 ILMGM 스튜디오를 인수하게 될 회사는 어디래?"

"폭스-미츠비시." 헤다가 재깍 대답했다. "메이어는 정신이 반쯤 나가서 아주 난리도 아니야. 그리고 소문에 의하면 유니버설 스튜디오 최고 임원 중 한 명이 곧 잘릴 거래. 애스를 남용했다나."

"너는 어때? 애스는 이제 완전히 끊은 거야? 여전히 어시스턴트 프로듀서로 일하고?"

"여전히 〈워킹 걸〉에서 멜라니 그리피스가 맡은 역할을 하고

---

1 중독성 물질(AS, addictive substance)

있어."[2] 헤다가 대답했다. "그런데 비행기가 꼭 컬러여야 하나?"

"아니. 나한테 컬러화 프로그램이 있어. 왜?"

"〈카사블랑카〉에 트라이모터가 나오는 것 같아서."

"아니. 〈카사블랑카〉에 나오는 건 록히드사의 쌍발 엔진 비행기야."

헤다가 말했다. "톰, 지난주에 스톡 숏[3]을 찍으러 중국에 가는 세트 디렉터랑 이야기할 기회가 있었는데…."

나는 헤다가 무슨 말을 꺼내려는지 알고 있었다. 그래서 헤다가 말을 잇기 전에 접속을 종료했다. "그럼 난 스필버그 영화를 확인하러 가볼게. 고마워."

포드사의 트라이모터는 영화 끝부분에도, 이제껏 내가 본 매트[4] 중 최악의 매트가 사용된 중간 부분에도 나오지 않았다. 아예 처음부터 새로 만드는 편이 낫겠다고 생각하며 초당 48프레임으로 거꾸로 돌려보다가, 영화 시작 부분에 이르러서야 그 비행기를 발견했다. 꽤 쓸 만했다. 문과 조종석을 클로즈업한 장면들이 있었고, 이륙 신을 보여주는 근사한 미디엄 숏[5]도 있었다. 나는 프로펠러를 클로즈업한 장면이 있는지 보려고 몇 프레임을

2 〈워킹 걸〉(1988)에서 멜라니 그리피스는 순종적으로 열심히 일하는 비서 역을 맡았다.

3 다른 영화에 사용하기 위해 보관용으로 촬영하는 숏

4 실제로는 촬영하지 못한 장소를 배경으로 사용하기 위해 그린 그림

5 롱 숏과 클로즈업 숏의 중간 정도로, 피사체의 중간부터 윗부분 또는 인물의 허리 바로 아래부터 상체를 화면에 담는 것

더 거슬러 올라갔고, 혹시 맨 앞부분에 뭔가 있을지도 모른다는 생각에 "프레임 1-001"이라고 컴퓨터에게 명령했다.

파라마운트 스튜디오의 오랜 로고인 산을 스필버그 특유의 스타일로 변형한 오프닝 시퀀스가 시작됐다. 사람 크기의 은색 징이었다. 큐 뮤직. 붉은 안개. 오프닝 크레딧. 그리고 뒤이어 등장한 코러스 라인에 은색 반짝이 장식과 턱시도 라펠이 달린 레오타드[6]를 입고 은색 탭 슈즈를 신은 앨리스가 있었다. 30년대식으로 화장을 해, 입술은 빨갛고 눈썹은 진 할로우처럼 가늘었으며 머리는 백금색이었다.

예상치 못했던 일이었다. 〈코러스 라인〉부터 〈자유의 댄스〉까지 80년대 영화를 샅샅이 다 뒤졌지만, 어디에서도 앨리스의 흔적은 찾지 못했었기 때문이다.

나는 "정지!" 하고 외친 뒤 화면 오른쪽 절반의 해상도를 높였다. 그리고 정말 앨리스가 맞는지 확인하러 몸을 앞으로 내밀어 확대된 이미지를 뚫어져라 보았다. 하지만 나는 이미 확신에 차 있었다.

"전체 화면. 1배속으로 재생." 나는 그 넘버[7] 전체를 다시 보았다. 특별하달 건 없었다. 반짝이 장식된 톱 햇을 쓰고 리본 달린 탭 슈즈를 신은 금발 머리 여자들이 네 줄로 서서, 〈42번가〉에서

---

6 몸에 꼭 맞는 재질로 된 상의와 팬티 부분이 결합된 옷
7 뮤지컬에서 사용되는 노래나 음악. 넘버라고 부르게 된 건, 뮤지컬은 노래마다 제목을 붙이는 것이 무의미하기 때문에 '넘버 1', '넘버 2', '넘버 3' 식으로 대본상에 붙인 데서 유래했다.

베꼈을 게 뻔한 단순한 코러스 루틴[8]을 추고 있었다. 그럭저럭 볼만했다. 80년대에도 댄스 선생이 없긴 매한가지였나보다.

스텝은 단순했고, 대부분 트렌치[9]와 트래블링 스텝[10]이었다. 아마도 앨리스가 가장 먼저 시도한 스텝들이었으리라. 영화사 강의실에서 연습했을 때 앨리스가 할 수 있었던 게 딱 이만큼이었기 때문이다. 안무는 지나치게 버클리풍이었다. 넘버 끝부분에 이르자 카메라 앵글이 바뀌더니, 코러스 걸들이 턱시도 주머니에서 붉은 스카프를 꺼내는 장면을 패닝 숏[11]으로 보여주었다. 그리고 앨리스는 사라졌다. 앨리스의 디지털 매트는 그렇게 다양한 방식으로 바뀌는 숏들을 매치할 수 없다. 시도할 생각조차 안 했을 거다. 앨리스는 버스비 버클리풍 댄스를 견딜 수 없이 싫어했으니까.

"저건 댄스도 아니에요." 처음 내 방에 왔던 날 밤 〈여인네들〉의 만화경 넘버를 보며 앨리스가 했던 말이었다.

"버스비 버클리는 안무가로 유명하잖아요." 내가 말했었다.

"그건 그렇죠. 정말 말도 안 돼요. 온통 카메라 앵글이랑 무대 세트에만 의지했단 말이에요. 프레드 아스테어는 늘 자기가 춤

---

8   매번 같은 순서로 실시하는 스텝 패턴
9   다리를 번갈아 가며 뒤로 차는 동작
10 무대를 가로지르거나 다양한 방향으로 이동하며 스텝을 밟는 것. 공간을 극대화하는 동작이다.
11 파노라마 효과를 이끌어내는 촬영 기법으로 카메라를 수평 상태로 고정한 뒤 좌우로 움직여 촬영하는 장면

추는 장면을 전신 원 컨티뉴어스 테이크[12]로 촬영하라고 고집했다고요."

"10번 프레임." 나는 파라마운트산 로고가 박힌 징을 또 보고 싶지 않아 곧장 댄스 루틴으로 돌아갔다. "정지."

스크린 속 앨리스가 킥 동작 중간에서 그대로 멈췄다. 은색 탭 슈즈를 신은 발은 〈춤추는 대뉴욕〉에서 메도우빌에 사는 딜료프스카 부인이 가르쳐준 대로 쭉 뻗었고, 두 팔은 양옆으로 쫙 펼쳤다. 활짝 웃는 표정을 지어야 했지만, 앨리스는 웃지 않았다. 빨간색 립스틱을 바르고 눈썹을 가느다랗게 그린 앨리스의 얼굴은 주의를 기울여 집중하느라 진지한 표정이었다. 그 첫날 밤, 프리 스크린 속 진저 로저스와 프레드 아스테어를 보던 바로 그 표정이었다.

"정지." 나는 움직이지도 않은 이미지를 향해 한 번 더 그렇게 말한 뒤, 한참을 거기 그렇게 앉아 프레드 아스테어를 떠올리며 앨리스의 얼굴을 바라보았다. 수없이 많은 가발과 수없이 많은 메이크업 아래서 봐왔던 얼굴, 어디서든 알아보았을 바로 그 얼굴을.

---

12 One continuous take, 카메라가 중간에 멈추거나 전환되지 않고 모든 장면이 하나의 테이크로 촬영되는 긴 연속적인 촬영

#2 ———— 타이틀이 올라가다

오프닝 크레딧이 끝나고 화면이 디졸브되며
패닝 숏으로 촬영한 파티 신을 보여준다.

＊영화 클리셰 #14: 파티
일관성 없이 혼란스러운 기이한 대화들의 조각,
지나친 애스 복용, 온갖 터무니없는 기행

참조: 〈오명〉, 〈탐욕〉, 〈졸업〉, 〈위험한 청춘〉,
〈티파니에서 아침을〉, 〈댄스, 바보들, 댄스〉, 〈파티〉

앨리스는 프레드 아스테어가 사망한 해에 태어났다. 내가 앨리스를 처음 만났던 날 헤다가 해준 말이다. 일주일에 한 번 스튜디오들이 후원해 열리는 기숙사 파티에서였다. 표면상으로는 최신 CG 발명품을 선보이고 영화학교 졸업을 앞둔 해커들을 디지털화와 도제식 노력의 삶으로 끌어들이기 위해서였지만, 파티의 진짜 목적은 따로 있었다. 스튜디오 임원들은 기숙사 파티를 통해 코카인을 손에 넣고(코카인은 늘 궁하기 마련이다) 젊고 섹시한 여자들과 섹스를 했다. 흰 홀터 드레스 차림에 백금색 머리를 한 젊은 여자들은 차고 넘쳤다. 마약과 여자라면 할리우드가 최고다. 내가 파티를 멀리한 건 바로 그 때문이었다. 하지만 이번 파티는 ILMGM이 후원한 파티였고, 메이어도 꼭 참석하겠다고 약속을 했다.

나는 메이어가 시킨 합성 작업을 하고 있었다. 메이어의 상사가 스튜디오 임원인데 그 상사의 애인을 리버 피닉스가 출연하는 영화에 디지털로 삽입하는 작업이었다. 나는 메이어의 상사가 새 '페이스'를 찾기 전에 메이어에게 광디스크를 줘버리고 돈을 받고 싶었다. 그 상사가 애인을 자꾸 바꾸는 바람에 이미 합성 작업을 두 차례나 새로 해야 했고, 피드백 루프[13]를 우회해 입력하는 작업을 세 번이나 해야 했다. 그런데 이번에 새로 애인이 된 페이스가 리버 피닉스랑 같은 영화에 출연하고 싶다며 고집을 부린 거다. 그 말은 즉, 이제껏 개봉된 리버 피닉스 영화를 모조리 봐야 한다는 의미였다. 엄청나게 많았다. 리버 피닉스는 처음으로 저작권이 등록된 배우 중 한 명이었다. 나는 메이어의 상사가 파트너를 다시 바꾸기 전에 돈을 받고 싶었다. 돈이랑 약간의 애스도.

기숙사 라운지는 언제나처럼 파티에 참석한 사람들로 발 디딜 틈조차 없었다. 신입생들과 페이스들과 해커들과 그저 어슬렁거리는 사람들. 늘 보던 얼굴들이었다. 라운지 중앙에는 커다

---

13 시스템에서 출력을 다시 입력으로 돌려보내 시스템의 상태나 동작을 조정하는 과정

란 파이버옵틱[14] 프리 스크린이 있었다. 나는 새로 나온 리버 피닉스 영화만은 아니길 하늘에 빌며 스크린을 힐끗 올려다보았다가 춤을 추며 계단을 오르는 프레드 아스테어와 진저 로저스를 보고 깜짝 놀랐다. 프레드는 연미복을 입었고 진저는 플레어스커트의 치맛자락이 끝으로 갈수록 차츰 검은색으로 변하는 흰 드레스를 입었다. 파티 소음에 묻혀 음악 소리가 잘 들리진 않았지만 '콘티넨탈'에 맞춰 춤을 추는 듯했다.

메이어는 보이지 않았다. 프리 스크린 밑에는 ILMGM 야구 모자를 쓰고 턱수염을 기른(해커의 상징과도 같다) 남자 한 명이 리모컨을 들고 서서 CG 전공자 두 명에게 장황한 설명을 늘어놓고 있었다. 나는 사람들을 쓱 훑어보며 코카인을 얻을 만한 임원이나 아는 얼굴이 있는지 찾았다.

"반가워요." 페이스 한 명이 숨소리가 잔뜩 섞인 목소리로 내게 말을 걸었다. 백금색 머리에 흰 홀터 드레스를 입고 얼굴에는 애교점을 찍은 여자는 약에 취할 대로 취해 엉망진창이었고 두 눈에는 초점이 없었다.

"안녕하세요." 나는 여전히 사람들을 훑어보며 말했다. "누구로 가장한 거죠? 진 할로우?"

"진 할로우가 누구죠?" 여자가 되물었다. 애스 부작용 때문일 거라 믿고 싶었지만, 아닐 가능성이 컸다. 아, 할리우드, 누구나 영화에 출연하고 싶어 하지만 아무도 영화를 보지 않는 곳.

---

14 광섬유를 사용하여 데이터를 전송하는 통신 기술

"잔느 이글스?" 내가 물었다. "캐롤 롬바드? 킴 베이싱어?"

"아니요!" 여자가 정신을 차리려고 애를 쓰며 말했다. "마릴린 먼로예요. 혹시 스튜디오 임원이세요?"

"글쎄요. 코카인 가진 거 있어요?"

"아니요." 마릴린이 슬픈 목소리로 말했다. "다 써버렸어요."

"그래요? 난 스튜디오 임원이 아니에요." 내가 말했다. 멀리 계단 옆에 임원 한 명이 또 다른 마릴린과 이야기하는 게 보였다. 그 마릴린은 방금 나랑 이야기한 마릴린처럼 흰 홀터 드레스 차림이었다.

자신만의 고유한 개성과 얼굴을 팔 수 있는 페이스들이 왜 다른 사람처럼 보이려고 애쓰는지 나는 도무지 이해되지 않았다. 하지만 일리가 없진 않았다. 늘 속편과 모방작과 리메이크를 끔찍하게 사랑하는 할리우드에서 다른 이와 달라야 할 이유가 과연 있을까?

"그럼 영화에 출연하는 분이세요?" 나의 마릴린이 끈질기게 물었다.

"아무도 영화에 출연하지 않아요." 나는 그렇게 대답한 뒤 사람들을 뚫고 스튜디오 임원이 있는 계단 쪽을 향해 빠르게 움직였다.

그것은 갈대를 헤치며 '아프리카의 여왕'[15]을 끌고 가는 것보

---

15 험프리 보가트와 캐서린 헵번 주연의 영화 〈아프리카의 여왕〉(1951)에 등장하는 증기선의 이름

다 힘든 일이었다. 나는 콜롬비아-트라이스타사가 '웜바디'를 고용 중이라는 루머에 대해 이야기하는 한 무리의 페이스와, 데이터 헬멧을 쓰고 파티마다 떼를 지어 다니는 괴짜들 사이를 조심스레 헤집으며 계단을 향해 걸어갔다.

목소리가 들릴 만큼 다가간 뒤에야 그가 메이어가 아니라는 사실을 알았다. 스튜디오 임원들이나 마릴린들이나 형편없긴 매한가지였다. 죄다 똑같이 생겼고, 죄다 똑같은 대사를 읊어댔다.

"새 프로젝트를 함께할 페이스를 찾고 있는데…." 임원이 말했다. 그가 말하는 새 프로젝트란 (당연히) 리버 피닉스가 출연하는 〈백 투 더 퓨처〉의 리메이크판이었다. "재개봉하기에 완벽한 시기지." 임원이 고개를 숙여 마릴린의 홀터 탑을 내려다보며 말했다. "보고에 따르면 진짜로 하게 되는 데 이만큼 가까워졌다고 하더군." 그가 자기 엄지와 검지를 바짝 모으며 말했다.

"진짜로 하다니요?" 그 마릴린이 마릴린 먼로의 숨소리 섞인 목소리를 그럴싸하게 흉내 내며 말했다. 허리가 살짝 굵긴 해도 나랑 이야기했던 마릴린에 비하면 진짜 마릴린 먼로와 더 흡사했다. 하지만 예전과는 달리 페이스들은 허리 굵기 따위로 걱정하지 않았다. 몇 킬로그램쯤은 디지털 작업으로 더할 수도 뺄 수도 있었기 때문이다. "시간 여행 말인가요?"

"맞아, 시간 여행 이야기야. 하지만 들로리안[16]을 타고 하진 않을 거야. 스키드처럼 생긴 타임머신을 타고 할 거거든. 그래픽은

---

16 〈백 투 더 퓨처〉 시리즈에 등장하는 시간 여행 자동차

벌써 다 생각해뒀어. 이제 리버 피닉스의 상대역을 맡을 여자 배우만 찾으면 되지. 감독은 미셸 파이퍼나 라나 터너와 함께하고 싶어 하는데, 내가 무명 배우랑 해야 한다고 감독한테 말했어. 참신한 얼굴을 가진 특별한 사람 말이야. 영화에 출연하고 싶나?"

예전에도 들어본 대사다. 〈스테이지 도어〉. 1937년 작.

나는 힘겹게 사람들을 헤치고 파티로 돌아가 프리 스크린이 있는 곳으로 갔다. 야구모자를 쓰고 턱수염을 기른 아까 그 남자가 신입생 몇 명을 데리고 장광설을 풀고 있었다. "자네들이 원하는 어떤 숏이라도 처리할 수 있게 프로그램되어 있어. 돌리 숏[17], 분할 화면, 패닝 숏까지 뭐든 가능하지. 이 남자를 한번 클로즈업해볼까?" 야구모자가 리모컨으로 스크린을 가리켰다.

"프레드 아스테어. 저 남자 이름은 프레드 아스테어예요." 내가 말했다.

"'클로업' 버튼을 누르면…,"

활짝 웃는 프레드 아스테어의 얼굴이 스크린을 가득 채웠다.

"이게 바로 ILMGM의 새 편집 프로그램이야." 야구모자가 내게 말했다. "앵글을 고르고 숏을 연결하고, 필요한 부분을 잘라내주지. 작업할 수 있는 베이스 전신 숏만 있으면 돼. 이런 거." 남자가 리모컨 버튼 하나를 누르자 프레드와 진저의 전신 숏이 프레드의 얼굴을 대체했다. "전신 숏을 구하기가 여간 어려운 게 아니야. 충분한 분량의 전신 숏을 찾느라 흑백 영화까지 다 뒤져야

___

17 카메라 이동활차인 돌리(dolly) 위에 카메라를 신고 움직이면서 촬영한 장면

했다고. 그래도 열심히 찾는 중이야."

야구모자가 다른 버튼을 누르자 프레드의 입과 손이 차례대로 클로즈업되었다. "뭐든 원하는 편집 작업은 다 할 수 있어." 야구모자가 스크린을 보며 말했다. 다시 프레드의 얼굴이 클로즈업되고, 이어서 라펠에 꽂힌 흰 카네이션과 프레드의 손이 나타났다. "이건 베이스 숏을 가져다가 〈시민 케인〉의 오프닝 신에 나오는 숏 시퀀스를 이용해 편집한 거야."

진저의 미디엄 숏, 그리고 카네이션. 나는 어떤 게 '로즈버드'[18]일지가 궁금했다.

"다 프로그램화되어 있으니 자넨 손가락 하나 까딱할 필요 없어. 프로그램이 알아서 다 하니까." 야구모자가 말했다.

"메이어가 어디 있는지도 아나요?" 내가 물었다.

"메이어? 분명 여기 있었는데." 야구모자가 아리송하다는 표정으로 주위를 둘러보다가 프레드가 기교를 뽐내는 스크린으로 눈길을 다시 돌리며 말했다. "롱 숏[19], 항공 숏, 투 숏을 외삽할 수도 있지."

"어디 한번 메이어의 행방을 아는 사람도 외삽해보라고 하시죠." 나는 그렇게 말하고 그곳을 떠나 파티로 돌아갔다. 파티는 점점 더 많은 사람으로 북적였다. 움직일 공간이 있는 사람은 계단을 오르내리며 빙글빙글 도는 프레드와 진저뿐이었다.

---

18 〈시민 케인〉(1941)에서 주인공 케인이 죽는 순간 마지막으로 내뱉은 단어. 케인이 어린 시절 타던 썰매에 새겨진 이름으로 유년 시절의 행복과 순수를 상징한다.
19 피사체를 먼 거리에서 넓게 잡아주는 촬영 기법

라운지 한복판에서는 아까 봤던 그 임원이 아까 그 마릴린을 화려한 언변으로 꼬드기고 있었다. 아니, 다른 마릴린인가? 어쩌면 그가 메이어의 행방을 알고 있는지도 모른다. 나는 그를 향해 걸음을 옮기다가, 어깨끈이 없고 몸에 딱 달라붙는 분홍색 드레스를 입고 다이아몬드 팔찌를 찬 헤다를 발견했다. 〈신사는 금발을 좋아해〉.

헤다는 새로운 뉴스와 가십까지 모르는 게 없다. 메이어가 어디 있는지 아는 사람이 있다면 그건 분명 헤다일 거다. 나는 사람들을 헤치고 임원을 지나 헤다에게 갔다. 임원은 마릴린에게 시간 여행에 대해 설명하고 있었다. "스키드랑 똑같은 원리지. 카시미르 효과야." 그가 말했다. "스키드 벽면에 무작위로 분포된 전자들이 네거티브 물질 영역을 생성하고, 이로 인해 겹치는 구간이 생겨나는 거야."

그 남자는 임원으로 변신하기 전에 해커였을 게 틀림없었다.

"카시미르 효과로 인해 겹친 공간을 통해 스키드 역과 역 사이를 이동하는 게 가능한 거지. 하나의 시간선에서 평행한 다른 시간선으로 이동하는 것도 이론상으로 가능해. 그걸 설명해주는 광디스크가 나한테 있는데…," 남자의 손이 홀터 드레스를 입은 마릴린의 목을 쓸어내렸다. "당신 방으로 올라가서 함께 볼까?"

나는 거머리로 온몸이 뒤덮이지 않길 바라며 그와 몸이 닿지 않게 비켜 지나 헤다에게 다가갔다. "메이어 여기 있어?" 내가 물었다.

"아니." 헤다가 백금색 머리를 숙여 손바닥 안을 들여다보며 말했다. 분홍색 장갑을 낀 손 위에 각양각색의 큐브와 캡슐들이 있었다. "와서 잠깐 있다가 신입생 한 명이랑 떠났어. 그런데 파티가 막 시작됐을 때 디즈니에서 왔다는 남자 하나가 이런저런 걸 캐묻고 다니던데. 디즈니가 ILMGM을 인수 합병하려고 모색 중이라지 아마."

당장 돈을 받아내야 할 이유가 하나 더 생겼다. "메이어는 다시 온대?"

헤다가 여전히 약물들에 깊이 빠진 채로 고개를 저었다.

"그중에 코카인도 있어?" 내가 물었다.

"아마 이게 코카인일 거야." 헤다가 보라색과 흰색으로 된 캡슐 두 개를 건네주었다. "어떤 페이스한테 받았어. 뭐가 뭔지 그 남자가 말해주긴 했는데 기억이 안 나네. 그게 코카인인 게 확실해. 내가 몇 개 먹었으니까 금방 알게 되겠지."

"좋아." 나는 그 캡슐들을 지금 당장 먹고 싶었다. 메이어가 신입생 한 명을 데리고 떠났다는 건 또 누군가를 위해 뚜쟁이 질을 한다는 뜻이었고, 그것은 또 다른 합성 작업이 기다리고 있다는 의미이기도 했다. "메이어의 상사에 대해선 뭐 들은 이야기 없어? 새 애인이 아직도 만나준대?"

헤다는 즉각 흥미롭다는 표정을 지었다. "내가 알기로는 아직인데, 왜? 무슨 소문이라도 들었어?"

"아니." 만일 헤다가 못 들었다면, 아직 그런 일은 일어나지 않은 거다. 따라서 메이어가 신입생을 기숙사 방으로 데려갔다면 짧은 섹스를 즐기거나 플레이크 한두 줄을 후다닥 흡입하기 위해서일 거다. 그렇다면 난 정말로 돈을 받을 수 있을지도 모른다.

나는 흐느적거리며 곁을 지나는 어느 마릴린한테서 종이컵을 빼앗아 헤다가 준 캡슐들을 그 안에 넣었다.

"그럼, 헤다, 이번 주 칼럼에는 또 어떤 가십거리를 쓸 거야?" 시간 여행에 대해 떠들어대는 임원이나 야구모자랑 이야기하느니 헤다랑 이야기하는 편이 나았다.

"칼럼?" 헤다가 멍한 표정으로 나를 쳐다보았다. "왜 자꾸 날 헤다라고 불러? 그 여자가 영화배우라도 돼?"

"가십 칼럼니스트지."[20] 내가 말했다. "할리우드에서 일어나는 일이라면 모르는 게 없어. 너처럼. 자, 뭐 새로운 소식 없어?"

"비아마운트사에 자동 효과음 프로그램이 새로 생겼어." 헤다가 재깍 대답했다. "ILMGM은 프레드 아스테어와 숀 코너리에 대한 저작권 소송을 준비 중이고. 숀이 드디어 죽었잖아. 그리고 소문에 의하면 파인우드사는 새로 나올 〈배트맨〉 속편에 쓸 웜바디들을 고용 중이래. 그리고 워너는…." 헤다가 말을 하다 말고 인상을 쓰며 손바닥을 내려다보았다.

"왜 그래?"

"이거 코카인이 아닌가 봐. 느낌이 이상한 게…." 헤다가 손바닥을 응시했다. "노란색이 코카인이었나 봐." 그러고는 손가락으로 손바닥 안을 휘휘 뒤졌다. "이건 느낌이 아이스 같은데?"

---

[20] 헤다 호퍼는 배우이기도 했지만, 루엘라 파슨스와 함께 할리우드에서 당대 가장 유명한 가십 칼럼니스트였다.

"누가 줬어? 그 디즈니 남자가 줬어?" 내가 물었다.

"아니. 아는 남자였어. 페이스."

"어떻게 생겼는데?" 어리석은 질문이었다. 그곳에는 오직 두 부류의 남자만 존재했다. 제임스 딘 아니면 리버 피닉스. "아직 여기 있어?"

헤다가 고개를 저었다. "파티를 떠나는 길에 나한테 준 거야. 자기는 이제 필요 없다고. 그리고 이런 걸 중국에서 소지하고 있다가는 체포될걸."

"중국?"

"중국에는 실사 촬영 스튜디오가 있다고 했어. 그리고 체제 선전 영화들에 쓸 스턴트 배우랑 웜바디를 고용하는 중이래."

세상에서 가장 끔찍한 일은 메이어를 위해 하는 합성 작업이라고 생각했는데 아니었다.

"레드라인일지도 몰라." 헤다가 캡슐들을 쿡쿡 찔러보며 말했다. "아니길 바라. 레드라인을 먹고 난 다음 날엔 꼴이 아주 엉망이거든."

"마릴린 먼로처럼 보이진 않겠지." 나는 메이어를 찾아 파티장을 둘러보며 말했다. 메이어는 아직도 돌아오지 않았다. 한창 떠들던 시간 여행 임원은 마릴린 한 명을 데리고 슬금슬금 문을 향해 가고 있었다. 데이터 헬멧을 쓴 괴짜들은 키득키득 웃으며 허공에서 무언가를 붙잡고 있었는데, 지금 이 파티보다는 훨씬 재미있는 모양이었다. 프레드와 진저는 또 다른 편집 프로그램의 성능을 보여주는 중이었다. 진저의 모습을 담은 짧고 빠른

컷들, 무도회장의 커튼, 진저의 입, 커튼. 〈사이코〉의 샤워 신이
분명했다.

프로그램이 끝났다. 프레드가 쭉 뻗은 진저의 손을 향해 팔을
뻗은 뒤 진저를 빙그르르 돌려 품에 안자 드레스의 검은 치맛자
락이 활짝 펼쳐졌다. 그때 프리 스크린의 가장자리가 흐려지기
시작했다. 나는 계단 쪽을 보았다. 계단 또한 흐릿해 보였다.

"젠장, 이건 레드라인이 아니라 클리그야." 내가 말했다.

"정말?" 헤다가 캡슐에 코를 박고 킁킁대며 말했다.

'클리그가 확실해.' 구역질이 날 것 같았지만, 이제 와서 할 수
있는 게 없었다. 클리그를 복용하고 섬광 상태에 빠지는 건 메이
어처럼 비열한 인간과 미팅을 하는 데 전혀 도움이 안 됐다. 이
놈의 망할 클리그는 아무짝에도 쓸모가 없다. 강렬한 쾌감도, 환
청이나 환영도, 짜릿한 흥분감도 없다. 그저 시야가 흐려지다가
아주 짧은 순간 강렬하고 갑작스럽게, 현실을 기억 속에 각인시
킬 뿐이다. 잊을 수도, 지울 수도 없게, 영구적으로. "젠장." 나는
같은 말만 되풀이했다.

"이게 클리그면…," 헤다가 장갑을 낀 손가락으로 캡슐들을
휘저으며 말했다. "끝내주는 섹스는 할 수 있겠네."

"그건 클리그 없이도 할 수 있어." 내가 말했다. 하지만 나는
벌써 섹스할 상대를 찾아 파티장을 두리번거리고 있었다. 헤다
말이 맞았다. 잊지 못할 오르가슴을 경험하기엔 섹스 중의 섬광
만 한 게 없다. 진짜다. 나는 마릴린들을 훑어보았다. 그 임원처
럼 신입생에게 접근해 영화에 출연하고 싶냐고 물으며 꼬드길

수도 있겠지만 그게 얼마나 오래 걸릴지 알 수 없었다. 섬광이 오기까지 시간이 몇 분밖에 남지 않은 느낌이었다. 아까 나랑 대화했던 마릴린은 프리 스크린 옆쪽에서 스튜디오 임원이 떠벌리는 시간 여행 이야기를 듣고 있었다.

나는 출입문 쪽을 바라보았다. 출입구에 여자 한 명이 서 있었다. 여자는 마치 누군가를 찾는 사람처럼 머뭇거리며 파티장을 두리번거렸다. 뒤쪽 출입구는 어두웠지만 어디선가 빛이 들어오는지 양 갈래로 묶은 연한 갈색 곱슬머리가 역광을 받은 듯 밝게 빛났다.

"'세상의 하고많은 술집 중에서….'"[21] 내가 말했다.

"술이라니? 클리그라고 하지 않았어?" 헤다는 여전히 알약 더미에 코를 박고 킁킁거렸다.

페이스인 게 분명했다. 아니라고 하기엔 너무 예뻤다. 하지만 머리 색깔이 맞지 않았고 옷차림 또한 그랬다. 홀터넥도 흰색도 아니었다. 여자는 몸에 꼭 맞는 녹색 조끼가 달린 검은색 드레스를 입고, 짧은 녹색 장갑을 꼈다. 디나 더빈인가? 아니, 머리 색깔이 달랐다. 게다가 녹색 리본으로 머리를 묶었다. 셜리 템플?

"누구지?" 내가 중얼거렸다.

"누구 말이야?" 헤다가 장갑을 낀 손가락을 빨더니 다른 손 장갑 위의 알약 가루를 그 손가락으로 문질렀다.

---

21 〈카사블랑카〉(1942)에서 자기 술집에 온 잉그리드 버그만을 보고 험프리 보가트가 한 대사

"저기 저쪽에 있는 페이스." 내가 손가락으로 가리키며 말했다. 여자는 출입구를 벗어나 벽 쪽으로 갔지만, 머리카락은 여전히 빛나서 연한 갈색 머리카락 주위로 후광이 어린 듯 보였다.

헤다가 장갑에 묻은 가루를 빨아 먹으며 말했다. "아, 앨리스."

어떤 앨리스? 앨리스 페이? 아니다. 할리우드의 다른 모든 이처럼 앨리스 페이도 머리가 백금색이었고, 리본으로 묶은 적도 없었다. 〈이상한 나라의 앨리스〉에 출연했던 샬럿 헨리인가?

누굴 찾던 건진 몰라도(아마 흰 토끼겠지), 여자는 이제 찾기를 포기하고 프리 스크린을 쳐다보고 있었다. 스크린에서는 프레드와 진저가 손끝 하나도 닿지 않게 떨어져서 시선만을 고정한 채서로의 주위를 빙빙 돌며 춤을 추고 있었다.

"어떤 앨리스?" 내가 물었다.

헤다가 자기 손가락을 보며 눈살을 찌푸렸다. "응?"

"어떤 앨리스로 가장한 거냐고. 앨리스 페이? 앨리스 애덤스? 〈앨리스는 이제 여기 살지 않는다〉의 앨리스?"

여자는 시선을 여전히 스크린에 고정한 채 벽에서 떨어져 야구모자를 향해 움직였다. 야구모자는 새로운 청중을 맞을 흥분감에 앞으로 튀어 나가 또다시 장광설을 늘어놓기 시작했지만, 여자는 야구모자의 말에는 귀를 기울이지 않았다. 고개를 뒤로 젖히고 스크린을 올려다보며 프레드와 진저를 바라보는 여자의 머리카락이 파이버옵틱 피드에서 나오는 빛을 받아 밝게 빛났다.

"그 페이스가 알려준 거랑은 완전히 다르네…." 헤다가 다시 손가락을 빨아대며 말했다. "어쨌든 그게 저 애 이름이야."

"뭐?"

"앨리스. A-L-I-S. 앨리스. 신입생이야. 전공은 영화사고 일리노이에서 왔대."

이제 머리를 왜 리본으로 묶었는지는 설명됐지만, 그래도 옷차림은 이해되지 않았다. 앨리스 애덤스는 아니었다. 장갑은 1930년대 스타일이 아니라 50년대 스타일이었고[22], 얼굴도 캐서린 헵번으로 가장할 만큼 각이 지진 않았다. "도대체 누구로 가장한 거지?"

"어떤 게 아이스인지 모르겠어. 섬광에서 빨리 벗어나게 해주는데." 헤다가 다시 손가락으로 손바닥을 쿡쿡 찌르며 말했다. "앨리스는 영화 속에서 춤을 추고 싶대."

"헤다, 약을 너무 많이 한 거 아니야?" 내가 헤다가 들고 있는 알약들을 향해 손을 뻗으며 말했다.

헤다는 알약들을 뺏기지 않으려고 주먹을 꽉 쥐었다. "정말이야. 앨리스는 댄서라고."

나는 헤다를 빤히 보며 생각했다. '이름도 모르는 약들을 여태 얼마나 많이 먹은 거야?'

"앨리스는 프레드 아스테어가 사망한 해에 태어났어." 헤다가 꽉 쥔 주먹을 휘둘러가며 말했다. "파이버옵틱 피드에서 프레드를 보고는 영화 속에서 춤을 추러 할리우드로 오기로 결심했대."

"어떤 영화?" 내가 물었다.

---

22 캐서린 헵번이 주인공 앨리스 애덤스를 연기한 〈앨리스 애덤스〉는 1935년 작품

헤다는 어깨를 으쓱한 뒤 자기 손에 시선을 집중했다.

나는 다시 여자를 보았다. 여자는 여전히 진지한 얼굴로 스크린만 보고 있었다. "루비 킬러네." 내가 말했다.

"누구라고?" 헤다가 되물었다.

"〈42번가〉에서 스타가 되고 싶어 하는 그 젊고 당찬 댄서 있잖아." 댄서가 되기에는 대략 20년쯤 늦었지만, 이 바닥에 이제 막 발을 들여놓은 풋내기라면 누군가의 애인이 되기엔 딱 좋은 시기였고, 영화에 출연할 수 있다고 믿을 만큼 순진하다면 내 방으로 데려가는 일쯤이야 식은 죽 먹기일 터다.

그 임원처럼 시간 여행이 어떻게 가능한지 설명할 필요도 없다. 그는 검은 술이 달린 드레스를 입고 우쿨렐레를 든 마릴린에게 진지하게 이야기하고 있었다. 〈뜨거운 것이 좋아〉.

"이거 봐. 이 시간선에서는 당신이 나를 거절하지만, 다른 시간선에서는 우린 벌써 섹스를 했다고." 그가 몸을 앞으로 바짝 기울였다. "무수히 많은 평행우주가 존재하거든. 다른 시간선들에서 우리가 뭘 하고 있을지 누가 알겠어?"

"그 모든 시간선에서 제가 당신을 거절한다면요?" 마릴린이 말했다.

나는 드레스에 달린 검은 술에 몸이 닿지 않게 비켜 지나가며, 만일 그 루비 킬러랑 섹스할 수 없다면 이 마릴린이랑 할 수 있을지도 모른다고 생각했다. 그리고 사람들을 뚫고 프리 스크린을 향해 바삐 걸어갔다.

"하지 마!" 헤다가 큰 소리로 말했다.

파티장에 있는 사람 중 적어도 절반이 고개를 돌려 헤다를 보았다.

"뭘 하지 말라는 거지?" 내가 헤다에게 돌아가서 물었다. 헤다는 내 등 뒤에 있는 앨리스를 보고 있었다. 클리그가 자아내는 음울하고 약간 혼란스러운 표정으로.

"방금 섬광 겪은 거 맞지?" 내가 말했다. "내가 그거 클리그라고 했잖아. 나도 곧 똑같은 걸 겪겠군. 그럼 난 이만…."

헤다가 내 팔을 붙잡았다. "그러면 안 돼…." 헤다의 눈은 여전히 앨리스를 보고 있었다. "앨리스는 절대로 안 할…." 헤다가 걱정스럽다는 표정으로 나를 보았다. 〈황색 리본을 한 여자〉에서 존 웨인에게 조심하라고 당부하는 밀드레드 네트윅처럼.

"뭘 안 할 거라는 말이지? 나랑 섹스하는 거? 내기할래?"

"그 말이 아니야." 헤다가 정신을 차리려고 애쓰는 듯 고개를 흔들며 말했다. "너는…, 앨리스는 자기가 뭘 원하는지 알아."

"나도 내가 뭘 원하는지 알아. 너의 러시안 룰렛식 마약 처방 덕분에 잊지 못할 경험이 되겠군. 앞으로 10분 안에 루비 킬러를 내 방으로 데려갈 수만 있다면 말이야. 자, 더 이상의 반대 의사가 없다면…." 나는 빠른 걸음으로 헤다의 곁을 떠났다.

헤다는 내 소매를 붙잡으려는 듯 황급히 손을 뻗었다가 이내 떨구었다.

나는 네거티브 물질 영역에 대해 열변을 토하고 있는 임원을 피해 돌아서 스크린 쪽으로 갔다. 앨리스는 그곳에서 프레드의 얼굴을, 계단을, 진저의 검은 치맛자락을, 그리고 프레드의 손을 올려보고 있었다.

가까이서 본 앨리스는 멀리서 바라봤을 때와 똑같이 아름다웠다. 양 갈래로 묶은 머리카락은 스크린의 깜빡이는 빛을 받아 밝게 빛났고, 진지하게 집중하는 표정이었다.

"저러면 안 돼요." 앨리스가 말했다.

"뭐가요? 영화를 상영하는 거요?" 내가 물었다. "'파티에서는 영화를 틀어야지. 그게 할리우드의 법이잖아.'"

앨리스가 고개를 돌려 나를 향해 흐뭇한 미소를 지었다. "그 대사 알아요. 〈사랑은 비를 타고〉에 나오는 대사죠." 기쁜 목소리였다. "영화를 틀면 안 된다는 말이 아니에요. 저 영화를 저런 식으로 편집하면 안 된다는 말이에요." 그러고는 다시 스크린을 올려다보았다. 아니 내려다보았다. 프로그램이 만들어낸 항공 숏 때문에 보이는 건 프레드와 진저의 정수리뿐이었다.

"빈센트의 편집 프로그램이 마음에 안 드나보네요." 내가 말했다.

"빈센트요?"

내가 야구모자를 향해 고개를 까딱했다. 빈센트는 한쪽 구석에 처박혀 조용히 일리 한 줄을 흡입하고 있었다. "저 남자 보면 〈밀랍의 집〉에 나오는 빈센트 프라이스가 생각나지 않아요?"

편집 프로그램은 다시 퀵 컷[23]들을 보여주었다. 계단, 프레드의 얼굴, 클로즈업된 계단 한 칸. 〈전함 포템킨〉의 유모차 신이

---

23 전환 효과 없이 빠르게 이어지는 화면 전환 기법

었다.

"비슷한 면이 한두 가지가 아니에요." 내가 말했다.

"프레드 아스테어는 자기 댄스를 찍을 땐 전신 원 컨티뉴어스 테이크로 촬영하라고 늘 고집스럽게 요구했어요." 앨리스는 스크린에서 시선을 떼지 않았다. "댄스는 반드시 그렇게 촬영해야 한다고 했죠. 그게 유일한 방법이라고요."

"프레드가 그랬어요? 흠. 어쩐지 원작이 더 좋더라니." 나는 앨리스를 바라보며 말했다. "내 방에 가면 원작이 있는데…"

앨리스가 진저의 화려한 발동작과 어깨와 머리카락에서 눈을 돌려 나를 바라보았다. 스크린을 볼 때처럼 진지하고 집중하는 표정이었다. 시야 가장자리가 흐려지기 시작했다.

"장면 전환도, 카메라 앵글 전환도 없고, 사전 프로그램된 것도 없어요." 내가 재빨리 말했다. "원 컨티뉴어스 테이크로 촬영한 전신 숏들이에요. 내 방에 가서 볼래요?"

앨리스가 다시 프리 스크린으로 눈길을 돌렸다. 프레드의 가슴, 그의 얼굴, 그리고 무릎. "좋아요." 앨리스가 대답했다. "진짜 영화가 있다고요? 컬러화됐다거나 뭐 그런 게 아니라요?"

"진짜 영화예요." 나는 그렇게 대답하고 앨리스를 데리고 계단을 올라갔다.

#3

루비 킬러　　　〔긴장된 목소리로〕

　　　　　　　　남자가 사는 아파트에 온 건 처음이에요.

아돌프 멘주　　〔샴페인을 잔에 따르며〕할리우드에 온 것도

　　　　　　　　처음이겠지. 〔샴페인 잔을 건네며〕자, 이걸 마시면

　　　　　　　　긴장이 풀릴 거야.

루비 킬러　　　〔문가를 서성이며〕여기 오면 스크린 테스트

　　　　　　　　지원서가 있다고 하셨잖아요. 지원서를

　　　　　　　　작성할까요?

아돌프 멘주　　〔조명을 낮추며〕나중에. 먼저 서로에 대해

　　　　　　　　알아볼 시간을 갖는 건 어떨까?

"당신이 보고 싶어 할 만한 건 다 있어요." 나는 방으로 가는
길에 앨리스에게 말했다. "ILMGM, 워너, 폭스-미츠비시 스튜
디오 라이브러리에 있는 것들 전부 다요. 적어도 디지털화된 영
화는 다 가지고 있어요. 당신이 보고 싶어 하는 건 그 안에 다
있을 거예요." 나는 앨리스를 데리고 복도를 걸어갔다. "프레드

아스테어가 진저 로저스와 찍은 영화들은 워너 거 맞죠?"

"RKO[24] 거예요." 앨리스가 말했다.

"워너나 RKO나." 나는 열쇠로 방문을 열었다. "여기가 내 방이에요."

앨리스는 발걸음에 신뢰를 실어 방 안으로 한 발짝 들어서다가, 거울처럼 반사되는 스크린들이 세 벽면을 줄줄이 뒤덮은 걸보고는 그대로 걸음을 멈췄다. "학생이라고 하지 않았어요?" 앨리스가 물었다.

지금은 한 학기 넘게 강의에 들어가지 않았다고 말할 때가 아니었다. "학생 맞아요." 나는 몸을 앞으로 숙여 앨리스를 방 안으로 몰아넣으면서 동시에 바닥에 있는 셔츠를 집어 들었다. "바닥은 옷가지들로 뒤덮였고 침대는 정리도 안 되어 있고." 나는셔츠를 구석으로 내던졌다. "'앤디 하디 대학에 가다'네요."

앨리스가 디지타이저와 파이버옵틱 피드 연결 장치를 보았다. "크레이 슈퍼컴퓨터는 스튜디오에만 있는 줄 알았는데요."

"등록금을 벌려고 스튜디오 아르바이트를 하고 있어요." 그리고 코카인 살 돈도 필요했다.

"어떤 일인데요?" 앨리스가 스크린에 비친 자기 얼굴을 올려다보며 말했다. 지금은 스튜디오 임원들한테 젊고 섹시한 여자들을구해주는 게 전문이라고 말할 때도 아니었다.

---

24 RKO 라디오 픽처스. 1929년에 창립되었고 1940년대에는 할리우드의 5대 메이저 스튜디오에 속했다.

"리메이크 작업이요." 나는 이불을 반반히 정돈한 뒤 말했다. "여기 앉으세요."

앨리스는 무릎을 모으고 침대 가장자리에 걸터앉았다.

"자, 그럼." 나는 컴퓨터 앞에 앉아 워너사의 라이브러리 메뉴를 불러냈다. "'콘티넨탈'은 〈톱 햇〉에 나오는 곡이죠?"

"〈게이 디보시〉에 나와요. 끝부분에요." 앨리스가 말했다.

"메인 스크린, 엔딩 프레임." 프레드와 진저가 스크린에 튀어나와 식탁 위로 뛰어 올라갔다. "초당 96프레임으로 되감기." 그들은 식탁에서 뛰어내려 부엌을 통과해 무도회장으로 되돌아갔다.

나는 '콘티넨탈' 넘버가 시작하는 부분까지 되감은 다음 정상 속도로 재생했다. "사운드를 켤까요?" 내가 물었다.

앨리스는 골똘히 스크린을 바라보다 고개를 저었다. 처음부터 이건 좋은 생각이 아니었다. 앨리스가 몸을 앞으로 더 내밀었다. 스텝을 암기하려고 애쓰기라도 하듯 아래층에서처럼 집중하는 표정이었다. 나는 없는 사람이나 마찬가지였다. 이러자고 앨리스를 데려온 게 아니었는데.

"메뉴. 프레드 아스테어와 진저 로저스가 출연하는 영화들." 컴퓨터 화면에 메뉴가 떴다. "보조 스크린 1번, 〈스윙 타임〉." 이런 영화들에는 화려한 댄스 피날레가 있기 마련이다. "엔딩 프레임. 초당 96프레임으로 되감기."

있었다. 왼쪽 맨 위 스크린에서 연미복을 입은 프레드가 은색 드레스를 입은 진저를 빙글빙글 돌렸다. "프레임 102-044." 나는 밑에 적힌 타임 코드를 읽으며 말했다. "엔딩까지 1배속으로 재생한 뒤 처음으로 되돌아가 무한 반복 재생하기. 2번 스크린, 〈폴로우 더 플릿〉. 3번 스크린, 〈톱 햇〉. 4번 스크린, 〈케어프리〉. 엔딩 프레임에서 초당 96프레임으로 되감기."

나는 그 영화들 모두 무한 반복 재생되게 한 뒤, 왼쪽에 있는 스크린 대부분을 목록에 있는 나머지 영화들의 댄스 신들로 채웠다. 두 사람은 턴을 하고 스텝을 밟고 빙글빙글 돌았다. 프레드는 연미복과 세일러복과 라이딩 트위드를 입었고, 진저가 입은 드레스들은 무릎 아래에서 넓게 퍼졌는데 깃털과 모피와 반짝이로 장식됐다. 그들은 '카리오카'[25]와 '얌'[26]과 '피콜리노'[27]에 맞춰 왈츠를 추고 탭 스텝을 밟고 미끄러지듯 춤을 추었다. 모두 장면 전환이 없는 전신 원 컨디뉴어스 테이크였다.

앨리스는 스크린들을 뚫어져라 보고 있었다. 경계하고 긴장하던 표정은 사라졌고, 기쁜 얼굴로 밝은 미소를 짓고 있었다.

"또 보고 싶은 거 있어요?"

"〈셸 위 댄스〉 타이틀 넘버요. 프레임 87-1309." 앨리스가 대답했다.

나는 〈셸 위 댄스〉를 맨 아랫줄 스크린에 재생했다. 정교하게 디자인된 연미복을 입은 프레드가 검은 새틴 드레스를 입고 베일을 쓴 금발의 코러스들과 춤을 췄다. 그들은 진저 로저스의 얼

---

25 〈플라잉 다운 투 리오〉(1933) 삽입곡
26 〈케어프리〉(1938) 삽입곡
27 〈톱 햇〉(1935) 삽입곡

굴을 한 가면을 자기 얼굴에 대고, 프레드와 멀찍이 떨어진 곳에서 추파를 던졌다. 가면은 페이스들만큼이나 딱딱했다.

"다른 영화들은요?" 나는 메뉴를 다시 불러냈다. "스크린이 아직 많이 남았어요. 〈파리의 미국인〉 어때요?"

"진 켈리는 좋아하지 않아요." 앨리스가 말했다.

"그래요." 나는 깜짝 놀랐다. "그럼 〈세인트루이스에서 만나요〉는요?"

"주디 갈랜드가 마거릿 오브라이언이랑 부르는 '대나무 밑에서' 넘버 말고는 댄스라고 볼만한 게 없어요. 다 주디 갈랜드 때문이에요. 댄서로는 끔찍하거든요."

"알겠어요." 나는 더더욱 놀랐다. "〈사랑은 비를 타고〉 볼래요? 아 참, 진 켈리는 싫다고 했죠?"

"'굿 모닝' 넘버는 나쁘지 않죠."

찾았다. 진 켈리와 데비 레이놀즈가 열정적으로 탭 댄스를 추며 계단을 오르고 가구 위로 올라갔다. 좋았어.

나는 진 켈리나 주디 갈랜드가 나오지 않는 영화들을 찾아 메뉴를 빠르게 훑어봤다. "〈굿 뉴스〉는 어때요?"

"맨 끝부분에 '바시티 드래그'[28]가 나오죠." 앨리스가 고개를 끄덕이며 말했다. "〈7인의 신부〉 있어요?"

"그럼요. 어떤 넘버요?"

---

28 1920년대부터 1930대에 유행한 춤으로 1920년대 미국 캠퍼스를 배경으로 한 〈굿 뉴스〉(1947)에서 소개된 뒤 캠퍼스 문화를 대표하며 큰 인기를 얻었다.

"'헛간 세우기' 넘버요. 프레임 27-986." 앨리스가 대답했다.

나는 '헛간 세우기' 넘버를 불러냈다. 그리고 루비 킬러가 나오는 영화를 찾아보았다. "〈42번가〉 볼래요?"

앨리스가 고개를 가로저었다. "그건 버스비 버클리가 제작한 영화잖아요. 〈42번가〉에서는 리허설 신을 보여주는 배경 숏 하나에서만 댄스가 나오고, 〈1933년의 황금광들〉의 '페팅 인 더 파크' 넘버에선 댄스가 겨우 열여섯 마디 정도만 나와요. 버스비 버클리 영화에서는 제대로 된 댄스를 볼 수가 없어요. 혹시 〈춤추는 대뉴욕〉 있어요?"

"진 켈리는 싫다고 했잖아요."

"앤 밀러가 나오거든요." 앨리스가 말했다. "'선사 시대 남자' 넘버요. 프레임 28-650. 앤의 탭 댄스는 기술적으로 아주 뛰어나요."

내가 왜 그렇게 놀랐는지, 무얼 기대했었는지 모르겠다. 아마 스타들에 대한 동경이었을 것이다. "어머나, 지그펠트 씨, 당신 쇼에 출연하게 된다니! 정말 멋질 것 같아요!"라며 기뻐서 어쩔 줄 몰라 하는 루비 킬러라든가, 아니면 〈1938년의 브로드웨이 멜로디〉에서 클라크 게이블의 사진을 그윽한 눈길로 바라보는 주디 갈랜드라든가. 하지만 앨리스는 주디 갈랜드를 좋아하지 않았고, 진 켈리를 버스비 버클리 영화에 오디션 보러 온 코러스 걸이라도 되는 양 하찮게 여기고 싶어했다.

나는 앨리스가 좋아하는 프레드 아스테어 영화들로 스크린을 채웠다. 프레드가 출연하는 컬러 영화들은 흑백 영화만 못했고,

파트너들 또한 그랬다. 그들은 프레드가 손을 잡고 빙빙 돌리면 그저 매달려 있다시피 했고, 프레드가 춤을 추며 자기 주위를 도는 동안에도 말 그대로 가만히 서서 포즈만 취했다.

앨리스는 그런 영화들은 쳐다보지도 않았다. 앨리스는 시선을 다시 중앙 스크린으로 돌려, 무게감이 느껴지지 않을 정도로 매끄럽게 바닥을 가로지르며 진저를 빙글빙글 돌리는 프레드의 전신 숏을 보고 있었다.

"당신이 원하는 게 저건가요? '콘티넨탈'에 맞춰 춤추는 거?" 내가 손짓으로 가리키며 물었다.

앨리스가 고개를 저었다. "나는 아직 실력이 부족해요. 아는 루틴이 몇 개밖에 없는걸요. 저건 할 줄 알아요." 앨리스가 '바시티 드래그'과 〈걸 크레이지〉에 나오는 '카우보이' 넘버를 가리키며 말했다. "어쩌면 저것도요. 리더 말고 코러스."

그 또한 내가 예상했던 바가 아니었다. 마릴린 먼로의 애교점 아래 가려진 페이스들의 유일한 공통점은, 자신에게 스타의 자질이 있다는 확고부동한 믿음이었다. 그들 대부분은 재능이 없었다. 연기할 줄도 감정을 표현할 줄도 몰랐고, 노마 진[29]의 숨소리 섞인 목소리와 연약한 듯한 섹시함을 그럴듯하게 흉내 내지도 못했다. 그럼에도, 자신이 스타가 되지 못하는 건 운이 없어서지 재능이 없어서는 아니라고 믿었다. "나는 실력이 부족해요"라고 말하는 페이스를 나는 본 적이 없었다.

---

29 마릴린 먼로의 본명

"댄스 선생을 찾아야겠어요." 앨리스가 말했다. "혹시 아는 댄스 선생 있어요?"

할리우드에서? 프레드 아스테어와 길에서 마주치는 것만큼이나 어림없는 일이었다. 아니 그보다 더 가능성이 희박했다.

하지만 자신에게 재능이 있다는 걸 알 만큼 앨리스가 영특하다면? 영화를 연구하고 비평을 해왔다면? 그렇다 해도 뮤지컬을 되살릴 방법은 없었다. ILMGM으로 하여금 다시 실사 영화를 제작하게 할 수는 없을 테니까.

나는 줄줄이 늘어선 스크린들을 올려보았다. 맨 아랫줄 스크린에서는 프레드가 마스크들 틈에서 진짜 진저를 찾으려고 애쓰고 있었다. 위쪽 세 번째 스크린에서는 섹스를 하자고 진저를 꼬드기고 있었다. 진저가 빙그르르 돌아 프레드에게서 멀어지자, 프레드가 진저를 향해 앞으로 나아갔다. 진저는 프레드에게 돌아오고, 돌아온 진저에게 프레드가 몸을 굽혔다. 진저가 나른하게 몸을 뒤로 젖혔다.

모두 내가 지금 하고 있어야 할 것들이었다. 그러지 않으면 아직도 옷을 입은 채 무릎을 가지런히 모으고 침대 가장자리에 앉아 있는 앨리스 앞에서 섬광을 겪을 터였다.

나는 3번 스크린의 사운드를 켠 뒤 침대에 앉아 있는 앨리스 곁에 앉았다. "난 당신 정도면 훌륭하다고 생각해요." 내가 말했다.

앨리스가 어리둥절한 표정으로 나를 빤히 보다가, 자신이 '나는 실력이 부족해요'라고 했던 것에 대한 언급이란 걸 깨달았다. "내가 춤추는 모습을 못 봤잖아요." 앨리스가 말했다.

"댄스 이야기가 아니에요." 나는 키스를 하려고 몸을 굽혔다.

중앙 스크린이 번쩍하더니 희게 변했다. "메시지. 발신자, 해다 호퍼." 헤다는 자기 이름을 '헤다'가 아니라 '해다'라고 잘못 적었다. 나는 헤다가 섬광 상태에서 또 무언가를 깨달아 그걸 알려주겠다며 방해한다고 생각했다.

"메시지 오버라이드." 나는 중앙 스크린을 끄려고 침대에서 일어났지만 이미 너무 늦었다. 메시지가 이미 스크린에 떠 있었다.

"메이어가 돌아왔어. 네 방으로 올려보낼까?"

메이어가 내 방에 와서는 절대 안 됐다. 그렇다면 합성 작업 내용을 디스크에 담은 뒤 파티장으로 내려가 메이어한테 전달해야 했다. 나는 컴퓨터에서 리버 피닉스 파일을 불러낸 뒤 빈 디스크를 삽입했다. "〈해변에서 생긴 일〉, 리메이크판 저장."

스크린들에서 댄스 신이 사라지자, 앨리스가 자리에서 일어났다. "제가 나가야 하나요?" 앨리스가 물었다.

"아니요!" 나는 리모컨을 찾아 방 안을 뒤졌다. 그사이 컴퓨터가 디스크를 뱉어냈고 나는 그것을 재빠르게 잡아챘다. "방에 있어요. 금방 올게요. 이것만 전해주고 오면 돼요."

나는 앨리스 손에 리모컨을 쥐여주었다. "여기요. 'M'을 눌러 메뉴를 열어서 보고 싶은 영화를 불러내세요. ILMGM 라이브러리에 없으면 '파일'을 눌러 다른 라이브러리들을 열어보면 돼요. '콘티넨탈'이 다 끝나기 전에 돌아올게요. 약속해요."

그러고는 서둘러 방을 나섰다. 앨리스가 못 나가게 방문을 닫아두고도 싶었지만, 열어두어야 금방 돌아올 사람처럼 보일 듯했다. "가지 마요." 나는 쏜살같이 아래층으로 내려갔다.

헤다가 계단 아래에서 기다리고 있었다. "미안해. 섹스 중이었어?" 헤다가 물었다.

"덕분에 못 했어." 나는 메이어를 찾아 파티장을 둘러보았다. 라운지는 앨리스랑 내가 떠났을 때보다 더 많은 사람으로 북적였다. 프리 스크린 또한 마찬가지였다. 열 쌍이 넘는 프레드와 진저가 분할 화면들 속에서 원을 그리며 서로의 주위를 뛰어다니고 있었다.

"방해하고 싶지 않았는데 메이어 왔었냐고 네가 아까 물어봤잖아." 헤다가 말했다.

"괜찮아. 메이어는 어디 있어?" 내가 물었다.

"저기." 헤다가 프레드와 진저들이 있는 쪽을 가리켰다. 메이어는 분할 화면 밑에서 빈센트가 편집 프로그램에 대해 설명하는 걸 듣고 있었다. 코카인을 너무 많이 복용했는지 연신 실룩거리면서 말이다. "너랑 무슨 작업 이야기를 하고 싶다고 하던데."

"젠장. 그건 메이어의 상사에게 새 애인이 생겼다는 의미야. 새 페이스를 영화에 합성해 넣어야 하게 생겼네." 내가 말했다.

헤다가 고개를 저었다. "비아마운트사가 ILMGM을 인수할 거고, 아서턴이 프로젝트 개발팀을 이끌 거야. 다시 말해 메이어의 상사는 잘린다는 이야기지. 메이어는 이런 상황에 대처하느라 고군분투 중이야. 자기 상사랑은 거리를 두고, 아서턴을 설득해 새 팀을 데리고 들어오는 대신 자기랑 계속 일을 하게 해야 하니까. 그러니 그 작업이라는 건 아마 아서턴에게 좋은 인상을 심어주려고 하는 일일 거야. 리메이크작을 만든다거나 새로운 프로젝트를 시작한다거나 뭐 그런 거. 만일 그렇다면…."

나는 더는 헤다의 말을 듣고 있지 않았다. 메이어의 보스가 잘렸다. 그 말은 내 손에 든 디스크는 이제 무용지물이고, 메이어가 아서턴의 새 애인을 어딘가에 합성시켜 넣는 일을 시킬지도 모른다는 거다. 비아마운트 임원진 전체의 애인들을 합성해 넣어야 할 수도 있다.

"…만일 그런 거라면, 메이어가 널 찾는 건 좋은 신호야." 헤다가 말했다.

"끝내주는군. 나한테는 더할 나위 없이 좋은 기회겠어." 내가 손뼉을 치며 말했다.

"그럴 수 있잖아." 헤다가 방어적으로 말했다. "뚜쟁이 질보다야 리메이크 작업이 낫지 않겠어?"

"이거나 저거나 다 똑같은 뚜쟁이 질이야." 나는 혼잡한 그곳을 벗어나 메이어가 있는 곳을 향해 갔다.

헤다가 사람들 틈을 비집고 뒤를 바짝 따라오며 내게 말했다. "만일 그게 공식 프로젝트면 꼭 엔딩 크레딧에 네 이름을 올려달라고 해."

이제 메이어는 프리 스크린 반대편으로 이동해 있었다. 아마 빈센트에게서 멀어지고 싶어서였을 거다. 빈센트는 메이어의 바로 등 뒤에서 여전히 떠드는 중이었고, 머리 위 스크린 속 사람들도 여전히 원을 그리며 돌고 있었지만, 움직임이 점점 느려지는 듯했고 라운지 가장자리가 흐릿해지기 시작했다. 메이어가 고개를 돌려 나를 보더니 손을 흔들었다. 섬광이 오려는지 모든 게 슬로우모션처럼 보였다.

내가 걸음을 갑자기 멈추는 바람에 헤다가 나랑 부딪혔다. "혹시 슬라롬 있어?" 내가 묻자 헤다가 또다시 손바닥 안을 더듬었다. "아니면 아이스라든가. 클리그 섬광을 지연시킬 수 있는 거 뭐 없어?"

헤다가 각종 캡슐과 큐브들을 내밀었다. 전과 똑같은 것들이었지만 전처럼 많진 않았다. "없는 거 같아." 헤다가 눈을 가늘게 뜨고 찬찬히 살펴보며 말했다.

"뭐든 구해줘, 알았지?" 나는 두 눈을 꾹 감았다 떴다. 흐릿했던 시야가 다시 선명해졌다.

"루드를 구해볼게." 헤다가 말했다. "잊지 마. 진짜 영화라면 크레딧에 이름을 올려야 해." 헤다는 제임스 딘 두 명이 있는 곳을 향해 조용히 움직였고, 나는 메이어에게 갔다.

"여기 계셨군요, 메이어." 나는 메이어에게 디스크를 내밀었다. 돈을 받을 가능성은 없었지만 적어도 시도는 해봐야 했다.

"톰!" 메이어는 디스크를 받지 않았다.

헤다 말이 맞았다. 메이어의 보스는 잘렸다.

"이제껏 자넬 찾아다녔잖아. 요즘 어떻게 지내나?" 메이어가 물었다.

"맡기신 일을 했죠." 나는 다시 한번 그에게 디스크를 내밀었다. "다 했어요. 정확히 지시하신 대로요. 리버 피닉스, 클로즈업, 키스. 그 여자분은 대사도 네 줄이나 있어요."

"훌륭해." 메이어가 디스크를 받아 주머니에 넣고, 개인용 팜탑[30]을 꺼내 숫자를 입력했다. "온라인 계좌로 이 금액을 송금하면 되지?"

"맞습니다." 나는 이게 무슨 기이한 섬광 전 증후군인 건 아닌지 의아해했다. 실제로 원하는 걸 얻게 되다니. 나는 헤다를 찾아 두리번거렸다. 헤다는 제임스 딘들과 함께 있지 않았다.

"어려운 작업도 자네라면 늘 믿고 맡길 수 있지." 메이어가 말했다. "자네가 흥미 있어 할 새 프로젝트가 있는데 말이야." 메이어가 친근하게 내 어깨에 팔을 두르더니 빈센트에게 데리고 갔다. "이건 아무도 모르는 일인데," 메이어가 말했다. "ILMGM과 비아마운트가 합병될 가능성이 있어. 합병이 성사되면 내 상사와 그의 애인들은 끝장나는 거야."

'헤다는 이걸 어떻게 알았지?' 나는 놀라지 않을 수가 없었다.

"물론 아직은 논의 단계에 있지만, 비아마운트처럼 훌륭한 회사와 일할 수 있다는 생각에 우리 모두 무척 흥분돼 있다네."

그 말을 번역하자면, 합병 논의는 이미 마무리되었다. '상황에 대처하느라 고군분투했다'는 건 말도 안 되는 소리다. 나는 메이어의 손을 내려다보았다. 손톱 밑에 아직 피가 묻어 있을 것만 같았다.

"비아마운트는 양질의 영화를 제작하는 문제에 ILMGM만큼 헌신적이야. 하지만 미국 대중이 합병을 어떻게 여기는지 자네

---

30 손바닥에 올려놓는 작은 컴퓨터

도 잘 알잖나. 그러니 우리가 첫 번째로 해야 할 일은, 그러니까 합병이 정말로 성사된다면 말일세, 대중에게 메시지를 전달하는 일이야. '우리는 영화를 사랑합니다.' 자네 혹시 오스틴 아서턴이 누군지 아나?"

'유감이지만, 혜다, 또 뚜쟁이 질인가 봐.'

"어떤 작업이죠? 아서턴의 애인을 디지털 합성하는 일인가요? 혹시 그 애인이 남자예요? 아니면 독일 셰퍼드?"

"맙소사, 아니네!" 메이어는 누가 듣기라도 했는지 확인하러 주위를 둘러봤다. "아서턴은 완전 이성애자에다 채식주의자고 도덕적이며 건전해. 진짜 게리 쿠퍼 타입이지. 스튜디오가 책임감 있는 사람 손에 있다고 온 힘을 다해 대중을 설득하는 중이야. 그 부분이 바로 자네가 해줘야 할 일이야. 메모리를 업그레이드 해주고 자동 프린트 전송 장비를 제공하겠네. 작업물을 받는 즉시 피드를 통해 돈을 지불하지." 메이어가 자기 옛 상사의 애인이 담긴 디스크를 내 눈앞에 흔들었다. "파티에서 나를 찾아다니지 않아도 될 거야." 그가 씩 웃으며 말했다.

"어떤 작업인데요?"

메이어는 대답하지 않았다. 대신 실룩거리며 파티장을 둘러보았다. "새 페이스가 많이 보이는군." 그가 노란색 깃털 장식을 한 마릴린을 보고 웃으며 말했다. 〈쇼처럼 즐거운 인생은 없다〉. "뭐 재밌는 일 없나?"

'있지. 내 방에. 섬광에 빠져서 보고 싶은 건 그 여자 얼굴이지 당신 얼굴이 아니라고. 그러니 본론만 말해.'

"최근에 ILMGM이 비난을 좀 받았잖아. 뻔하지. 폭력, 애스들, 부정적인 영향. 심각한 건 없지만, 아서턴이 대중에게 긍정적인 이미지를 심어주고 싶어 해서…."

'진짜 게리 쿠퍼 타입이니 어련하겠어. 뚱쟁이 질일 거라 생각했는데 내 예상이 빗나갔어, 헤다. 이번 일은 뚱쟁이 질이 아니라 난도질이야.'

"무얼 들어내고 싶어 하죠?" 내가 물었다.

메이어가 다시 실룩대기 시작했다. "검열하라는 건 아니야. 그저 여기저기 몇 군데만 수정하자는 거지. 한 편당 평균 열 프레임을 넘진 않을 거야. 자네라면 프레임 하나 수정하는 데 15분이면 충분할 테고, 대부분 간단한 삭제 작업이야. 컴퓨터가 자동으로 할 수 있는 것들이지."

"무얼 삭제해야 하는데요? 섹스? 코카인?"

"애스들. 영화 한 편당 25달러인데, 수정한 사항이 있든 없든 돈은 받을 거야. 1년 동안 코카인을 살 수 있을 만한 돈이지."

"몇 편이나 되죠?"

"그렇게 많지는 않아. 나도 정확히는 몰라."

메이어가 양복 주머니에 손을 집어넣어 내가 줬던 것과 비슷하게 생긴 광디스크 하나를 내게 주었다. "메뉴는 여기 들어 있어."

"전부 다요? 담배도? 술도?"

"중독성 물질이라면 전부 다." 메이어가 말했다. "시각적인 것, 청각적인 것, 레퍼런스까지. 니코틴 신은 흡연 반대 연맹이 이미 삭제했어. 목록에 있는 영화들은 대부분 깨끗한 상태고 한두 장면만 손보면 돼. 자네는 그 영화들을 본 다음, 프린트 및 전송하고 돈만 받으면 돼."

그래, 그리고 2시간에 걸쳐 접근 코드를 입력해야 하겠지. 삭제 작업이야 간단하다. 프레임당 길어봤자 5분밖에 안 걸릴 거다. 이미지를 겹치는 작업도 10분이면 충분하다. 작업을 비디오 소스에서 진행한다 해도 그렇다. 진짜 골칫거리는 접근 코드를 입력하는 거다. 리버 피닉스 영화 보기 마라톤도, 보안 인증 절차와 ID 잠금장치를 우회해 접근 코드 정보를 읽어오는 데 바친 시간에 비하면 일도 아니었다. 파이버옵틱 피드가 내가 수정한 사항들을 자동으로 뱉어내지 않게 하기 위해서다.

"죄송하지만 싫습니다." 나는 메이어에게 디스크를 돌려주려고 했다. "완전한 접근 권한을 주시지 않는 한, 안 하겠습니다."

메이어는 침착한 표정이었다. "접근 코드가 왜 필요한지는 자네도 알잖나."

당연하지. 아무도 스튜디오가 저작권을 가지고 있는 영화의 픽셀 하나도 못 건드리게, 그들이 돈으로 산 스타들의 머리카락 한 올도 못 건드리게 하기 위해서다.

"미안해요, 메이어. 전 관심 없어요." 나는 그렇게 말하고 자리를 뜨려 했다.

"좋아, 알았다고." 그가 실룩거리며 말했다. "편당 50달러에, 완전한 접근 권한을 줄게. 파이버옵틱 피드의 ID 잠금장치와 영화기록보존협회 등록 정보에 관해서는 나도 할 수 있는 게 없어. 하지만 자네 마음껏 수정해도 좋아. 미리 허락을 구할 필요도 없어. 어디 한번 창의력을 발휘해봐."

"좋습니다. 창의력을 발휘해보죠." 내가 말했다.

"그럼 계약하는 건가?" 메이어가 물었다.

헤다가 프레드와 진저를 올려다보며 옆걸음질로 스크린을 살며시 지나갔다. 클로즈업된 프레드와 진저가 서로의 눈동자를 지그시 들여다보고 있었다.

그 돈이면 등록금은 물론이고 내가 쓸 애스들을 사는 데도 충분했다. 나 때문에 헤다가 약물을 구하러 다니지 않아도 됐다. 실수로 클리그를 먹고 머릿속에 메이어의 이미지가 각인된 채로 평생 살게 되면 어쩌지, 하는 걱정 따윈 안 해도 된다. 게다가 이거나 저거나 뚜쟁이 질이긴 매한가지다. 내부적이든, 외부적이든, 아니면 공식적이든.

"하죠, 뭐." 그때 헤다가 나타나 내 손을 잡더니 루드 한 알을 쓱 쥐여주었다.

"좋았어." 메이어가 말했다. "목록을 줄게. 순서는 신경 쓰지 않아도 돼. 일주일에 최소 열두 편이야."

나는 고개를 끄덕였다. "곧장 시작하죠." 그리고 루드를 입에 털어 넣으며 계단을 향해 걸어갔다.

헤다가 계단 발치까지 나를 따라왔다. "일하기로 했어?"

"응."

"리메이크 작업이야?"

그게 영화를 난도질하는 일이란 걸 헤다가 알면 뭐라고 할지. 그 말을 듣고 있을 시간이 없었다. "리메이크, 맞아." 나는 그렇게 둘러대고 계단을 뛰어 올라갔다.

딱히 서두를 필요는 없었다. 루드 덕에 섬광이 올 때까지 적어도 30분은 벌었고, 앨리스는 이미 침대에 있었다. 보고 싶은 프레드와 진저 영화들이 아직 많이 남아 있어 방을 떠나지만 않았다면 말이다.

방문은 내가 떠났을 때처럼 반쯤 열려 있었다. 좋은 신호일 수도 나쁜 신호일 수도 있었다. 방 안을 들여다보니 방문 근처에 있는 스크린들이 비어 있었다. '고맙군요, 메이어. 앨리스는 떠났고, 가진 거라고는 헤이즈 오피스[31]가 준 목록뿐이네요. 운이 좋으면 저질 위스키를 마시는 월터 브레넌을 보다가 섬광에 빠질 수도 있겠어요.'

나는 방문을 열다가 멈칫했다. 앨리스가 아직 방 안에 있었다. 거울처럼 반사되는 스크린들에 앨리스의 모습이 비쳤다. 앨리스는 침대에 앉아 몸을 앞으로 내밀고 무언가를 보고 있었다. 나는 그게 무언지 보려고 방문을 더 열었다. 카펫에 쓸려 문에서 소리가 났지만, 앨리스는 꼼짝도 하지 않았다. 그저 중앙 스크린을 보고 있었다. 유일하게 켜진 스크린이었다. 내가 설명을 급하게 한 탓에 다른 스크린들을 조작하는 법을 알아내지 못했을 수 있다. 아니, 어쩌면 베드포드 폴스[32]에서는 스크린을 하나만 사용했는지도 모른다.

---

31 1930년대 초부터 1950년대까지 실질적으로 할리우드를 지배했던 검열기관
32 영화 〈멋진 인생〉(1946)의 배경이 되는 가상의 마을

앨리스는 아래층에서처럼 집중하는 표정으로 스크린을 보고 있었다. 하지만 그건 '콘티넨탈'이 아니었다. 프레드와 나란히 춤을 추는 댄서는 진저도 아니었다. 엘리너 파월이었다. 엘리너와 프레드가 어둡고 윤이 나는 바닥에서 탭 댄스를 추고 있었다. 무대 뒤쪽에서 조명들이 별처럼 반짝였고 불빛들이 바닥에 반사되며 긴 흔적을 남겼다.

프레드와 엘리너 모두 흰옷을 입었다. 프레드는 연미복이 아닌 정장 차림이었다. 모자도 쓰지 않았다. 엘리너는 무릎까지 내려오는 흰 드레스를 입었는데 엘리너가 빙그르르 돌 때마다 스커트도 빙그르르 펼쳐졌다. 연한 갈색 머리는 앨리스랑 길이가 같았고, 불빛에 반사돼 반짝반짝 빛나는 흰색 머리띠로 머리를 단정하게 뒤로 넘겼다.

프레드와 엘리너는 나란히, 여유롭게 춤을 추었다. 균형을 잡기 위해 두 팔을 양쪽으로 살짝 뻗기는 했지만, 서로 닿지는 않았다. 거리를 둔 채, 그저 파트너의 스텝에 맞추어 춤을 출 뿐이었다.

앨리스는 사운드를 끈 채로 보고 있었지만, 탭 스텝이나 음악을 듣지 않아도 나는 그게 무언지 알 수 있었다. 〈1940년의 브로드웨이 멜로디〉에 나오는 '비긴 더 비긴' 넘버 후반부였다. 전반부는 탱고였는데, 정장 재킷을 입은 프레드가 긴 흰색 드레스를 입은 엘리너와 탱고를 췄고, 여타의 파트너들과 추었던 춤과 별반 다르지 않았다. 다른 점이 있다면 프레드가 엘리너 파월의 춤을 보완할 필요도, 현란한 스텝을 밟으며 주위를 돌 필요도 없었다는 점이다. 엘리너의 댄스 실력은 프레드만큼이나 탁월했다.

'비긴 더 비긴' 후반부에서 두 사람은 화려한 드레스나 요란한 스텝 없이, 그저 나란히 춤을 추었다. 전신 샷에 하나의 연속된 긴 롱테이크였다. 프레드가 콤비네이션 스텝을 밟으면 엘리너가 정확히 같은 순간에 스텝을 똑같이 따라 했고, 프레드가 다른 스텝을 밟으면 엘리너는 즉시 그에 응답했다. 두 사람 다 서로 쳐다보지도 않은 채, 각자 음악에만 몰두했다.

'몰두했다'는 말은 정확한 표현이 아니다. 그들은 그 어느 것에도 '집중'하지 않았다. 애쓰지 않았다. 어쩌면 윤이 나는 바닥에서 춤을 추고 스텝을 밟은 그 순간, 그 루틴 전체를 즉흥적으로 만들어냈을 수도 있다.

나는 문가에 서서 침대 가장자리에 앉아 프레드와 엘리너를 보는 앨리스의 모습을 바라보았다. 앨리스는 섹스 따위는 안중에 없는 듯했다. 헤다가 옳았다. 애초부터 이건 좋은 생각이 아니었다. 파티장으로 돌아가 다른 페이스를 찾는 편이 나을지도 모른다. 무릎을 모을 줄도 모르고, 콜롬비아 트라이스타의 웜바디가 되겠다는 야망을 품은 마릴린을 찾아야 했다. 마릴린 중 한 명을 꼬드겨서 내 방으로 데려올 때까지, 방금 먹은 루드가 섬광을 미뤄 줄 터였다.

게다가 루비 킬러가 나를 찾을 리도 없었다. 빠른 탭 브레이크를 밟는 프레드 아스테어와 엘리너 파월에 온 신경을 쏟느라 다른 사람은 염두에도 없었다. 내가 마릴린을 데려와 침대에서 섹스를 한대도 눈치 못 챌 듯했다. 아직 시간이 있을 때 그래야 했다.

하지만 나는 그러지 않았다. 그저 문에 기대어 선 채 프레드와 엘리너와 앨리스를, 그리고 오른쪽 빈 스크린들에 비친 앨리스의 모습을 바라보았다. 프레드와 엘리너의 모습 또한 그 스크린들에 비쳤고, 거울처럼 반사되는 스크린들 속에서 두 사람의 이미지와 앨리스의 진지한 표정이 한데 겹쳤다.

앨리스의 표정 또한 '몰두했다'는 단어로는 다 표현될 수 없었다. '콘티넨탈'을 보며 스텝을 세고 콤비네이션을 외우려 애쓰던, 주의 깊게 집중하던 그 표정은 사라지고 없었다. 앨리스는 그 너머에 있었다. 나란히 춤을 추면서도 손끝도 닿지 않고, 스텝을 세지도 않으며, 춤에 심취해 자연스럽게 스텝을 밟고 편안하게 턴을 하는 프레드와 엘리너를 보고 있었다. 춤에 심취해 있는 건 앨리스도 마찬가지였다. 그들을 지켜보는 앨리스의 표정은 정지된 프레임처럼 완전히 멈춰 있었다. 프레드 아스테어와 엘리너 파월 또한 춤을 추고 있는 그 순간에도 어쩐지 정지해 있는 사람들처럼 보였다.

엘리너는 프레드와 박자에 맞춰 탭 스텝을 밟고 턴을 하다가, 뒷걸음질로 춤을 추며 프레드를 무대 뒤쪽으로 이끌었다. 프레드를 바라보는 순간에도 그와 눈을 맞추지는 않았다. 엘리너는 프레드를 따라 스텝을 밟았고, 다시 탭 카덴차[33]에 맞춰 나란히 몸을 흔들었다. 두 사람의 발이, 활짝 펼쳐지는 스커트가, 가짜

---

33 흔히 협주곡에서 반주를 멈춘 동안 화려하고 기교적인 애드리브 혹은 그 풍을 살린 연주를 통해 독주자의 역량을 과시하는 대목

별들이, 윤이 나는 바닥과 스크린들에 반영을 만들었다. 그리고 앨리스의 정지된 표정 속에도.

엘리너는 턴을 하는 순간에도 프레드를 보지 않았다. 볼 필요가 없었다. 엘리너의 턴은 프레드의 턴과 완벽히 일치했고, 두 사람은 다시 나란히 서서 조화를 이루며 탭 스텝을 밟았다. 손끝이 닿을락 말락 했다. 엘리너는 앨리스처럼 모든 걸 잊은 듯 고요하면서 진지한 표정이었다. 프레드가 리플[34]을 밟자 엘리너도 따라 했고, 고개를 돌려 어깨너머로 프레드를 힐끗 보며 미소를 지었다. 인식과 연결감과 순전한 기쁨에서 나오는 미소였다.

그리고 나는 섬광 상태에 빠졌다.

보통 클리그는 적어도 몇 초 전에 경고 신호를 보낸다. 섬광에 빠지는 걸 미루거나 적어도 눈이라도 감을 수 있게 말이다. 몇 초는 뭐든 하기에 충분한 시간이다. 하지만 이번에는 아니었다. 어떤 경고도, 놓칠 수 없는 흐릿함도, 아무것도 없었다.

문에 기대어, 신나게 탭 댄스 추는 프레드와 엘리너를 보는 앨리스를 보고 있었는데, 갑자기 프레임 정지, 컷! 프린트, 전송. 전구가 터진 듯 눈앞이 번쩍였고, 그림처럼 선명한 잔상이 뇌리에 남았다. 잔상은 희미해지지도 사라지지도 않았다.

나는 핵폭발로부터 자신을 보호하려는 사람처럼 손을 눈앞에 갖다 댔지만, 너무 늦었다. 이미지는 이미 신피질에 각인되어 버렸다.

---

34 발의 앞부분과 뒤꿈치를 사용해 리듬과 소리를 만들어내는 동작

내가 비틀거리며 문에 기댔거나, 아니면 비명을 질렀나 보다. 눈을 떠보니 앨리스가 걱정에 가득 찬 놀란 표정으로 나를 보고 있었기 때문이다.

"무슨 일이에요?" 앨리스가 부리나케 침대에서 일어나 내 팔을 붙잡았다. "괜찮으세요?"

"괜찮아요." 내가 말했다. 괜찮다. 앨리스는 리모컨을 쥐고 있었다. 나는 앨리스에게서 리모컨을 빼앗아 컴퓨터를 껐다. 화면이 꺼지고, 스크린에는 문에 기대 서 있는 우리 두 사람의 모습만 비쳤다. 그리고 스크린 속 우리 모습 위에 또 다른 이미지가 겹쳐 보였다. 흰옷을 입고 별빛이 빛나는 바닥에서 춤을 추는 프레드와 엘리너를 넋을 잃고 빠져들어 보고 있는 앨리스의 얼굴이었다.

"이리 와요." 내가 앨리스의 손을 잡아끌었다.

"어디로 가는 거죠?"

어디든, 아무 곳이든. 다른 영화를 상영하는 극장으로. "할리우드로 가요." 나는 앨리스를 데리고 복도로 나갔다. "영화 속에서 춤을 춰야죠."

#4

카메라가 미디엄 숏으로 빠르게 패닝[35]한다:
LAIT(Los Angeles Interchange Terminal)역 전광판.
다이아몬드 스크린, '로스앤젤레스 환승역'은 선명한
분홍색 대문자, '웨스트우드역'은 밝은 녹색.

우리는 스키드를 탔다. 실수였다. 뒤 칸은 폐쇄되어 있었고, 스키드는 사실상 텅 빈 거나 다름없었다. 객차 한가운데에는 유니버설 스튜디오에서 숙소로 향하는 소규모 관광객들이 무리 지어 여기저기 모여 있었고, 뒤쪽에는 마약쟁이가 두 명이 벽에 기댄 채로 잠들어 있었으며, 저만치 떨어진 옆벽에서는 세 사람이 안전선 위에 앉아 야바위 노름을 하고 있었다. 그리고 마릴린 한 명이 홀로 있었다.

관광객들은 내릴 정거장을 지나칠까 봐 걱정스럽다는 듯, 불안한 표정으로 스키드 전광판을 쳐다보고 있었지만, 그럴 가능

---

35 휩 팬(Whip-pan). 카메라를 빠르게 상하 혹은 좌우로 움직이는 촬영 기법으로 화면에 역동감을 가져다준다.

성은 희박했다. 환승역에서 다음 환승역까지 걸리는 시간은 한 순간이지만, 환승을 가능케 할 네거티브 물질 영역을 스키드가 생성하는 데는 족히 10분이 걸리고, 출구를 가리키는 화살표가 켜지려면 5분이 더 필요하다. 그동안에는 아무도 다른 장소로 이동할 수 없다.

그러니 관광객들은 그저 마음 편히 스키드가 제공하는 쇼를 즐기기만 하면 됐다. 문제는 양쪽 벽면 중 한쪽만 스크린들이 작동했고, 그마저도 절반은 ILMGM 스튜디오의 홍보 영상만 무한 반복 재생했다는 거다. 스튜디오가 인수되었다는 사실을 아직 모르는 게 분명했다. 홍보 영상들이 재생되는 벽 중앙에서는 디지털로 된 사자가 ILMGM의 빛나는 황금색 트레이드마크 아래서 으르렁거렸다. "불가능한 건 없습니다!" 스크린이 흐려지더니 소용돌이치는 안개 속에서 목소리가 울려 퍼졌다. "IL-MGM! 하늘의 별보다 더 많은 별이 있는 곳!" 스타들의 이름이 하나씩 호명되자 안개 속에서 스타들이 모습을 드러냈다. 비비언 리가 거대한 크리놀린 드레스를 입고 경쾌한 걸음으로 우리를 향해 나왔고, 아놀드 슈워제네거는 오토바이를 탄 채 으르렁거리며 등장했으며, 찰리 채플린은 지팡이를 빙글빙글 돌렸다.

"ILMGM은 최고의 스타들을 여러분 곁으로 모시기 위해 끊임없이 노력합니다." 목소리가 말했다. 다시 말해, 그들이 저작권 소송에 휘말려 있다는 의미였다. 마들렌 디트리히와 열 살 무렵의 맥컬리 컬킨과 모자를 쓰고 연미복을 입은 프레드 아스테어가 가벼운 발걸음으로 자연스럽게 우리에게 걸어왔다.

내가 앨리스를 기숙사에서 끌고 나온 건 거울과 '비긴 더 비긴'과 내 전두엽 위에서 탭 스텝을 밟는 프레드에게서 벗어나기 위해서였다. 또다시 섬광을 겪게 된다면 프레드가 아닌 다른 사람을 보고 싶었다. 하지만 결국 내 방 스크린을 더 큰 스크린으로 바꾼 꼴밖에 되지 않았다.

반대쪽 벽의 상황은 훨씬 끔찍했다. 생각했던 것보다 밤이 더 깊었나 보다. 밤이라 홍보용 영상들이 모두 꺼져서 보이는 거라곤 길게 뻗은 거울뿐이었다. 마치 프레드 아스테어와 엘리너 파월이 나란히, 그러나 손끝이 닿지 않게 떨어져 춤을 추었던 그 윤이 나는 바닥처럼….

나는 거울에 비친 모습들을 뚫어져라 보았다. 마약쟁이들은 죽은 자들처럼 보였다. 어쩌면 헤다가 코카인이라며 준 캡슐들을 먹었는지도 모른다. 마릴린은 거울 앞에 서서 입술을 섹시하게 내미는 연습을 하며, 깜짝 놀란 표정으로 입을 벌리고 어깨는 움츠린 채 주름치마가 바람에 말려 올라가지 않도록 두 손을 활짝 펴 스커트를 눌렀다. 〈7년 만의 외출〉에 나오는 지하철 환풍구 신이었다.

관광객들은 여전히 스키드 내부의 전광판을 쳐다보고 있었다. 이제 전광판에는 '라 브레아 타르 연못'이라 적혀 있었다. 앨리스 또한 골똘히 전광판만 쳐다봤다. 형광등과 ILMGM의 개봉 예정 리메이크작들을 홍보하는 스크린의 깜빡이는 불빛 아래서도, 앨리스의 머리카락은 역광을 받는 듯 신비롭게 빛났다. 앨리스는 두 발을 벌리고 두 손을 앞으로 뻗어 갑작스러운 움직임에 대비하고 있었다.

"리버우드에는 스키드가 없나 보죠?" 내가 말했다.

앨리스가 웃으며 말했다. "〈스트라이크 업 더 밴드〉에서 미키 루니의 고향이 리버우드였죠. 제가 살았던 게일즈버그시에는 아주 작은 스키드밖에 없어요. 그래도 좌석은 있죠."

"좌석이 없어야 출퇴근 시간에 사람을 더 많이 욱여넣을 수 있거든요. 그나저나 그런 식으로 안 서 있어도 괜찮아요."

"저도 알아요." 앨리스가 두 발을 모으며 말했다. "곧 이동할 거라고 예상해서 그런 거예요."

"벌써 이동했는걸요." 내가 역 전광판을 슬쩍 보며 말했다. 역 이름이 '패서디나'로 바뀌어 있었다. "역에서 역으로 이동하는 데 는 1나노세컨드 정도밖에 안 걸려요. 중간에 다른 장소는 거치 지 않죠. 거울을 통해 이동하니까요."

나는 노란색 안전선 위에 서서 옆벽을 향해 팔을 뻗었다. "사실 이것들은 거울이 아니에요. 네거티브 물질로 된 막이죠. 팔을 통과시킬 수도 있어요. 이게 어떻게 작동하는지에 대한 설명은 스튜디오 임원을 만나야 들을 수 있을 거예요."

"위험하진 않나요?" 앨리스가 노란색 안전선을 내려다보며 물었다.

"거울을 통과해 반대편으로 걸어 들어가지 않는 이상 위험하 지 않아요. 가끔 시도하는 주정뱅이들이 있긴 하죠. 예전엔 차 단막이 설치되어 있었는데 스튜디오들이 차단막을 철거했어요. 홍보용 영상들이 차단막에 가려 안 보였거든요."

앨리스가 고개를 돌려 벽이 끝나는 지점을 보았다. "정말 크군요!"

"낮에 와서 보셔야 해요. 밤에는 뒤 칸을 막아두거든요. 안 그러면 마약쟁이들이 바닥에 온통 오줌을 싸서요. 저 뒤쪽으로 두 배는 큰 객차 하나가 더 있어요." 내가 뒷벽을 가리켰다.

"꼭 리허설 장 같네요." 앨리스가 말했다. "〈스윙 타임〉에 나오는 댄스 스튜디오 같아요. 여기서 춤을 출 수도 있겠어요."

"'난 춤추지 않을 거예요. 그러니 춤추자는 말은 하지 말아요.'" 내가 말했다.

"틀렸어요." 앨리스가 웃으며 말했다. "그 대사는 〈로베르타〉에 나와요."

앨리스가 거울로 된 옆벽을 향해 몸을 획 돌리자 스커트가 활짝 펼쳐졌다. 거울에 비친 앨리스의 모습은 어둡고 윤이 나는 바닥 위에서 프레드 아스테어와 나란히 있는 엘리너 파월의 이미지를 떠올렸고, 앨리스의 손은….

나는 그 이미지를 다시 억누르기 위해 필사적으로 반대편 벽을 응시했다. 그곳에선 새 〈스타 트렉〉 영화 예고편이 상영되고 있었다. 이미지가 사라진 뒤에야 나는 고개를 돌려 앨리스를 보았다.

앨리스는 전광판을 보고 있었다. '패서디나'라는 이름이 전광판에 번쩍였고, 일렬로 늘어선 초록색 화살표들이 앞쪽을 가리켰다. 관광객들이 화살표를 따라 왼쪽 출입문으로 나가 디즈니랜드로 향했다.

"우린 어디로 가나요?" 앨리스가 물었다.

"여기저기 구경하는 거죠." 내가 대답했다. "스타들의 안식처인 포레스트 론 공원묘지 어때요? 다들 은막으로 돌아가 돈 한 푼 못 받고 일하느라 이젠 그곳에 없긴 하지만."

나는 가까운 벽을 향해 손을 흔들었다. 마릴린 먼로 주연의 (두말하면 잔소리다) 〈귀여운 여인〉 리메이크판 예고편이 상영 중이었다.

마릴린 먼로가 빨간색 드레스를 입고 등장하자, 스키드의 마릴린이 포즈를 연습하다 멈추고 예고편을 보러 가까이 다가왔다. 마릴린 먼로는 웨이터에게 달팽이 요리를 휙 날리고, 흰 홀터 드레스를 사러 로데오 거리로 쇼핑을 가고, 클라크 게이블과 긴 키스를 나누었다. 그러고는 화면이 서서히 페이드아웃 되었다.

"마릴린 먼로는 곧 리나 라몬트 역으로 〈사랑은 비를 타고〉에도 출연할 겁니다." 내가 말했다. "자, 이제 왜 진 켈리를 싫어하는지 말해줘요."

"정확히 말하자면 싫어하는 게 아니에요." 앨리스가 곰곰이 생각하며 말했다. "〈파리의 미국인〉에서는 끔찍했죠. 〈사랑은 비를 타고〉에 나오는 그 판타지 신에서도요. 하지만 도널드 오코너랑 프랭크 시내트라와 춤출 때는 꽤 괜찮은 댄서였어요. 진 켈리는 댄스가 굉장히 힘든 것처럼 보이게 하는데 그게 마음에 안 들어요."

"그럼 힘들지 않다는 말인가요?"

"당연히 힘들죠! 그게 바로 요점이에요." 앨리스가 이마를 찌푸렸다. "진 캘리는 점프를 하거나 복잡한 스텝을 밟을 때마다 팔과 소매와 바짓자락을 마구 흔들어대요. 마치 얼마나 힘든지 보여주고 싶다는 듯이요. 프레드 아스테어는 그러는 법이 없어요. 프레드의 루틴은 진 켈리가 추는 루틴보다 훨씬 어렵고 스텝은 끔찍할 정도로 힘들죠. 하지만 스크린에서는 전혀 그래 보이지 않아요. 프레드가 춤을 출 때는 힘들여 춤추는 것처럼 보이지 않는다고요. 아주 쉬워 보이죠. 그 자리에서 즉흥적으로 만들어내기라도 한 것처럼요."

프레드와 엘리너의 이미지가 다시 눈앞에 떠올랐다. 두 사람은 흰옷을 입고 전혀 힘들지 않다는 듯, 별이 반짝이는 바닥을 가로지르며 자연스럽게 탭 댄스를 추었다.

"프레드의 춤이 너무 쉬워 보여서 당신도 할리우드에 오면 춤을 출 수 있을 거라고 생각했군요."

"쉽지 않다는 건 나도 알아요." 앨리스가 조용히 말했다. "실사 촬영이 많지 않다는 것도 알고요."

"많지 않은 게 아니라 전혀 없어요." 내가 말했다. "실사 영화는 일절 만들어지지 않아요. 보고타나 베이징이라면 또 모를까. 죄다 CG예요. '영화배우 지원 사절.'"

'댄서들도 같은 처지예요.' 하지만 나는 입 밖으로 소리 내어 말하지 않았다. 이런 상황에서도 여전히 섹스를 하고 싶었기 때문이다. 다음번 섬광을 겪을 때까지 앨리스를 붙들어둘 수만 있다면, 한 번 더 섬광을 겪는다면 말이다. 머리가 빠개질 듯 아팠다. 클리그 부작용일 리는 없었다.

"하지만 모든 영화가 컴퓨터 그래픽이라면…." 앨리스가 진지하게 말했다. "스튜디오는 만들고 싶은 건 뭐든 만들 수 있다는 말이잖아요. 뮤지컬 영화를 포함해서요."

"스튜디오가 뮤지컬 영화를 제작할 거라고 생각해요? 뮤지컬 영화는 1996년 이후로 제작된 적이 없어요."

"하지만 프레드 아스테어의 저작권을 얻으려고 소송 중이잖아요." 앨리스가 스크린을 향해 손짓하며 말했다. "어디엔가 출연시키고 싶어서 그러는 거 아니에요?"

'어디든 출연시키겠죠. 〈타워링〉 속편이라든가, 사람이 죽어 나가는 포르노 영화라든가.' 나는 생각했다.

"아까도 말했지만 나도 쉽지 않다는 거 알아요." 앨리스가 방어적으로 말했다. "프레드 아스테어가 처음 할리우드로 왔을 때 사람들이 뭐라고 했는지 알아요? 가망이 없다는 둥, 여동생이 더 재능 있다는 둥, 보드빌 쇼의 삼류 탭 댄서감밖에 안 돼 영화 출연은 꿈도 못 꿀 거라는 둥, 별별 소리를 다 해댔죠. 프레드가 처음 스크린 테스트를 받았을 때 어떤 사람은 이렇게 적었어요. '30대, 대머리, 춤은 좀 출 줄 앎.' 프레드가 잘 해낼 거라고 믿은 사람은 아무도 없었지만, 보세요. 무슨 일이 일어났는지."

적어도 프레드에겐 출연할 영화들이라도 있었다. 나는 소리 내어 말하지 않았지만, 앨리스는 내 표정에서 생각을 읽었는지 이어 말했다. "프레드는 정말로 열심히 노력할 의지가 있었고 그건 나도 마찬가지예요. 프레드가 촬영 시작 전 몇 주에 걸쳐 댄스 루틴들을 리허설했다는 거, 알아요? 〈케어프리〉 리허설 기간에는 탭 슈즈가 여섯 켤레나 닳아 없어졌어요. 나도 프레드처럼 열심히 연습할 작정이에요." 앨리스가 말했다. "실력이 부족하다는 거, 나도 알아요. 발레 수업을 들어야 하겠죠. 지금은 재즈 댄스랑 탭 댄스밖에 할 줄 아는 게 없어요. 아직은 루틴도 몇 개밖에 모르고요. 볼룸 댄스를 가르쳐줄 사람도 찾아야 할 거예요."

'어디서 찾는데요?' 나는 생각했다. '댄스 선생도, 안무가도, 뮤지컬 영화도, 20년 전에 할리우드에서 사라졌다고요.' CG가 실사 영화를 멸종시켰는지는 몰라도, 뮤지컬 영화의 몰락은 CG 때문이 아니었다. 뮤지컬은 오래전 60년대에 이미 자멸했다.

"댄스 수업을 받으려면 일을 해야 해요. 수업료를 내야 하니까." 앨리스가 말했다. "파티에서 당신이랑 이야기하던 그 여자 있잖아요. 마릴린 먼로처럼 생긴 여자. 그 여자가 그러는데 페이스 일을 얻을 수 있을 거라고 했어요. 페이스는 어떤 일을 하나요?"

'파티에서 서성이다 스튜디오 임원의 눈에 띄면, 섹스를 해주는 대가로 얼굴을 영화에 합성해 넣고 코카인을 하죠.' 나는 코카인이 좀 있었으면 좋겠다는 생각이 들었다. "해커들이 스캔하는 동안 미소를 짓고 이야기를 하고 슬픈 표정을 짓는 게 페이스가 하는 일이에요."

"스크린 테스트 같은 건가요?" 앨리스가 물었다.

"그런 셈이죠. 해커가 당신 얼굴을 스캔한 뒤 그걸 디지털화해서 〈스타 탄생〉 리메이크판에 합성하면, 제2의 주디 갈랜드가 될 수도 있겠죠. 하지만 주디 갈랜드를 이미 소유하고 있는 스튜디오가 왜 그런 일을 하겠어요? 바브라 스트라이샌드도, 재닛

65

게이너도, 저작권이 스튜디오에 있고 이미 유명한 스타들인데, 새 페이스에 모험을 걸 이유가 과연 있을까요? 이미 소유한 영화의 속편이나 모작이나 리메이크판을 만들면 되는데 굳이 새 영화를 제작할까요? 기왕 그러는 김에 스타도 리메이크판에서 다시 리메이크하면 되겠네. 할리우드! 궁극의 재활용업계!"

나는 ILMGM이 개봉 예정작들을 홍보하는 스크린을 향해 손을 휘저었다. 목소리가 말했다. "앤서니 홉킨스와 맥 라이언 주연의 〈오페라의 유령〉."

"저걸 봐요." 내가 말했다. "최근에 할리우드가 무슨 짓까지 했는지. 무성영화의 리메이크판을 또 리메이크했다고요!"

예고편이 끝나고, 무한 반복 재생이 다시 시작됐다. 디지털 사자가 디지털 포효를 했고, 디지털 레이저가 사자의 머리 위에 황금색 글씨를 새겼다. "불가능한 것은 없습니다!"

"불가능한 건 없죠." 내가 말했다. "디지타이저와 슈퍼컴퓨터와 메모리와 전송에 쓸 파이버옵틱 피드만 있으면. 아, 그리고 저작권도요."

황금색 단어들이 안개 속으로 사라지고, 안개 속에서 등장한 스칼릿 오하라가 크리놀린 드레스 자락을 우아하게 잡고서 생글생글 웃으며 우리에게 다가왔다.

"불가능한 게 없다는 말은 스튜디오한테나 해당되는 말이에요. 모든 걸 소유하고, 모든 걸 통제하고, 모든 걸…."

나는 하던 말을 멈추고 생각했다. '이렇게까지 목소리를 높였는데 앨리스가 나랑 섹스해줄 리가 없어. 차라리 그건 헛된 꿈이

라고 솔직히 말해주는 편이 낫지 않을까?'

하지만 앨리스는 내 말을 듣고 있지 않았다. 앨리스는 스크린에 나열되는 저작권 관련 소송들을 쭉 훑어보며 프레드 아스테어의 이름이 등장하길 기다리고 있었다.

"프레드를 처음 본 순간, 내가 뭘 원하는지 알게 됐어요." 앨리스는 시선을 벽에 고정한 채 말했다. "사실 '원한다'는 건 정확한 표현이 아니에요. 내 말은, 새 드레스를 갖고 싶은 마음과는 전혀 다른….'

"아니면 코카인이라든가." 내가 말했다.

"그런 종류의 갈망이 아니에요. 그건… 〈톱 햇〉에 프레드 아스테어가 호텔 방에서 춤추는 신이 나와요. 바로 아래층에는 진저 로저스가 묵고 있죠. 진저가 프레드의 방으로 올라가 소음에 대해 항의하자 프레드는 이렇게 말해요. 가끔 자기도 모르게 춤을 추게 된다고요. 그 말을 들은 진저가 뭐라고 했냐면….'

"'아, 그것도 참 고민거리겠네요.'" 내가 말했다.

나는 내가 영화 속 대사를 인용할 때마다 언제나 그랬듯 이번에도 앨리스가 웃을 거라고 예상했지만, 앨리스는 웃지 않았다.

"고민거리라…." 앨리스가 진지한 목소리로 말했다. "정확히 말하자면 고민거리가 아니에요. 그게 그러니까…, 프레드는 춤을 출 때, 그저 남들 눈에 쉬워 보이게 춤추지 않아요. 온갖 탭 스텝이며 리허설이며 음악 같은 건 연습용일 뿐이고, 진짜로 춤을 추는 것처럼 보인다고요. 리듬과 타임 스텝과 턴을 넘어 마치 다른 어딘가에 있는 사람처럼…. 나도 그곳에 갈 수만 있다면,

그렇게 할 수만 있다면…"

앨리스가 말을 멈췄다. 모자를 쓰고 연미복을 입은 프레드 아스테어가 안개 속에서 느긋하게 걸어 나와, 쾌활한 표정으로 모자 앞쪽을 지팡이 끝으로 두드리며 우리에게 다가왔다. 나는 앨리스를 바라보았다.

앨리스는 내 방에서처럼 넋을 놓고 숨을 죽인 채 프레드를 보고 있었다. 프레드와 엘리너가 흰옷을 입고 나란히 춤추는 모습을 바라보던 바로 그 표정이었다. 턴을 하는 순간에도 정지해 있는 듯, 고요히, 몸짓을 넘어, 모든 걸 넘어….

"이쪽으로." 내가 앨리스의 손을 홱 잡아당기며 말했다. "여기서 내려야 해요." 그리고 녹색 화살표들을 따라 스키드에서 내려 밖으로 나갔다.

#5

신: 그라우맨스 차이니즈 극장에서 열리는 할리우드
프리미어 나이트. 밤하늘에 십자 무늬를 만들며 교차하는
수많은 서치라이트 불빛, 야자수, 비명을 지르는 팬들,
리무진, 턱시도, 모피 코트, 번쩍번쩍 터지는 섬광 전구들

우리는 '카오스'가와 '감각 과부하'가가 만나는 할리우드 대로
로 나왔다. 이곳에서 섬광에 빠지게 된다면 최악일 거다. 언제나
그렇듯 세실 B. 드밀[36] 감독의 영화를 연상시키는 장관이 펼쳐
있었다. 페이스와 관광객과 프리랜서와 주정뱅이와 수천 명의
엑스트라가 무리 지어 비디오 플레이스와 VR 동굴들을 돌아다
니고, 드롭 스크린과 프리 스크린과 다이아몬드 스크린과 홀로
스크린까지 온갖 종류의 스크린이 다 있었다. 모두 빈센트가 편
집한 〈사이코〉의 예고편들을 상영했다.

트럼프스(Trump's) 차이니즈 극장 앞에 설치된 거대한 드롭

---

36 대표작 〈십계〉(1956)를 비롯해 장대한 스케일과 화려한 연출, 대규모 엑스트라
가 등장하는 영화들을 주로 만들었다.

스크린 두 개에서는 〈벤허〉의 최신 리메이크판 홍보 영상들이 상영 중이었다. 그중 하나에서 구릿빛 치마를 입은 실베스터 스 텔론이 디지털 땀을 뻘뻘 흘리며 전차 위로 몸을 굽혀 말들을 채찍질했다.

또 다른 드롭 스크린은 잘 보이지 않았다. '해피 엔딩'이라고 적힌 네온사인과, 스칼릿 오하라가 안개 속에서 "하지만 레트, 난 당신을 사랑해요."라고 말하는 홀로 스크린에 가려져 있었기 때문이다.

"실은 나도 당신을 사랑해요." 클라크 게이블이 스칼릿 오하 라를 으스러지게 끌어안으며 말했다. "한순간도 당신을 사랑하 지 않은 적이 없었소!"

"시멘트에 스타들의 이름이 새겨져 있어요." 내가 발 아래를 손가락으로 가리키며 앨리스에게 말했지만, 사람들로 북적여 스 타들의 이름은 고사하고 인도도 눈에 들어오지 않았다. 나는 앨 리스를 데리고 도로로 내려갔다. 도로 또한 붐비기는 매한가지 였다. 하지만 적어도 도로에 있는 사람들은 이동을 했고, 거리를 따라 비디오 플레이스들이 있는 곳으로 향했다.

VR 동굴들에서 나온 상점 주인들이 '현실 탈출, 2달러 할인' 이라고 적힌 전단을 우리 손에 쑤셔 넣자 리버 피닉스가 등장 했다. "드랙을 원하세요? 플레이크? 아니면 섹스?"

나는 코카인을 조금 사서 그 자리에서 입안에 털어 넣고, 기 숙사로 돌아갈 때까지 섬광을 겪지 않기만을 바랐다.

인파가 살짝 줄자 나는 앨리스를 다시 인도로 데려간 뒤 "100퍼센트 바디 훅업! 100퍼센트 현실적!"이라고 광고하는 VR 동굴 옆을 지나갔다.

100퍼센트 현실적인 건 사실이다. 모르는 게 없는 혜다 말에 따르면, 대부분의 VR 동굴은 시뮬레이션 섹스에 요구되는 메모리 용량을 감당할 수 없고, 그들 절반은 손님 머리에 데이터 헬멧을 씌우고 VR 이미지처럼 보이게 노이즈를 추가한 뒤 프리랜서를 슬쩍 들여보낸다.

나는 앨리스를 끌고 VR 동굴을 돌아서 간판에 '스타 탄생'이라고 적힌 부스로 갔다. 한 무리의 관광객들이 부스 앞에 서서 얼빠진 표정으로 홍보 영상을 보고 있었다. "꿈을 이루세요! 영화배우가 될 기회! 디스크 포함, 89.95달러. 스튜디오 라이선스 제공! 스튜디오 수준의 디지털화!"

"무얼 고를지 모르겠어요. 어떻게 생각해요? 이건 어떨까요?" 뚱뚱한 여자 관광객이 메뉴를 획획 넘기며 물었다.

흰 실험복을 입고 제임스 딘처럼 앞머리를 뒤로 넘긴 팜파도르 헤어스타일을 한 해커가 지루하다는 표정으로 관광객이 가리킨 영화를 힐끗 보더니, 플라스틱 전선 다발을 건네주고는 커튼이 쳐진 작은 공간을 가리키며 들어가라고 손짓했다.

여자가 들어가다 말고 물었다. "나중에 파이버옵틱 피드에서 볼 수 있는 거 맞죠?"

"그럼요." 제임스 딘이 그렇게 대답하고는 커튼을 홱 쳤다.

"뮤지컬 영화도 있나요?" 나는 그 해커가 관광객에게처럼 나한테도 거짓말을 할까 궁금했다. 그 여자가 파이버옵틱 피드에 나올 리는 만무했다. 스튜디오가 허가한 수정 작업(예를 들면 합성 작업이라든가 난도질이라든가) 외에는 그 어떤 것도 파이버옵틱 피드에 올라갈 수 없기 때문이다. 그 여자는 자신이 고른 장면과 함께 복사본을 만들지 말라는 경고가 담긴 테이프를 받을 게 뻔했다.

제임스 딘 머리를 한 남자는 어리둥절한 표정이었다. "뮤지컬 영화요?"

"왜 그 있잖아요, 노래도 부르고 춤도 추는 영화요." 내가 말했다. 아까 그 관광객이, 땋은 갈색 머리를 양쪽 귀 너머로 둥글게 만 가발을 쓰고 지나치다 싶게 짧은 흰색 로브를 입은 채 다시 나타났다.

"여기 위에 서세요." 제임스 딘이 플라스틱 상자를 가리키며 말했다. 그는 여자의 굵은 허리에 데이터 전송 장치를 묶은 뒤 낡은 디지털 매트 합성기로 가서 장치를 켰다.

"이제 스크린을 보세요." 남자가 말하자 관광객 모두가 장면이 잘 보이는 곳으로 자리를 옮겼다. 스톰트루퍼들이 총격을 시작하자 루크 스카이워커가 등장했다. 루크는 문가에 서서 아래를 내려다보며 블루 스크린의 빈 공간을 팔로 감싸 안았다.

나는 그 장면을 보고 있는 앨리스 곁을 떠나 사람들을 뚫고 메뉴를 보러 갔다. 〈역마차〉, 〈대부〉, 〈이유 없는 반항〉.

"자, 이제 루크 스카이워커의 뺨에 키스한 다음 상자에서 내려와요." 제임스 딘이 키보드를 두드리며 말했다. 그러자 루크와 그 여자 관광객이 한 스크린에 나타났다. "뛰어내릴 필요는 없어요. 데이터 전송 장치가 알아서 처리할 거예요."

"영화에서는 전송 장치가 안 보이나요?"

"편집 프로그램이 삭제해요."

메뉴에 뮤지컬 영화는 없었다. 심지어 루비 킬러도 없었다. 나는 앨리스에게 돌아갔다.

"오케이, 액션!" 제임스 딘이 말했다. 그 뚱뚱한 관광객 여자가 허공에 대고 키스를 하더니 키득키득 웃으며 상자에서 뛰어내렸다. 스크린 속에서 여자가 루크의 뺨에 키스했고, 두 사람은 첨단 기술이 만들어낸 심연을 가로질러 빙글빙글 춤을 추며 사라졌다.

"갑시다." 나는 앨리스를 데리고 도로를 가로질러 '스크린 테스트 시티' 부스로 향했다.

그곳에는 스타들의 얼굴로 가득 찬 멀티스크린과, 레드라인을 복용했는지 동공이 수축된 늙은 남자가 있었다. "스타가 되십쇼! 은막의 주인공이 되세요!" 남자가 앨리스에게 음흉한 시선을 던졌다. "누가 되고 싶어, 이쁜이? 마릴린 먼로?"

진저 로저스와 프레스 아스테어가 스크린 맨 아랫줄에 나란히 있었다. "저 사람이요." 내가 말하자 진저와 프레드의 얼굴이 스크린을 꽉 채울 때까지 확대되었다.

"오늘 밤에 온 게 행운인 줄 알아. 저 남자 곧 소송에 들어가거든." 늙은 남자가 말했다. "필요한 게 뭐야? 스틸 사진이야, 아니면 장면이야?"

"장면이요." 내가 말했다. "이 여자분만 나오면 돼요. 우리 둘

다 나오지는 않아도 돼요."

"스캐너 앞에 서봐. 웃는 사진 찍게." 남자가 손가락으로 스캐너를 가리키며 말했다.

"아니요. 필요 없어요." 앨리스가 나를 보며 말했다.

"왜요? 영화 속에서 춤추고 싶다고 했잖아요. 지금이 기회예요." 내가 말했다.

"아무것도 안 해도 돼." 늙은 남자가 말했다. "디지털화할 이미지만 있으면 나머지는 스캐너가 알아서 다 하거든. 웃기 싫으면 안 웃어도 돼."

남자가 앨리스의 팔을 붙잡았다. 남자의 손을 뿌리칠 거라는 나의 예상과는 달리 앨리스는 꼼짝도 하지 않았다.

"내가 원하는 건 영화 속에서 춤추는 거지, 진저 로저스의 몸에 내 얼굴을 디지털 합성하는 게 아니에요." 앨리스가 나를 보며 말했다. "난 춤을 추고 싶다고요."

"아가씨가 저 스크린 위에서 춤추는 모습을 모두가 보게 될 거야." 늙은 남자가 다른 손으로 떼 지어 서성이는 수많은 출연 대기자를 가리켰다. 그중 누구도 스크린을 보고 있지 않았다. "광디스크로도 볼 테고."

"당신은 몰라요." 앨리스가 눈물을 글썽이며 말했다. "CG 혁명은…."

"…바로 여기 당신 눈앞에 있잖아요." 나는 갑자기 모든 게 지긋지긋해졌다. "시뮬레이션 섹스, 합성, 스너프 쇼, 셀프 리메이크작까지. 주위를 둘러봐요, 루비. 영화 속에서 춤추고 싶다고

74

요? 당신이 할 수 있는 건 딱 여기까지라고요!"

"당신은 이해한 줄 알았어요." 앨리스가 암울한 목소리로 말했다. 그리고 붙잡을 새도 없이 몸을 휙 돌려 군중 속으로 뛰어들었다.

"앨리스, 잠깐만요!" 내가 소리치며 뒤쫓아갔지만 앨리스는 이미 한참을 앞서갔고, 어느새 스키드 출입구 안쪽으로 사라졌다.

"그녀를 놓쳤나요?" 목소리가 말했다. 나는 고개를 돌려 노려보았다. 도로 맞은편에 '해피 엔딩' 부스가 있었다. "그녀에게 차였나요? 그럼 엔딩을 바꾸세요. 레트가 스칼릿에게 돌아오게, 래시[37]가 집으로 돌아오게 바꿔보세요."

나는 도로를 건넜다. 거리 이편에는 멜 깁슨, 샤론 스톤, 막스 형제와 섹스할 수 있게 해주겠다는 시뮬레이션 섹스숍들밖에 없었다. 100퍼센트 현실적! 나도 시뮬레이션 섹스를 해야 하나 하는 생각이 들었다. 홍보용 데이터 헬멧에 머리를 들이밀어 보았지만 시야는 여전히 선명했다. 코카인이 효력을 발휘하는 게 분명했다.

"그러지 마세요." 어느 여자의 목소리가 들렸다.

나는 헬멧을 벗었다. 찢어진 망사 레오타드를 입고 얼굴에 애교점을 찍은 금발의 프리랜서가 서 있었다. 〈버스 정류장〉. "진짜를 경험할 수 있는데 왜 가상 세계에서 가짜를 경험하려고 하죠?" 여자가 숨소리 섞인 목소리로 말했다.

---

37 영화 〈래시〉 시리즈(1943~2024)의 주인공 콜리견

"그게 뭔데요?" 내가 물었다.

여자는 여전히 미소를 짓고 있었지만, 경계하는 표정이었다. 〈말타의 매〉에 출연하는 메리 애스터처럼. "네?"

"진짜를 경험할 수 있다면서요. 뭐가 진짜라는 거죠? 섹스? 사랑? 코카인?"

여자가 체포되는 사람처럼 두 손을 앞으로 내밀었다. "마약 단속 경찰이세요? 무슨 말씀인지 전혀 모르겠네요. 그저 내 생각을 말한 것뿐이라고요. 난 사람들이 VR로 만족하지 않기만을 바라요. 진짜 사람이랑 이야기할 기회를 놓치게 되잖아요."

"예를 들면 마릴린 먼로랑요?" 나는 그렇게 대꾸하고는 세 명도 넘는 프리랜서들을 지나 인도를 따라 걸었다. 흰 홀터 드레스를 입은 마릴린, 황동색 원뿔형 브래지어를 한 마돈나, 분홍색 새틴 드레스를 입은 마릴린. 진짜다.

나는 제임스 딘처럼 생긴 남자한테서 코카인 약간과 틴슬타운 한 줄을 얻어(그는 그것들을 팔 생각도 못 할 만큼 약에 취해 있었다) 그 자리에서 먹은 뒤 스너프 쇼들을 지나쳐 계속 걸었다. 하지만 어느 지점에서 방향을 바꾸었는지 정신을 차려보니 '해피 엔딩' 부스로 돌아와 홀로 스크린을 바라보고 있었다. 스칼릿 오하라가 레트 버틀러를 쫓아 안개 속으로 달려갔고, 부치 캐시디와 선댄스 키드[38]는 빗발치는 총알들 속으로 뛰어 들어갔고,

---

38 〈내일을 향해 쏴라〉(1969)의 주인공들로 서부 개척 시대에 실제 존재했던 갱스터들이다.

험프리 보가트와 잉그리드 버그만은 서로를 바라보며 비행기 앞에 서 있었다.

"다시 왔군." 주인이 말했다. "상처받은 마음에 딱 좋은 게 있어. 악당들을 죽이고 여자를 되찾는 영화들이지. 뭐가 좋을까? 〈잃어버린 지평선〉? 〈터미네이터 9〉?"

잉그리드가 험프리에게 그곳에 남고 싶다고 말하자, 험프리가 잉그리드에게 그건 불가능하다고 말했다.

"사람들은 이 영화를 어떻게 해피 엔딩으로 바꾸나요?" 내가 주인에게 물었다.

"〈카사블랑카〉 말인가?" 주인이 어깨를 으쓱했다. "나치들이 나타나 남편을 죽이고, 잉그리드와 험프리가 결혼하는 거지."

"신혼여행은 아우슈비츠로 가고요." 내가 말했다.

"해피 엔딩이라고 해서 좋기만 하란 법은 없어."

스크린 속의 험프리와 잉그리드가 그윽한 눈길로 서로를 바라보았다. 잉그리드의 두 눈에 눈물이 차올랐다. 그리고 스크린의 가장자리가 흐려지기 시작했다.

"〈샤도우랜드〉는 어때?" 주인이 말했다. 하지만 나는 이미 군중을 헤치고 스키드를 향해 달려가고 있었다. 섬광을 겪기 전에 스키드에 타야 했다.

스키드에 거의 다 도착할 즈음 전차 경주 옆을 지나다 어느 마릴린과 부딪쳐 넘어졌다. '그럼 그렇지, 시멘트 바닥에서 섬광을 겪겠군.' 하지만 그런 일은 일어나지 않았다.

인도가 흐려지더니 곧이어 눈을 뜰 수 없을 정도로 눈이 부셨다. 그리고 그곳에 스타들이 있었다. 흰옷을 입은 프레드와 엘리너가 떼 지어 서성이는 사람들 틈에서 편안하고 우아하게 춤을 추었다. 두 사람의 모습 위로 그 둘을 바라보는 앨리스의 모습이 겹쳐 보였다. 잉그리드 버그만처럼, 허탈하고 서글픈 표정으로.

#6 — 화면이 서서히 어두워지며 검게 변한다

> 몽타주: 사운드 없음. 컴퓨터 앞에 앉은 남자 주인공이
> 키보드를 눌러 스크린 속 장면이 바뀔 때마다
> 애스가 나오는 장면들을 삭제한다. 서부극의 술집,
> 멋들어진 나이트클럽, 남자 대학생들의 클럽하우스,
> 바다가 보이는 바.

내가 판사 하디[39]라도 되는 양 퍼부은 설교가 앨리스에게 어떤 영향을 끼쳤는지는 알 수 없지만, 앨리스는 자기 꿈을 포기하지도, 메도우빌[40]로 돌아가지도 않았다. 앨리스는 그다음 주에 또 파티에 참석했다.

나는 가지 않았다. 메이어한테서 받은 작업 목록이 있는 데다, '학업 불이행'으로 장학금 지급이 취소됐다는 통지까지 받았기 때문이다. 기숙사에서 쫓겨나지 않으려면, 그리고 코카인을 계속 살 수 있으려면, 메이어가 시킨 작업을 해야만 했다.

---

39 〈판사 하디와 그의 아들〉(1939)에서 루이스 스톤이 맡은 역으로 주인공 앤디 하디의 아버지

40 〈춤추는 대뉴욕〉(1949)에 등장하는 주인공 치프의 고향으로 이상적인 마을

하지만 파티에 안 가도 뭐가 어떻게 돌아가는지는 다 알았다. 파티 중간중간에 헤다가 방으로 올라와서 빠짐없이 알려줬기 때문이다. "인수 과정이 진행 중인 게 분명해." 헤다가 말했다. "메이어의 상사가 개발 부서로 발령받았대. 다시 말해 곧 잘릴 거라는 이야기지. 워너는 프레드 아스테어를 두고 맞소송을 제기했고. 내일이 재판일이야."

앨리스는 기회가 있었을 때 진저의 몸에 자기 얼굴을 합성했어야 했다. 프레드와 춤출 기회는 다시 오지 않을 거다. "빈센트가 파티에 왔어." 헤다가 말했다. "새 편집 프로그램을 가져왔는데 이번엔 신체를 부패시키고 변형하는 프로그램이야."

"그걸 놓쳤다니 아쉽네." 내가 말했다.

"그나저나 여기서 뭐 하고 있어?" 헤다가 넌지시 물었다. "한 번도 파티에 빠진 적이 없었잖아. 다들 저기 있다고. 메이어도 앨리스도…." 헤다가 말을 멈추고 내 표정을 살폈다.

"메이어가 왔다고 했지?" 내가 물었다. "메이어한테 가서 돈을 올려달라고 해야겠어. 영화에 음주 신이 얼마나 많은 줄 알아? 안 마시는 사람이 없어." 나는 직접 보여주기 위해 스카치위스키를 벌컥벌컥 마셨다. "게리 쿠퍼도 마신다고."

"그렇게 마셔대도 되는 거야?" 헤다가 말했다.

"그걸 말이라고 해? 값도 싸고 합법적이잖아. 그리고 난 내가 마시는 게 뭔지 안다고." 술은 섬광을 막는 데도 효과가 좋았다.

"안전하긴 한 거야?" 헤다가 바닥에서 발견한 흰색 가루는 대수롭지 않게 킁킁거리면서, 걱정스러운 표정으로 술병의 라벨을 읽었다.

"당연히 안전하지. 누가 보증하는지 봐. W. C. 필즈 존 베리모어, 베티 데이비스, E.T.[41], 그리고 대형 스튜디오들. 메이어가 준 목록에 있는 모든 영화에 음주 신이 나와. 〈춘희〉, 〈말타의 매〉, 〈강가딘〉, 〈사랑은 비를 타고〉에도 나오지. 시사회가 끝난 뒤에 열린 파티에 샴페인이 등장해." 도널드 오코너가 "파티에서는 영화를 틀어야지. 그게 할리우드의 법이잖아"라고 말하는 장면에서다. 나는 술병을 다 비웠다. "〈오클라호마〉에도 나와. 불쌍한 주드는 만취한 채로 죽었다고."

"메이어가 파티에서 앨리스한테 추파를 던졌어." 헤다가 여전히 나를 보며 말했다.

뭐, 그거야 피할 수 없는 일이었다.

"앨리스가 메이어한테 자기가 얼마나 간절히 영화 속에서 춤추고 싶은지 말했거든."

그 또한 피할 수 없는 일이었다.

"두 사람 모두에게 잘된 일이길 바라." 내가 말했다. "혹시 메이어가 앨리스를 게리 쿠퍼한테 넘겨줄 셈인가?"

"앨리스는 아직도 댄스 선생을 못 찾았대."

"나도 너랑 수다나 떨고 싶지만, 헤이즈 오피스가 시킨 검열 작업을 계속해야 해서." 나는 〈카사블랑카〉를 다시 불러내 술병들을 삭제하기 시작했다.

---

41 〈E.T.〉(1982)에서 외계인이 냉장고에서 맥주를 꺼내 마시는 장면이 등장한다.

"난 네가 앨리스를 도와줘야 한다고 생각해." 헤다가 말했다.

"미안하지만," 내가 말했다. "'난 그게 누구라도 위험을 무릅쓰면서까지 도와주지 않아.'"[42]

"그거 영화 대사지?"

"빙고." 나는 험프리 보가트가 술을 따라 마시는 크리스털 유리병을 삭제했다.

"톰, 앨리스한테 댄스 선생을 구해줘. 할리우드에 아는 사람 많잖아."

"할리우드에 인간은 존재하지 않아. 다 CG라고. 0과 1, 디지털 배우와 편집 프로그램뿐이지. 스튜디오들은 이제 웜바디도 안 뽑아. 실사 영화와 뮤지컬이 죽었을 때 할리우드 사람들도 다 죽었어. 끝장났다고. '리코[43]의 최후'지."

"그것도 영화 대사 맞지?"

"맞아. 그리고 이제 영화도 죽었어." 내가 말했다. "빈센트의 신체 변형 편집 프로그램을 보면 알 수 있잖아."

"앨리스한테 페이스 일을 얻어줄 수는 있지 않아?"

"네가 하는 일 같은 거?"

"그럼 해커라든가 효과음 기술자라든가 로케이션 어시스턴트 같은 일이라도 구해줘. 앨리스는 영화에 관해 아는 게 많아."

"앨리스는 해킹에 관심 없어." 내가 말했다. "설령 해킹에 관

---

42 〈카사블랑카〉에서 릭 블레인을 연기한 험프리 보가트의 대사
43 〈리틀 시저〉(1931)의 주인공

심이 있다 해도 뮤지컬 영화 말고는 아는 영화도 없을걸. 로케이션 어시스턴트는 스톡 숏, 소품, 프레임 번호에 대해서까지 모르는 게 없어야 해. 헤다 너야말로 그 일에 적격이지. 나 이제 진짜로 리 레믹 노릇을 계속해야 해."

헤다는 그것도 영화 제목인지 묻고 싶어 하는 얼굴이었다.

"〈위스키 전쟁〉." 내가 말했다. "금주 운동 단체 리더인 리 레믹이 독주와의 전쟁을 벌이는 이야기야." 나는 술병을 기울여 마지막 남은 한 방울까지 털어 마셨다. "코카인 가진 거 있어?"

헤다가 불편한 표정을 감추지 않고 말했다. "없어."

"그래? 그럼 뭐 있어? 클리그는 빼고. 더 이상의 현실감은 필요 없어."

"아무것도 없어." 헤다가 얼굴을 붉히며 말했다. "약을 줄이려고 노력 중이거든."

"네가?" 내가 말했다. "무슨 일 있어? 빈센트의 부패 프로그램을 보고 충격을 받은 거야?"

"아니." 헤다가 방어적으로 말했다. "요전 날 밤, 클리그에 취해 있었는데 앨리스가 자기는 댄서가 되고 싶다고 하더라. 그때 불현듯 깨달았지. 난 코카인이랑 섹스 말고는 원하는 게 없다는 걸."

"그래서 약을 끊기로 결심했다고? 앨리스랑 둘이 탭 댄스를 추면서 스타덤에 오르기라도 하겠다는 거야? 이제 알겠네. 광고판에 너희 두 사람 이름이 번쩍이겠어. 루비 킬러와 우나 머켈 주연의 〈2018년의 황금광들〉!"

"그게 아니야." 헤다가 말했다. "하지만 앨리스 같은 사람이 되고 싶어졌어. 무언가를 원하는 사람 말이야."

"원하는 게 불가능한 거라도?"

나는 헤다의 표정을 읽을 수가 없었다.

"그래, 맞아."

"코카인을 끊는다고 다가 아니야. 원하는 게 뭔지 알고 싶다면 영화를 아주 많이 봐야 할걸?"

헤다가 다시 방어적인 표정을 지었다.

"영화에서 춤추고 싶다는 생각을 앨리스가 어떻게 하게 됐다고 생각해? 영화를 봤기 때문이야! 앨리스는 영화 속에서 춤만 추고 싶은 게 아니야. 〈42번가〉의 루비 킬러가 되고 싶어 한다고. 상냥한 마음씨를 가진 그 당찬 코러스 걸 말이야. 가능성도 없고, 앨리스에게 있는 건 확고한 결심과 탭 슈즈 한 켤레뿐이지만, 걱정 마. 계속 춤을 추고 희망을 잃지만 않는다면, 크게 성공할 뿐만 아니라 쇼를 구하고 딕 파월의 주목을 받게 될 테니까. 다 대본에 적혀 있어. 설마 헤다, 그걸 앨리스 혼자서 생각해냈다고 믿었던 거야?"

"앨리스가 뭘 생각해냈다는 건데?"

"앨리스가 맡은 배역!" 내가 말했다. "그게 영화의 역할이야. 우리한테 오락거리와 '우리는 영화를 사랑합니다' 같은 메시지나 주는 게 영화의 역할은 아니라고. 영화는 우리에게 대사를 주고 역할을 부여해. 존 웨인, 테다 바라, 셜리 템플. 아무나 마음에 드는 사람을 골라봐."

84

내가 스크린을 향해 손을 마구 휘저었다. 나치 사령관이, 이젠 마시지도 못할 26년산 뵈브 클리코 한 병을 주문하고 있었다. "나치들한테 알랑대는 클로드 레인스는 어때? 아 참, 미안. 그 역은 이미 메이어가 연기 중이네. 하지만 걱정할 거 없어. 돌아갈 배역은 많고 사람들이 알든 모르든 모두가 주인공이니까. 심지어 페이스들도. 그들은 자기가 마릴린을 연기한다고 생각하지만, 실은 아니야. 새디 톰슨을 연기하는 그레타 가르보일 뿐이지.[44] 임원들이 왜 리메이크작들을 계속해서 제작한다고 생각해? 험프리 보가트와 베티 데이비스를 거듭 출연시키는 이유가 뭐겠어? 좋은 배역들은 캐스팅이 이미 다 끝났고, 우리에게 남은 건 리메이크를 위한 오디션뿐이야."

혜다는 뚫어져라 나를 보았다. 애스를 끊었다는 건 거짓말이고, 실은 클리그를 복용한 게 아닐까 의심될 정도였다. "앨리스 말이 맞았어." 혜다가 말했다. "너는 진심으로 영화를 사랑해."

"뭐?"

"이토록 오래 알고 지냈는데도 전혀 몰랐다니. 앨리스 말이 맞아. 너는 영화에 나오는 대사랑 배우들을 다 꿰고 있어. 말할 때마다 영화 대사를 인용하고. 앨리스는 네가 영화에 관심 없는 척 굴지만 가슴 밑바닥엔 영화에 대한 애정이 가득하다고 했지. 그렇지 않고서야 그 많은 대사를 다 외우고 있을 리가 없다고."

---

44 윌리엄 서머싯 몸의 단편 소설 《비(Rain)》를 원작으로 한 〈새디 톰슨〉(1928)은 이후 여러 차례 리메이크되었으나 그레타 가르보가 새디 톰슨을 연기한 적은 없다.

나는 클로드 레인스[45]를 최대한 흉내 내어 말했다. "'오, 리키. 겉으로 보기엔 지독히 냉소적이지만 실제로는 한없이 감상주의자군.' 루비 킬러가 〈망각의 여로〉에서 잉그리드 버그만이 맡았던 역을 연기하고 있네. 버그만 박사가 다른 정신 감정 결과들도 내놓았나?"[46]

"네가 애스를 그렇게 많이 복용하는 것도 그래서라고 했어. 영화를 너무나도 사랑하는데 영화가 난도질당하는 걸 지켜보는 게 괴로워서라고."

"틀렸어." 내가 말했다. "너도 모르는 게 있네, 헤다. 내가 애스를 하는 건 어렸을 때 그레고리 펙을 철조망 울타리로 밀쳐 넘어뜨렸기 때문이야."[47]

"봐! 아니라고 할 때도 영화 내용을 인용하잖아." 헤다가 경탄하며 말했다.

"음, 재밌는 대화이긴 하지만 난 영화를 계속 난도질해야 해서…." 내가 말했다. "너도 가서 새디 톰슨을 연기할지, 우나 머켈을 연기할지 정해야 하지 않아?" 나는 몸을 돌려 스크린을 향했다. 피터 로어가 험프리 보가트의 옷깃을 움켜잡고 살려달라 애원하고 있었다.

---

45 〈카사블랑카〉(1942)에서 부패 경찰서장 르노 역을 맡았다.
46 〈망각의 여로〉(1945)에서 잉그리드 버그만은 정신과 의사 콘스탄스 피터슨 역을 맡았다.
47 〈망각의 여로〉에서 그레고리 펙이 연기한 존 발렌타인을 친구인 브라운이 철조망 울타리로 민다. 그로 인해 존은 그림을 그릴 수 없게 된다.

"알든 모르든 사람들은 자기가 맡은 배역을 연기한다고 했지?" 헤다가 말했다. "내가 맡은 역은 뭐야?"

"지금? 〈이창〉에서 셀마 리터가 맡은 역이지. 다른 사람 일에 쓸데없이 참견해대는 그 인물 말이야." 내가 말했다. "나갈 때 문 닫고 가."

헤다가 문을 닫았다가 다시 열더니 문가에 서서 나를 보며 말했다. "톰?"

"왜?" 내가 물었다.

"만약 내가 셀마 리터고, 앨리스가 루비 킬러라면 너는 뭐야?"

"킹콩."

헤다가 떠난 뒤로도 나는 한참을 스크린 앞에 앉아 피터 로어가 체포되는 걸 가만히 지켜보고만 있는 험프리 보가트를 보다가 자리에서 일어나 혹시라도 남은 애스가 있는지 방 안을 둘러보았다. 약을 보관하는 캐비닛 안에 클리그가 있었다. 딱 지금 내게 필요한 것이었다. 샴페인도 한 병 있었다. 예전에 메이어가 페이스 한 명을 데려와서는 내가 〈에덴의 동쪽〉에 그 여자를 합성해 넣는 걸 지켜보며 마신 것이었다. 나는 샴페인을 병째로 벌컥벌컥 들이켰다. 김이 다 빠졌어도 없는 것보단 나았다. 나는 샴페인을 유리잔에 따른 뒤 '그 곡을 다시 연주해줘요, 샘' 신으로 빠르게 감았다.

험프리 보가트가 독한 술을 한 모금 꿀꺽 마셨고 스크린이 부드럽게 전환되더니, 다음 장면에서는 파리로 보이는 매트 앞에서 잉그리드 버그만에게 샴페인을 따랐다.

문이 열렸다.

"빠트린 가십거리가 기억나기라도 한 거야, 헤다?" 내가 샴페인을 한 모금 더 마시며 말했다.

앨리스였다. 앞치마가 달리고 소매가 부푼 피나포어 드레스 차림이었다. 머리는 전보다 짙었고 커다란 리본을 달았지만, 여전히 역광을 받은 듯 빛나는 머리카락이 앨리스의 얼굴을 감쌌다.

프레드 아스테어가 윤이 나는 마루에서 리플 스텝을 밟으면, 엘리너 파월이 똑같이 따라 하다 고개를 돌려 그를 향해 활짝 웃었다….

나는 잔에 남은 샴페인을 단숨에 꿀꺽 마신 뒤 다시 잔을 채웠다. "우와, 이게 누구야. 루비 킬러 아니신가!" 내가 말했다. "원하는 게 뭐죠?"

앨리스는 문가에서 꿈쩍도 하지 않았다. "지난번에 보여주신 뮤지컬 영화들 말인데요, 어쩌면 당신이 광디스크를 빌려줄지도 모른다고 헤다가 그랬어요."

나는 샴페인을 한 모금 마셨다. "그 영화들은 디스크에 저장되어 있지 않아요. 파이버옵틱 피드에 올라와 있는 것들이에요." 나는 그렇게 말하고 컴퓨터 앞에 앉았다.

"이게 당신이 하는 일이에요?" 앨리스는 어느새 내 등 뒤로 와 어깨너머로 화면을 보고 있었다. "영화를 망치는 거요?"

"맞아요. 그게 내 일이에요." 내가 말했다. "사악한 독주와 마약으로부터 영화 관객들을 보호하는 거죠. 대부분 술이에요. 마약이 나오는 영화는 그렇게 많지 않아요. 〈인형의 계곡〉, 〈헐리웃 스토리〉, 치치와 총이 나오는 영화 한두 개, 〈바그다드의 도둑〉 정도죠. 흡연 반대 연맹에서 미처 삭제 안 한 흡연 신들도 삭제하고요." 나는 잉그리드 버그만이 입술로 가져가고 있는 샴페인 잔을 삭제했다. "당신 생각은 어때요? 차로 바꾸는 게 나을까요, 코코아로 바꾸는 게 나을까요?"

앨리스는 아무 말이 없었다.

"이건 중요한 일이에요. 당신도 뮤지컬 영화에 출연할 수 있을지도 모른다고요. 메이어한테 접속해서 당신을 출연시킬 의사가 있는지 물어볼까요?"

앨리스는 고집스러웠다. "헤다 말로는 당신이 피드에서 광디스크로 복사해줄 수 있을 거래요." 딱딱한 말투였다. "그냥 연습용으로 쓰려는 것뿐이에요. 댄스 선생을 찾을 때까지만요."

나는 의자에 앉은 채 몸을 돌려 앨리스를 똑바로 보았다. "그런 다음엔 어떻게 할 건데요?"

"빌려주기 싫으시면 여기서 볼게요. 종이에 스텝들을 적어놓으면 되니까요. 물론 당신이 컴퓨터를 사용하지 않을 때요."

"그다음에는요?" 내가 물었다. "스텝들을 종이에 적고 루틴들을 연습한 다음엔 뭘 어떻게 할 건데요? 진 켈리가 당신을 코러스에서 끌어내… 아, 맞다. 진 켈리는 싫어한다고 했죠. 진 넬슨이 당신을 코러스에서 끌어내 리더로 만들어주기라도 하나요? 미키 루니가 당신을 쇼에 세워준대요? 뭘 어떻게 하겠다는 거죠?"

"글쎄요, 댄스 선생을 찾게 되면…."

"댄스 선생 따윈 없다고요. 15년 전, 스튜디오들이 컴퓨터 애니메이션으로 방향을 바꿨을 때 다들 고향인 메도우빌로 돌아갔 단 말이에요. 사운드 스테이지도, 리허설 장도, 스튜디오 오케스트라도 이젠 없어요. 슈퍼컴퓨터를 해킹하는 괴짜 무리와 그들에게 지시를 내리는 회사 임원들밖에 없다고요. 보여드려요?" 나는 다시 몸을 돌려 컴퓨터에게 명령했다. "메뉴. 〈톱 햇〉. 프레임 97-265."

스크린에 프레드와 진저가 등장하더니 '피콜리노'에 맞춰 빙글빙글 돌았다. "뮤지컬을 되살리고 싶나요? 지금 바로 여기서 할 수 있어요. 초당 5프레임으로 앞으로 감기." 스크린 속 장면이 프레임 시퀀스에 맞춰 느려졌다. 킥…앤드, 턴…앤드, 리프트.

"프레드가 그 루틴들을 얼마나 오래 연습했다고 했죠?"

"6주요." 앨리스가 여전히 딱딱한 어투로 대답했다.

"너무 길어요. 리허설 장 대여비를 생각해봐요. 탭 슈즈 값도요." 나는 컴퓨터에게 다시 지시했다. "프레임 97-288부터 97-631까지 네 번 반복. 그런 다음 99-006부터 99-115까지 초당 24프레임으로 무한 반복 재생."

스크린 속 장면이 1배속으로 재생되기 시작했다. 프레드는 진저를 들어 올리고 들어 올리고 또 들어 올렸다. 하나도 힘들지 않다는 듯 가볍게. 리프트, 앤드 리프트, 앤드 킥, 앤드 턴.

"킥은 이 정도 높이면 충분해요?" 내가 스크린을 가리키며 물었다. "프레임 99-108, 정지." 나는 이미지를 매만져 프레드의 다리를 코에 닿도록 올렸다. "너무 높나요?" 나는 다리를 다시 살짝 내린 뒤 그림자를 제거했다. "초당 24프레임으로 빨리감기."

프레드가 킥을 하자 다리가 미끄러지듯 허공으로 뻗어 나갔다. 앤드 리프트, 앤드 리프트, 앤드 리프트.

"됐어요." 앨리스가 말했다. "무슨 말인지 알겠어요."

"벌써 지루해요? 맞아요. 이건 프로덕션 넘버[48]여야 하죠." 내가 '복사' 버튼을 눌렀다. "열한 개, 나란히." 열 명이 넘는 프레드 아스테어가 동시에 킥을 했다. 리프트, 앤드 리프트, 앤드 리프트, 앤드 리프트. "전체 열, 복사." 스크린이 리프트를 하고 킥을 하고 모자를 톡톡 치는 프레드들로 가득 찼다.

나는 고개를 돌려 앨리스를 보았다. "저들에겐 프레드 아스테어가 있는데, 수백 수천 명의 프레드를 복사해낼 수 있는데, 왜 당신을 원하겠어요? 아무 문제 없이 스텝을 배우고, 발에 물집이 생기지도 않고, 울화통을 터트리지도 않고, 돈을 줄 필요도 없고, 늙지도 않는데다…."

"술에 취하는 법도 없겠죠." 앨리스가 말했다.

"술에 취한 프레드를 보고 싶어요? 가능해요." 내가 말했다. "프레임 97-412, 정지." 프레드 아스테어가 활짝 웃으며 턴을 하다가 멈췄다. "프레임 97-…." 그 순간 스크린에서 장면이 사라지고 법률 용어가 등장했다. "프레드 아스테어가 등장하는 장면은 현재 파이버옵틱 전송이 불가능합니다. ILMGM사와 RKO-워너사 간의 저작권 귀속 소송으로 인해…."

---

[48] 뮤지컬의 가장 화려한 부분으로 풍성한 볼거리를 위해 뮤지컬의 모든 요소가 동원되는 부분

"이런. 프레드에 대한 저작권 소송이 시작됐군요. 안 됐네요. 그러니까 기회가 있었을 때 합성 작업을 했었어야죠."

앨리스는 스크린을 보고 있지 않았다. 나를 보고 있었다. '피콜리노' 신을 볼 때처럼 주의 깊고 집중하는 시선으로. "제가 원하는 게 정말 불가능한 일이라면, 왜 이렇게 적극적으로 말리는 거죠?"

'당신이 찢어진 망사 레오타드를 입고 할리우드 대로에 서 있는 걸 보고 싶지 않기 때문이에요. 메이어의 상사가 당신이랑 섹스하고, 내가 리버 피닉스 영화에 당신 얼굴을 합성해야 하는 건 원치 않는다고요.'

"맞아요. 말릴 이유가 전혀 없죠." 나는 몸을 돌려 컴퓨터에게 명령했다. "접근 코드 파일 모두 출력." 나는 프린터에서 출력된 자료를 찢어냈다. "여기요. 이 파이버옵틱 접근 코드들을 가져다가 원하는 영화를 디스크에 담아요. 어디 한번 발에 피가 나도록 연습해보시죠." 그리고 그걸 앨리스에게 던졌다.

앨리스는 받지 않았다.

"받아요." 내가 그걸 손에 쥐여주었지만 앨리스는 여전히 아무 반응도 하지 않았다. "제가 뭐라고 당신이 가는 길을 막아서겠어요. 레오 더 라이언[49]이 한 불후의 말처럼 불가능한 건 없잖아요? 스튜디오들이 저작권과 파이버옵틱 소스와 디지타이저와 접근 코드들을 죄다 거머쥐고 있지만 그게 무슨 상관이겠어요.

[49] MGM 스튜디오의 마스코트로 1924년 처음으로 영화 오프닝에 등장했다.

직접 의상을 만들고 세트도 직접 제작하면 되잖아요? 개봉하기 직전 베베 대니얼스는 다리 골절상을 입을 거고, 당신이 그 역할을 대신 맡게 되겠죠!"

앨리스가 출력물을 꾸깃꾸깃 뭉쳤다. 나에게 집어던지고 싶다는 표정이었다. "뭐가 가능하고 뭐가 불가능한지 어떻게 알죠? 당신은 시도조차 안 해보잖아요. 프레드 아스테어는…."

"프레드 아스테어는 소송으로 발이 묶여 있어요. 그렇다고 포기하진 말아요. 앤 밀러가 있잖아요. 〈7인의 신부〉도 있고. 진 켈리도요. 아, 또 깜빡했다. 진 켈리랑 춤추기엔 당신 실력이 너무 아깝죠. 토미 튠도 있네요. 루비 킬러도 잊지 말아요."

앨리스가 출력물을 집어던졌다.

나는 꾸깃꾸깃해진 출력물들을 집어 들어 판판하게 펴며 느릿느릿 말했다. "'성질머리 좀 죽여요, 스칼릿.'" 그리고 그걸 앨리스의 피나포어 드레스 앞치마 주머니에 넣은 뒤 툭툭 쳤다. "'이제 저 문을 나가 무대에 서요. 쇼타임이잖아요! 출연진 전원이 당신만 바라보고 있다고요. 기억해요. 당신은 무명 배우로 저 문을 나서지만, 스타가 돼서 돌아와야 한다는 걸.'"[50]

앨리스는 주먹을 꼭 쥐었지만, 출력물을 다시 던지지는 않았다. 앨리스가 몸을 홱 돌리자 스커트가 엘리너의 흰 드레스 스커트처럼 활짝 펼쳐졌다. 윤이 나는 마루 위에서 춤을 추는 프레드

---

50 〈42번가〉(1933)에 나오는 대사로 줄리안 마쉬 감독(워너 백스터 분)이 신인 배우 페기 소여(루비 킬러 분)에게 공연 전 격려하는 말

와 엘리너의 이미지가, 끊임없이 리플 스텝을 밟으며 일렁이듯 빛나는 그 가짜 스타들의 이미지가 갑자기 떠올라 나는 두 눈을 감을 수밖에 없었고, 그 바람에 앨리스가 떠나는 걸 보지 못했다.

앨리스가 방문을 쾅 하고 닫는 소리에 이미지가 사라졌다. 나는 방문을 열고 밖을 내다보았다. "'내가 당신을 증오할 만큼 성공하라고!'"[51] 나는 앨리스의 등 뒤에 대고 소리쳤지만, 앨리스는 이미 사라지고 없었다.

[51] 〈사랑은 비를 타고〉(1952)에서 진 켈리가 도널드 오코너에게 한 대사

7

신: 버스비 버클리의 프로덕션 넘버. 물줄기를 내뿜으며
회전하는 거대한 분수 위에 샴페인 잔들이 층층이 놓여
있고, 가는 금실로 짠 라메를 입은 코러스 걸들이 샴페인
잔들을 채우고 있다. 카메라가 샴페인 잔을 클로즈업한 뒤
샴페인 거품들을 클로즈업한다. 금실로 장식된 탭 댄스
바지와 홀터 톱을 입은 코러스 걸들이 거품 속에서
탭 댄스를 추고 있다.

앨리스는 그 뒤로 돌아오지 않았다. 하지만 헤다가 내 방에 들러 앨리스의 근황을 전해주는 데 수고를 아끼지 않았다. 앨리스는 아직 댄스 선생을 구하지 못했고, 비아마운트사의 ILMGM 인수는 기정사실화되었으며, 콜럼비아 트라이스타는 〈사랑의 은하수〉 리메이크판을 제작 중이었다.

"콜롬비아사 임원이 파티에 왔었어." 헤다가 내 방 침대에 걸터앉아 말했다. "그 임원이 그러는데, 네거티브 물질 영역 안으로 이미지를 투영하는 실험을 하고 있대. 시간 지연이 꽤 되긴 하지만 타임머신 발명까지 거의 다 갔다나 봐." 헤다가 엄지와

검지를 바짝 붙이며 말했다.

"잘됐군." 내가 말했다. "앨리스가 30년대로 돌아가 버스비 버클리한테서 직접 댄스 수업을 받을 수도 있겠어."

버스비 버클리를 싫어하는 사람이 앨리스만은 아니었다. 〈풋라이트 퍼레이드〉와 〈1933년의 황금광들〉에서 온갖 애스들을 찾아 지우고 난 뒤로, 나 또한 그를 싫어하게 됐다.

앨리스 말이 맞았다. 버스비 버클리의 영화에는 댄스라고 할 만한 게 없었다. 〈42번가〉에서 얼핏 보이는 탭 댄스 추는 발들과 (줄거리를 설명하는 장면의 배경에 나오는 리허설에서였다), 루비 킬러를 위한 넘버인 '페팅 인 더 파크'의 몇 마디를 빼면 말이다. 루비의 춤 실력은 주디 갈랜드와 비슷했다. 그 외에는 네온 바이올린과 회전하는 웨딩 케이크와 분수와 포즈를 취하는 백금색 머리의 코러스 걸들밖에 없었다. 어쩌면 그들도 어느 스튜디오 임원의 애인이었는지 모른다. 오버헤드 만화경 숏과 카메라 패닝과 코러스 걸들의 쫙 벌린 다리 밑에서 찍은 로우 앵글 숏은 있었지만(헤이즈 오피스가 분노했을 게 뻔하다), 댄스는 없었다.

반면 음주 신은 엄청나게 많았다. 밀줏집과 백스테이지 파티와 코러스 걸들의 가터에 꽂힌 납작한 휴대용 술병들. 루비 킬러가 독한 밀주를 마시고 수많은 선원을 상대하는 상하이 릴을 연기한 영화[52]에서는 프로덕션 넘버를 아예 바에서 촬영했다. 그리고 고급술에 대한 찬가가 이어졌다.

---

52 〈풋라이트 퍼레이드〉(1933)

고급술이야 많았다. 술은 쌌고, 레드라인처럼 해롭지도 않았으며, 고맙게도 코카인 생각이 안 들게 할 뿐만 아니라, 섬광 증상을 멈추게 해주었다. 모든 게 전반적으로 흐릿해 보였다. 덕분에 메이어가 시킨 작업을 하는 게 더 수월해졌다.

영화에는 다양한 술이 등장했다. 〈토퍼〉에는 핑크레이디가, 〈아세닉 앤드 올드 레이스〉에는 딱총나무로 담근 와인이, 〈양들의 침묵〉에는 질 좋은 키안티[53]가 등장했다. 나는 작업 중간중간에 샴페인을 마셨는데, 샴페인은 거의 모든 영화에 빠지지 않고 등장했다. 나는 메이어에게 저주를 퍼부으며 〈스타워즈〉에서 비커와 실험실용 플라스크들을 삭제했다.

나는 다음 파티에도, 그다음 파티에도 참석했지만, 앨리스는 보이지 않았다. 빈센트는 또 다른 프로그램을 선보였고, 예전에 봤던 그 스튜디오 임원이 또 마릴린들과 헤다를 세워두고 시간여행에 대해 설명을 늘어놓고 있었다.

"그건 클리그가 아니었어." 헤다가 말했다. "브라질에서 조제된 일종의 코카인이래."

"'비긴 더 비긴'이 귓가에서 맴도는 이유를 이제 알겠네."

"응?"

"아무것도 아니야." 내가 파티장을 둘러보며 말했다. 빈센트의 새 프로그램은 눈물 시뮬레이터인 듯했다. 스크린에 허름한 모자를 쓰고 도트 무늬 넥타이를 맨 재키 쿠퍼가 죽은 개 위에

---

53 이탈리아 투스카니 지방산 적포도주

몸을 숙인 채 흐느껴 울고 있었기 때문이다.[54]

"앨리스는 여기 없어." 헤다가 말했다.

"메이어를 찾는 거야." 내가 말했다. "아무래도 〈필라델피아 스토리〉 작업은 돈을 두 배로 받아야겠어. 음주 신이 너무 많아. 점심 식사 전에 마시는 셰리주, 수영장 옆에서 마시는 마티니, 샴페인, 칵테일, 숙취에 시달리는 사람들, 아이스 팩들. 캐리 그랜트며 캐서린 헵번이며 제임스 스튜어트까지, 출연진 전부 술 냄새가 진동한다고."

나는 〈술과 장미의 나날〉을 작업할 때 마시다 남은 크렘 데 멘테[55]를 벌컥벌컥 마셨다. "비주얼 작업만 해도 족히 3주는 걸릴 거 같아. 삭제할 대사도 한두 개가 아니야. '딸꾹질이 나네요'라든가 '한 잔 마셔도 될까요?' 같은 대사들 말이야."

"앨리스는 조금 전까지 여기 있었는데. 임원 하나가 앨리스한테 추근거리더라고." 헤다가 말했다.

"틀렸어. 내가 '한 잔 마셔도 될까요?'라고 하면 너는 '물론이죠. 충분히 마신 것 같긴 하지만'이라고 해야지."[56] 나는 술을 더 마셨다.

"그렇게 마셔대도 괜찮은 거야?" 코카인의 여왕 헤다가 말했다.

"그 영화들을 보다 보면 마시게 될 수밖에 없어. 부작용이지."

54 〈스키피〉(1931)

55 박하로 만든 독주

56 〈필라델피아 스토리〉(1940)에서 제임스 스튜어트와 캐리 그랜트가 나누는 대화

내가 말했다. "ILMGM이 전부 다 리메이크할 테니 더 이상 망가지는 사람은 없을 거야. 천만다행이지." 나는 크렘 데 멘테를 조금 더 마셨다.

헤다가 매서운 눈초리로 나를 보았다. 다시 클리그를 복용하는 게 아닐까 싶을 정도였다. "ILMGM이 〈미래의 추적자〉를 리메이크할 예정인데 ILMGM 임원이 앨리스한테 배역을 줄 수 있을 거라고 했대."

"잘됐군." 나는 그렇게 대꾸한 뒤 빈센트의 프로그램을 보러 갔다.

이제 스크린 속에서는 오드리 헵번이 빗속에 서서 고양이를 보며 흐느끼고 있었다.

"이번에 새로 만든 눈물 프로그램이야." 빈센트가 말했다. "아직은 실험 단계에 있어."

빈센트가 리모컨에 명령하자 스크린이 분할됐다. 전산화된 디지털 배우가 노란색 러그처럼 생긴 걸 꽉 움켜쥐고 오드리 헵번 곁에서 함께 흐느꼈다. 실험 단계에 있는 건 눈물만이 아니었다.

"액체 상태의 물질 중 모의실험 하기 가장 어려운 게 눈물이야." 빈센트가 말했다. 스크린에 〈오즈의 마법사〉의 양철 나무꾼이 녹슨 관절들을 삐거덕거리며 등장했다. "눈물은 사실상 물이 아니기 때문이지. 눈물에는 무코단백질과 라이소자임과 고염분 물질이 포함되어 있어 굴절률에 영향을 미칠 뿐만 아니라 재생산하기가 여간 어렵지 않아." 빈센트가 방어적인 어투로 말했다.

빈센트의 반응은 당연했다. 디지털 나무꾼의 디지털 눈에서 흐르는 눈물은 바셀린처럼 보였다. "혹시 VR을 프로그램해보신 적 있으세요?" 내가 물었다. "예를 들자면, 몇 주 전 편집 프로그램 시범용으로 사용하신 그 영화 장면 같은 거요. 프레드 아스테어랑 진저 로저스가 나오는 장면이었는데."

"가상 현실? 당연히 해봤지. 헬멧과 전신 데이터를 사용하면 돼. 메이어가 시킨 일이야?"

"네." 내가 말했다. "그럼 진저 로저스 대신 다른 사람이 프레드 아스테어랑 춤추게 할 수도 있겠네요?"

"그럼. 발과 무릎에 연결 장치를 부착하고, 신경 시뮬레이터를 사용하면 돼. 진짜로 춤추는 것처럼 느낄 거야."

"그냥 느낌만 느끼는 게 아니라, 실제로 춤추게 할 수도 있어요?" 내가 물었다.

빈센트가 스크린을 향해 이마를 찌푸리며 잠시 생각에 잠겼다. 양철 나무꾼은 사라지고, 잉그리드 버그만과 험프리 보가트가 공항에서 서로에게 작별을 고하고 있었다.

"가능할지도 몰라." 빈센트가 말했다. "발바닥 센서를 달고 피드백이 증강되게 설정하면, 몸짓이 과장되게 표현될 수 있어. 그러면 발을 앞뒤로 가볍게만 움직여도 셔플 스텝을 밟는 듯한 효과를 얻을 수 있을 거야."

나는 스크린을 보았다. 잉그리드 버그만의 눈에 눈물이 차오르더니 진짜 눈물처럼 반짝였다. 어쩌면 진짜가 아닐지도 모른다. 여덟 번째 혹은 열여덟 번째 테이크 만에 눈물이 났을 수도 있고, 필요한 효과를 얻기 위해 메이크업 담당자가 글리세린 방울이나 양파즙을 사용했을 수도 있다. 하지만 중요한 건 눈물이 아니라 얼굴이었다. 원하는 걸 가질 수 없으리라는 걸 아는 다정하고도 슬픈 얼굴.

"겨드랑이랑 목에 땀 증강 효과를 사용할 수도 있어." 빈센트가 말했다.

"됐습니다." 나는 여전히 잉그리드를 바라보며 말했다. 화면이 분할되고 디지털 여자 배우가 디지털 비행기 앞에 서서 베이비 오일을 흘렸다.

"탭 스텝이 강조되고 엔도르핀이 분비되게 방향성 음향 시스템을 사용하는 건 어때?" 빈센트가 말했다. "그럼 진짜로 진 켈리랑 춤추고 있다고 믿어 의심치 않을 거야."

나는 남은 크렘 데 멘테를 마저 마시고 빈 술병을 빈센트에게 준 다음 내 방으로 돌아갔다. 그리고 이틀을 더 〈필라델피아 스토리〉에서 음주 신을 삭제하며, 제임스 스튜어트가 술에 취해 비틀거리지 않고도 캐서린 헵번을 번쩍 들어 나르며 '오버 더 레인보우'를 부르기에 그럴싸한 명분은 없을지 곰곰이 생각했다. 나에게도 명분이 필요했다.

메이어는 신경도 안 쓸 거고, 융통성 없는 메이어의 상사도 마찬가지일 거다. 게다가 아무도 실사 영화는 보지 않는다. 설령 이야기의 앞뒤가 맞지 않는다 해도, 그건 리메이크판을 만든 해커들이 걱정할 문제지 내 문제가 아니었다. 어차피 해커들은 그 리메이크판을 다시 리메이크할 테고, 그것 또한 목록에 포함되어 있었다.

나는 빙 크로스비와 그레이스 켈리가 나오는 〈상류사회〉[57]를 불러냈다. 〈필라델피아 스토리〉에서 제임스 스튜어트가 맡았던 역할을 프랭크 시내트라가 연기하고 있었다. 나는 빠르게 앞으로 감아 영화 후반부를 훑어보며 영감이 될 만한 걸 찾았으나, 〈상류사회〉는 더 많은 애스로 넘쳐났다. 게다가 이건 뮤지컬이었다. 나는 〈필라델피아 스토리〉로 돌아갔다.

소용없는 일이었다. 수영장 신에서 제임스 스튜어트는 술기운을 빌린 덕에 캐서린 헵번에게 사랑 고백을 할 수 있었고, 캐서린은 술에 취한 덕에 자신이 약혼자에게서 버림받았고 전남편인 캐리 그랜트를 아직도 사랑한다는 사실을 깨달았기 때문이다.

나는 그 장면을 포기하고 바로 앞 장면으로 돌아갔다. 골치 아프긴 마찬가지였다. 잘라낼 부분이 너무 많았는데, 대부분 제임스 스튜어트의 혀 꼬부라진 소리였다. 나는 그 장면이 시작되는 부분으로 되감은 뒤 사운드를 올렸다. 그리고 제임스의 대사를 더빙할 수 있게 매치할 만한 게 있을지 보았다.

"아직도 리즈를 사랑하나요?" 제임스 스튜어트가 적대적인 태도로 캐리 그랜트를 향해 몸을 들이대며 말했다.

"뮤트." 나는 아무런 동요 없이 무표정한 얼굴로 뭔가를 중얼대는 캐리 그랜트를 바라보았다.

---

57 〈필라델피아 스토리〉의 리메이크작

"데이터 불충분." 컴퓨터가 말했다. "추가 매치 데이터 필요."

"그러겠지." 나는 사운드를 더 올렸다.

"리즈는 아직도 당신이 자기를 사랑하고 있다고 생각해요." 제임스 스튜어트가 말했다.

나는 다시 그 장면 처음으로 되돌린 다음 정지해 프레임 번호를 적고 그 장면을 다시 보았다.

"아직도 리즈를 사랑하나요?" 제임스 스튜어트가 물었다. "리즈는 아직도 당신이 자기를 사랑하고 있다고 생각해요."

나는 영화를 끄고 헤다에게 접속했다. "앨리스가 어디 있는지 알아야겠어." 내가 말했다.

"왜?" 헤다가 의심쩍다는 듯 물었다.

"댄스 선생을 찾은 거 같아." 내가 말했다. "앨리스의 수업 시간표가 필요해."

"미안하지만 난 몰라." 헤다가 말했다.

"이봐, 넌 모르는 게 없잖아." 내가 말했다. "나더러 앨리스를 도와줘야 한다고 할 땐 또 언제고."

"그때 너는 '난 그게 누구라도 위험을 무릅쓰면서까지 도와주지 않아'라고 하지 않았던가?"

"앨리스한테 댄스를 가르쳐줄 사람을 찾았다니까? 팔로 알토에서 온 할머니인데, 코러스 걸 출신이야. 70년대에 〈피니안의 무지개〉랑 〈화니 걸〉에 출연하신 분이지."

헤다는 여전히 못 미더워했지만, 결국 수업 시간표를 알려주었다. 앨리스는 영화 제작 개론과 기초 컴퓨터그래픽 수업과 영화사 수업과 1939~80년대 뮤지컬 수업을 수강 중이었다. 뮤지컬은 이제 버뱅크에서 싹 사라졌다.

나는 〈공공의 적〉에 나오는 진 한 병을 들고 스키드를 타고 앨리스를 찾으러 나섰다. 강의실은 스키드가 처음 생겼을 때 UCLA가 매입한 낡은 스튜디오 건물 2층에 있었다.

나는 문을 빼꼼 열고 강의실 안을 들여다보았다. 애스로 뒤덮인 〈리타 길들이기〉에 출연하는 마이클 케인을 쏙 빼닮은 교수가 리모컨을 든 채 구식 컴퓨터 모니터의 빈 화면 앞에 서 있었다. 교수는 드문드문 흩어져 앉은 학생들에게 장황한 설명을 늘어놓고 있었는데, 학생 대부분은 영화 콘텐츠 선택과목으로 강의를 듣는 해커였고, 마릴린 몇 명과 앨리스가 있었다.

"사람들이 일반적으로 믿는 바와는 달리, 컴퓨터 그래픽 혁명은 뮤지컬을 죽이지 않았습니다." 교수가 말했다. "1965년은 뮤지컬 부흥의 시발이 되는 해였습니다." 학생들이 킥킥거리는 바람에 교수는 잠시 말을 멈춰야 했다.

교수는 내 방에 있는 스크린 크기의 모니터를 향해 고개를 돌린 뒤 리모컨을 클릭했다. 그의 등 뒤로 카우보이들이 등장해 기차역 주위를 뛰어다녔다. 〈오클라호마〉였다.

"뮤지컬의 작위적인 스토리 라인, 비현실적인 음악과 댄스 시퀀스, 단순한 해피 엔딩은 관객들이 사는 세계를 더는 반영하지 못했습니다."

나는 앨리스가 교수의 말을 어떻게 받아들일지 궁금해 힐끗 보았다. 앨리스는 교수의 말을 듣고 있지 않았다. 앨리스는 그 진지하게 몰두하는 표정으로 카우보이들을 응시했고, 입술을 달싹이며 비트를 세고 스텝을 외웠다.

"…이는 주디 갈랜드와 진 켈리 같은 스타들이 있음에도 불구하고 뮤지컬이 누아르나 공포 영화와는 달리 부활하지 못했던 이유를 잘 설명해줍니다. 뮤지컬은 현실과 무관합니다. 현대를 사는 관객들에게 해줄 말이 없어요. 예를 들어 〈1940년의 브로드웨이 멜로디〉는…."

나는 강의실 문에서 떨어져 고르지 않은 계단을 올라가 위쪽에 앉아 진을 마시며 강의가 끝나길 기다렸다. 마침내 강의가 끝났고 교수와 학생들이 느릿느릿 강의실을 빠져나왔다. 페이스 세 명이 디즈니가 〈그랜드 호텔〉에 웜바디를 쓸 거라는 루머를 쑥덕였고, 해커 두 명이 그 뒤를 따랐으며, 교수는 플레이크를 코로 흡입하며 강단을 내려왔고, 또 한 명의 해커가 교수를 따라 강의실에서 나왔다.

나는 술병에 남은 진을 마저 마셨다. 강의실 밖으로 나오는 사람이 더는 없어, 혹시 앨리스를 놓쳤나 하는 생각에 확인하러 갔다. 그새 계단이 더 가파르고 더 울퉁불퉁해진 것 같았다. 나는 한 차례 미끄러지는 바람에 난간을 붙잡고 그 자리에 가만히 서서 귀를 기울였다. 강의실 안쪽에서 딸그락하는 소리가 나더니 뒤이어 쿵 소리가 났다. 그리고 희미하게 음악 소리가 들렸다. 청소부인가?

나는 강의실 문을 열고 문에 기대어 섰다.

허리 뒤쪽이 불룩한 하늘색 버슬 드레스[58]를 입고 꽃으로 장식된 모자를 쓴 앨리스가 어깨 위에 파란 양산을 얹은 채 강의실 한가운데에서 춤을 추고 있었다. 노래는 앨리스의 등 뒤에 있는 컴퓨터 모니터에서 흘러나왔고, 앨리스는 버슬 드레스를 입고 양산을 든 채 일렬로 늘어선 모니터 속 여자들에 발맞춰 발을 높이 추켜올리며 걷고 있었다.[59]

나는 그게 무슨 영화인지 알아보지 못했다. 〈회전목마〉인가? 〈하비 걸〉인가? 여자들이 더비 슈즈를 신고 밀짚모자를 쓴 채 발을 높게 차는 남자들로 대체되었고, 앨리스는 거친 숨을 몰아쉬며 춤을 멈추고선 발목 위까지 버튼이 달린 앵클부츠에서 리모컨을 꺼냈다. 앨리스는 영화를 앞으로 되감은 뒤 리모컨을 다시 신발 속에 넣고 어깨 위에 양산을 걸쳤다. 여자들이 다시 등장했고, 앨리스는 발끝을 쭉 펴 발등을 둥글게 만든 뒤 턴을 했다.

책상들을 강의실 양쪽 가에 쌓아두었지만 그래도 공간이 충분치 않아 두 번째 턴을 할 땐 쭉 뻗은 손이 책상에 부딪혀 하마터면 책상들이 무너질 뻔했다. 앨리스는 다시 리모컨을 꺼내 앞으로 되감다가 나를 발견했다. 앨리스는 버튼을 눌러 화면을 끄고 한 걸음 뒤로 물러섰다. "여긴 왜 왔죠?"

---

58 스커트 뒷부분에 버슬(허리받이)을 넣고 볼록하게 한 스타일로 19세기 말에 서양에서 유행하였다.
59 〈헬로, 돌리〉(1969) 중 '최고로 멋진 옷을 꺼내 입어요' 넘버

내가 앨리스를 향해 손가락을 흔들었다. "조언 하나 하죠. '가질 수 없는 건 바라지 마라.' 마이클 J. 폭스가 〈사랑 게임〉에서 한 대사예요. 술집 신, 파티, 나이트클럽, 샴페인 세 병이 나오는데 이젠 없어요. 당신의 벗이 하나도 남김없이 아주 싹 다 지워버렸거든요."

내가 〈스타 탄생〉에서 제임스 메이슨이 했던 것처럼 팔을 휘두른 바람에 의자들이 와르르 무너져버렸다.

"약에 취했군요." 앨리스가 말했다.

"'전혀.' 난 〈평원의 사나이〉에 나오는 게리 쿠퍼예요." 나는 씩 웃으며 앨리스를 향해 걸어갔다. "약에 취한 게 아니라 술에 취해 곤드레만드레 인사불성이 됐죠. 한마디로 제정신이 아니에요. 이건 할리우드 전통이에요. 음주 신이 있는 영화가 몇 편이나 되는지 알아요? 전부 다예요. 음주 신이 없다면 그건 내가 그런 신들을 다 삭제했기 때문이죠. 〈사랑의 승리〉, 〈시민 케인〉, 〈리틀 미스 마커〉. 서부극에도 갱 영화에도 눈물을 쥐어짜는 영화에도 음주 신이 들어 있어요. 하나도 빠짐없이 전부 다요. 심지어 〈1940년의 브로드웨이 멜로디〉에도 있다니까요? 왜 프레드가 엘리너와 함께 '비긴 더 비긴'을 추게 됐는지 알아요? 조지 머피가 만취해 촬영을 계속할 수 없었기 때문이에요. 춤은 말할 것도 없었죠." 내가 또다시 팔을 휘둘렀고 이번엔 하마터면 앨리스가 맞을 뻔했다. "당신에게 필요한 건 술이에요."

내가 술병을 건네려 하자, 앨리스는 자신을 보호하려는 듯 모니터 쪽으로 한 발짝 더 뒤로 물러났다. "많이 취했어요."

"빙고." 내가 말했다. "오드리 헵번이 〈티파니에서 아침을〉에서 말했듯 '정말 많이 취했어요.' 해피 엔딩으로 끝나는 영화죠."

"여기 왜 왔죠?" 앨리스가 물었다. "원하는 게 뭐예요?"

나는 술병을 기울여 술을 마시려다 병이 비었다는 걸 기억하고 아쉬운 표정으로 술병을 보았다. "영화는 진짜 삶이 아니라는 걸 말해주러 왔어요. 무언가를 원한다고 해서 그걸 꼭 얻게 된다는 보장은 없어요. 저들이 당신을 리메이크하기 전에 고향으로 돌아가란 말을 하려고 왔어요. 〈티파니에서 아침을〉에서 오드리 헵번은 고향인 텍사스 튤립으로 돌아갔어야 했죠. 난 당신에게 고향인 카블로 돌아가라는 말을 하러 온 거라고요."[60] 나는 휘청이는 몸을 가누며 내가 무슨 영화를 인용하고 있는지 앨리스가 알아채길 기다렸다.

"'앤디 하디 만취하다'군요." 앨리스가 말했다. "고향으로 돌아가야 할 사람은 앤디지 내가 아니에요."

스크린이 몇 프레임에 걸쳐 서서히 어두워지며 검게 변했고, 잠시 후 나는 계단 중간쯤에 앉아 있었다. 앨리스가 몸을 기울여 나를 살펴보며 물었다. "괜찮아요?" 앨리스의 눈에 고인 눈물이 별처럼 반짝였다.

"난 괜찮아요." 내가 말했다. "제임스 스튜어트가 말한 것처럼 '샴페인이야말로 위대한 평등주의자죠.' 이 계단에도 샴페인을

---

60 〈앤디 하디〉 시리즈 마지막 작품인 〈앤디 하디 고향에 오다〉(1958)에서 앤디는 고향인 카블로 돌아간다.

좀 부어줘야겠어요."

"이 상태로 스키드에 타면 안 되겠어요." 앨리스가 말했다.

"우리 모두 스키드에 타고 있어요." 내가 말했다. "유일하게 남은 곳이죠."

"톰." 앨리스가 말하는 순간 스크린이 또다시 검게 변했고, 양쪽 벽에 프레드와 진저가 나타났다. 그들은 수영장 옆에서 마티니를 마시고 있었다.

"저 장면도 잘라내야겠군." 내가 말했다. "'우리는 영화를 사랑합니다'라는 메시지를 내보내야 해요. 제임스 스튜어트를 술에서 깨워야 하고요. 하지만 용기 내어 캐서린 헵번에게 마음을 고백할 유일한 방법이 술뿐이라면 어떡하죠? 봐요. 제임스는 캐서린이 자기에게 과분한 사람이라는 걸 잘 알고 있어요. 캐서린을 가질 수 없다는 걸 이미 알고 있다고요. 그러니 취할 수밖에. 그게 사랑을 고백할 유일한 방법이니까."

나는 앨리스의 머리카락을 향해 손을 뻗었다. "어떻게 한 거죠?" 내가 물었다. "어떻게 하면 머리카락이 이렇듯 빛날 수 있냐고요?"

"톰." 앨리스가 말했다.

나는 손을 떨구었다. "소용없어요. 저들이 제작할 리메이크판에서는 빛나지 않을 테니. 어차피 진짜도 아니니까."

나는 〈선셋 대로〉에서 글로리아 스완슨이 했던 것처럼 스크린을 향해 손을 크게 흔들었다. "전부 다 허상이에요. 메이크업에 가발에 가짜 세트장에. 〈바람과 함께 사라지다〉에 나오는 타라

농장도 특수 효과랑 효과음으로 만든 눈속임에 불과하잖아요."

"앉으시는 게 좋겠어요." 앨리스가 내 팔을 잡으며 말했다.

나는 앨리스의 손을 뿌리쳤다. "프레드도 마찬가지예요. 진짜가 아니에요. 저 스텝들은 나중에 더빙된 거고, 무대에 비치는 별도 진짜 별이 아니에요. 다 거울로 만들어낸 거라고요."

내가 벽 쪽으로 휘청했다. "사실 거울도 아니죠. 손을 쑥 집어넣을 수 있으니까."

그 후로 장면들이 몽타주 기법으로 빠르게 전환되었다. 홀리 골라이틀리[61]가 어디에 묻혔는지 보러 포레스트 론 공원묘지에서 내리려고 애썼던 것과, 앨리스가 내 팔을 잡아당기며 빈센트의 프로그램에 나왔던 것 같은 커다란 젤리 눈물방울을 흘렸던 기억만 있다. 역 전광판에서 알림음으로 '비긴 더 비긴'이 흘러나왔던 것 같기도 하다. 그리고 우리는 내 방으로 돌아왔다. 방은 우스꽝스러웠다. 어레이 스크린들은 벽의 엉뚱한 쪽에 늘어서 있었고, 모든 스크린에서 프레드가 엘리너를 번쩍 안아 들고 수영장으로 데려가고 있었다. "왜 뮤지컬이 성황을 이뤘는지 알아요? 술이 부족해서였어요. 주디 갈랜드는 예외였지만." 그러자 앨리스가 혼잣말을 했다. "이 사람 약에 취한 거 아니야?" 그러고는 또다시 혼잣말로 자문자답했다. "아니야, 술에 취한 거야." 그러자 내가 말했다. "'날 술주정뱅이로 보지 말아요. 마음만 먹으면 언제든 끊을 수 있다고요. 끊기 싫을 뿐이지.'" 그리고 바보

---

61 〈티파니에서 아침을〉(1961)에서 오드리 헵번이 맡았던 주인공 이름

처럼 히죽이며 스크린 속 프레드와 진저가 영화 제목을 맞추길 기다렸지만 그런 일은 일어나지 않았다. "〈뜨거운 것이 좋아〉에서 마릴린 먼로가 한 대사잖아." 나는 굵고 기름진 눈물을 흘리기 시작했다. "불쌍한 마릴린."

그리고 나는 앨리스를 침대에 눕히고 섹스를 했다. 섬광을 겪게 될 때 앨리스의 얼굴을 볼 수 있게 앨리스를 바라보았지만, 섬광은 찾아오지 않았다. 대신 방의 가장자리가 부드럽게 흐려지기 시작했다. 나는 앨리스가 달아나지 못하게 침대 위에 붙들어 놓은 채 더 힘껏 빠르게 몸을 움직였지만, 어느 틈에 앨리스는 사라지고 없었다. 나는 앨리스를 뒤쫓아 어레이 스크린 속으로 달려 들어갔다. 그곳에선 프레드와 엘리너가 공항에서 작별 인사를 하고 있었다. 손을 뻗어 거울을 통과한 순간 나는 중심을 잃었다. 내가 떨어진 곳은 앨리스의 품 안도 어레이 스크린 속도 아니었다. 스키드의 네거티브 물질 영역 속이었다.

#8

루이스 스톤   〔단호한 목소리로〕교훈을 얻었길 바란다, 앤디.

술을 마신다고 문제가 해결되진 않아.

더 심각해질 뿐이지.

미키 루니   〔처량한 목소리로〕저도 이제 알아요, 아버지.

그리고 다른 것도 배웠어요. 내 문제에만 신경

쓰고 다른 사람 일에 참견하면 안 된다는 걸요.

루이스 스톤   〔믿지 못하겠다는 듯〕정말로 배웠길 바란다, 앤디.

〈필라델피아 스토리〉에서는 캐서린 헵번이 술에 취한 덕에 모든 문제가 해결되었다. 젠체하는 약혼자는 파혼을 선언했다. 제임스 스튜어트는 타블로이드 기자 일을 그만두고, 그의 잠재력을 믿었던 여자친구의 말을 따라 진지한 소설을 쓰기 시작했다. 캐서린의 부모는 서로 화해했고, 캐서린은 자기가 줄곧 캐리 그랜트를 사랑하고 있었음을 결국 인정했다. 모든 게 해피엔딩이었다.

하지만 내가 술에 절어 앨리스에게 말했듯, 영화는 진짜 삶이 아니다. 그리고 내가 술에 취해 얻은 것은 이틀을 숙취에 시달리다 헤다의 기숙사 방에서 정신을 차린 것과 스키드 탑승 6주 금지였다.

딱히 어디 갈 일도 없었다. 앤디 하디는 교훈을 얻어 여자들은 잊고 진지하게 자기 일에만 매달렸다. 헤다가 앨리스가 어디 있는지 말해주지 않아 나 역시 그러기가 한결 수월했다. 사실 헤다는 나랑 아예 말을 안 했다.

헤다는 (혹은 앨리스는) 〈아프리카의 여왕〉 속 캐서린 헵번처럼 내 술을 몽땅 배수구에 쏟아 버렸고, 메이어는 내가 지난주 치 작업분 열두 개를 넘겨주기 전까지는 계정을 정지시키겠다고 했다. 거기에는 작업을 아직 반밖에 못 한 〈필라델피아 스토리〉도 포함되어 있었다. 그러니 이제 편집을 다 끝냈다고 주장할 만한 삭제거리 열두 개를 찾으러 '하이호 하이호' 일하러 갈 시간이다. 삭제거리를 찾아보기에는 디즈니가 최고다.

〈백설 공주와 일곱 난쟁이〉에는 커다란 맥주잔들로 가득한 오두막과 포도주잔들로 가득 찬 던전뿐만 아니라 치명적인 독약이 나왔다. 〈잠자는 숲속의 미녀〉도 나을 바가 없었다. 왕실 집사가 고주망태가 되어 테이블 밑으로 쓰러지는 장면이 있었기 때문이다. 피노키오는 맥주를 마시고 담배까지 피웠다. 흡연 반대 연맹이 빠트리고 삭제하지 않은 모양이다. 심지어 덤보마저도 술에 취했다.

하지만 애니메이션의 삭제 작업은 그래도 비교적 쉬운 편이었고, 〈이상한 나라의 앨리스〉에서 삭제할 건 동그라미 모양의 담배 연기밖에 없었다. 나는 장면 열두 개를 후딱 삭제해버린 뒤

술을 더 마셨다. 맨정신으로는 〈환타지아〉를 볼 수 없었기 때문이다. 차라리 잘된 일이기도 했다. 〈환타지아〉에 나오는 '전원교향곡' 시퀀스에 포도주가 너무 많이 등장하는 바람에 그걸 다 지우는 데만 닷새가 걸렸다. 나는 〈환타지아〉 작업을 끝낸 뒤 〈필라델피아 스토리〉로 돌아가 제임스 스튜어트를 노려보며 그를 구해줄 방법을 궁리해보았지만 결국 포기하고 스키드 탑승 금지 기간이 끝나기만을 기다렸다.

스키드를 다시 탈 수 있게 되자 나는 앨리스에게 사과하러 버뱅크로 향했다. 하지만 내 생각보다 시간이 더 많이 흘렀는지 그 강의실에서는 CG 수업이 진행 중이었고, 강의실을 꽉 채운 의자들은 쌓여 있지도 않았다. 내가 해커 한 명에게 마이클 케인처럼 생긴 교수와 영화사 수업은 어떻게 됐냐고 묻자, 그는 "그건 지난 학기 수업이에요"라고 대답했다.

나는 코카인을 왕창 산 뒤 다음 파티에 가서, 헤다에게 앨리스의 수업 시간표를 물어봤다.

"코카인 끊었어." 헤다가 말했다. 헤다는 몸에 딱 맞는 스웨터와 스커트를 입고 검은 테 안경을 쓰고 있었다. 〈백만장자와 결혼하는 법〉에 나오는 마릴린 먼로였다. "앨리스 좀 내버려둬. 누굴 괴롭히는 것도 아니잖아."

"내가 원하는 건…." 하지만 난 내가 뭘 원하는지 몰랐다. 아니, 그것은 사실이 아니었다. 나는 애스가 전혀 없는 영화를 찾고 싶었다. 하지만 그런 영화는 존재하지 않았다.

"〈십계〉." 나는 내 방으로 돌아갔다.

황금 송아지를 만드는 장면에서 사람들이 술을 퍼마셨고, "폭력으로 빼앗은 포도주(잠언 4:17)"에 대한 언급이 여러 차례 나오긴 했지만, 그래도 〈필라델피아 스토리〉보다는 나았다. 나는 포도로 만든 독주인 그라파를 마시며 성경 서사 영화 목록을 불러냈다. 그리고 찰턴 헤스턴이 출현하는 영화들에서 포도밭을 삭제하고 로마인의 난잡한 연회들을 중지시켰다. 원수 갚는 것이 내게 있으니, 주께서 말씀하시니라.

#9 ─────────────────────────────

신: 여름. 하디의 집 외관. 말뚝 울타리, 단풍나무, 현관 옆 꽃. 서서히 가을로 디졸브되다. 나무에서 떨어지는 낙엽들. 나뭇잎 하나에 초점이 맞춰지고 그 잎을 따라 아래로 향한다.

라라랜드[62]는 스키드와 몹시 유사하다. 가만히 서서 스크린이나 스크린에 비친 자기 모습을 응시하다 보면 잠시 후 다른 장소로 가 있다.

파티는 끊임없이 열렸고 마릴린과 스튜디오 임원들로 발 디딜 틈 없었다. 프레드 아스테어는 여전히 소송 중에 있었고, 헤다는 나를 피했으며, 나는 술을 마셨다. 내겐 훌륭한 술친구들이 있었다. 갱스터, 해군 중위, 나이 든 부인, 귀엽고 젊은 여자, 의사, 변호사, 아메리카 원주민 추장. 그리고 프레드릭 마치, 진 아서, 스펜서 트레이시, 수잔 헤이워드, 제임스 스튜어트. 제임스는 〈필라델피아 스토리〉에만 존재하는 게 아니었다. 전형적인

---

62 로스앤젤레스의 별명

미국인에다 경탄과 칭찬을 한 몸에 받는 모범생 옆집 소년도 주기적으로 고주망태가 되었다. 제임스 스튜어트의 영화 〈리버티 밸런스를 쏜 사나이〉에는 스칸디나비아산 아쿠아비트가 나왔고, 〈사랑의 비약〉에는 브랜디가 나왔으며, 〈서부 개척사〉에는 술병에서 바로 따른 듯한 리큐어가 나왔다. 〈멋진 인생〉에서 제임스 스튜어트는 만취한 탓에 술집에서 쫓겨나 차로 나무를 들이박았고, 〈하비〉를 찍을 때는 아예 촬영 내내 알딸딸하게 취한 상태였다. 그 영화는 뭘 어떻게 작업해야 한단 말인가? 내가 할 수 있는 게 도대체 뭐란 말인가?

그런 상황에 헤다가 나를 찾아왔다. "물어볼 게 있어." 헤다가 문가에 서서 말했다.

"이제 화가 풀렸어?" 내가 말했다.

"내 팔을 부러뜨린 거? 아니면 섹스하는 내내 나를 다른 사람으로 착각한 거? 그런 게 뭐 화날 일이겠어?"

"헤다⋯." 내가 말했다.

"괜찮아. 늘 있는 일인걸. 시뮬레이션 섹스 가게를 열어야 할까 봐." 헤다가 방 안으로 들어와 침대에 앉았다. "질문이 있어."

"내 질문에 대답하면 나도 네 질문에 대답할게." 내가 말했다.

"앨리스가 어디 있는지는 나도 몰라."

"너는 모르는 게 없잖아."

"앨리스는 학교를 그만뒀어. 할리우드 대로에서 일한다는 소문은 들었지."

"무슨 일을 하는데?"

"나도 몰라. 영화 속에서 춤추는 일은 아닌 것 같아. 기분 좋겠네. 포기시키려고 그렇게 애썼잖….."

나는 헤다의 말을 잘랐다. "질문이 뭐야?"

"네가 말한 영화 〈이창〉 봤어. 나더러 셀마 리터가 맡은 배역을 연기한다고 했지? 네 말처럼 셀마는 자기는 주변 사람 일에 참견하기 좋아하면서, 제임스 스튜어트한테는 남의 일에 신경 끄고 연루되지 말라고 충고했지. 좋은 충고야. 하지만 셀마는 그저 제임스를 도와주려는 거였어."

"묻고 싶은 게 뭐지?"

"다른 영화도 봤어. 〈카사블랑카〉. 제2차 세계대전 중 아프리카 어디에서 술집을 경영하는 남자 이야기. 그 남자의 옛 여자친구가 등장하는데, 이미 다른 남자랑 결혼해….."

"줄거리는 나도 알아." 내가 말했다. "어떤 부분이 이해 안 되는 거야?"

"전부 다." 헤다가 말했다. "왜 그 술집 주인은….."

"험프리 보가트." 내가 말했다.

"왜 험프리 보가트는 늘 술을 마시는지, 왜 그 여자를 안 도와주겠다고 했으면서 결국엔 도와주는지, 남자는 왜 여자에게 떠나라고 하는지. 서로에게 그렇게 깊이 빠져 있는데 왜 여자는 떠나야 하는 건지."

"전시 상황이었어." 내가 말했다. "게다가 두 사람 모두 할 일이 있었고."

"두 사람보다 그 일이 더 중요했다는 말이야?"

"응." 내가 대답했다. 하지만 사실 난 마음속에선 동의하지 않았다. 영화 속에서 릭은 "이 미쳐 돌아가는 세상에서 우리 세 사람의 문제가 뭐 그리 대단한 건 아니지"라고 했지만, 나는 그 말을 믿지 않았다. 남편을 향한 리사의 아낌없는 정신적 지지도, 레지스탕스에서의 릭의 투쟁도 그 두 사람의 문제보다 중요하지는 않았다. 그것들은 모두 대체물이다. 원하는 걸 가질 수 없을 때 대신 하는 것들. "안 그랬으면 나치에게 체포당했을 거야." 내가 말했다.

"그렇군." 헤다가 믿을 수 없다는 투로 말했다. "그래서 함께 하지 못하는 거군. 그래도 떠나기 전에 섹스는 할 수 있잖아?"

"공항에 서서?"

"아니!" 헤다가 매우 진지하게 말했다. "그 전에 술집에서."

'그거야 그 여자를 가질 수 없기 때문이지. 릭은 그걸 잘 알고 있어.' 나는 마음속으로 말했다.

"헤이즈 오피스의 검열 때문이야." 내가 말했다.

"현실에서라면 그 남자랑 섹스했겠지."

"그것참 위로가 되네." 내가 말했다. "하지만 영화는 진짜 삶이 아니야. 그리고 영화는 사람의 감정을 말로 하기보다는 보여주어야 돼. 루돌프 발렌티노는 눈을 굴리고, 레트는 스칼릿의 마음을 사로잡고, 릴리안 기시는 가슴을 부여잡지. 험프리는 잉그리드를 사랑하지만, 잉그리드를 가질 순 없어." 헤다가 다시금 멍한 얼굴로 나를 보았다. "그 술집 주인은 옛 여자친구를 사랑해. 그래서 그 여자를 건드리지도 않고, 작별 키스조차 하지 않는 걸로 사랑을 보여줘야 해. 그냥 거기 그렇게 서서 여자를 바라보기만 해야 한다고."

"네가 늘 술을 마시고 스키드에서 넘어지는 것처럼." 혜다가 말했다.

이번엔 내가 멍한 표정이 되었다.

"앨리스가 널 내 방으로 데려왔던 날 밤, 네가 약에 심하게 취해 엉망진창이 됐던 그날 밤에…."

나는 여전히 이해하지 못했다.

"감정을 보여주는 것 말이야." 혜다가 말했다. "네가 스키드 스크린을 통과하려다가 죽을 뻔한 걸 앨리스가 끌어냈어."

#10

신: 외경. 앤디 하디의 집. 바람에 뒹구는 낙엽.
화면이 천천히 디졸브되며 가지가 앙상한 나무를 보여준다.
눈. 겨울.

듣자니 그날 나는 엄청난 밤을 보낸 듯하다. 레이브를 지나치
게 많이 한 마약쟁이처럼 스키드의 벽을 뚫고 들어가려고 했고
엉뚱한 사람과 섹스했다. 참 잘한 짓이다, 앤디.

그리고 앨리스가 나를 구해주었다. 나는 앨리스를 찾아 스키
드를 타고 할리우드 대로로 가서, '스크린 테스트 시티' 부스와
리버 피닉스를 닮은 남자가 일하는 '스타 탄생' 부스를 확인했다.
'영원히 행복하게'로 이름이 바뀐 '해피 엔딩' 부스에서는 〈닥터
지바고〉가 상영 중이었고, 오마 샤리프와 줄리 크리스티가 꽃밭
에서 아기를 안고 활짝 웃고 있었다. 한 무리의 관광객이 심드렁
한 표정으로 영화를 보고 있었다.

"페이스 한 명을 찾고 있어요." 내가 말했다.

"골라봐." 남자가 말했다. "라라, 스칼릿, 마릴린⋯."

"몇 달 전에 여기 함께 왔어요." 나는 그의 기억을 되살리려고 애썼다. "〈카사블랑카〉 이야기를 했는데…."

"〈카사블랑카〉도 있어." 그가 말했다. "〈폭풍의 언덕〉, 〈러브 스토리〉,…."

"키가 이만하고 밝은 갈색 머리를 가진 페이스인데…." 내가 말을 끊었다.

"프리랜서야?" 남자가 물었다.

"아니에요. 됐습니다." 내가 말했다.

나는 거리를 걸어갔다. 거리 이편에는 VR 동굴밖에 없었다. 나는 거기 서서 VR 동굴들과 그 너머에 있는 시뮬레이션 섹스 가게들과 찢어진 망사 레오타드를 입고 가게 앞에서 호객 행위를 하는 프리랜서들에 대해 생각하다가, '영원히 행복하게' 부스로 돌아갔다.

나는 줄지어 서있는 관광객들 앞으로 끼어들어, "〈카사블랑카〉요." 하며 카드를 탁 내려놓았다.

남자가 나를 안쪽으로 안내하며 물었다. "생각해둔 해피 엔딩 있나?"

"물론이죠."

남자는 나를 고대 유물처럼 보이는 왕 컴퓨터[63] 앞에 앉혔다. "이 버튼을 누르면 자네가 선택한 영화가 스크린에 나올 거야.

---

63 왕 연구소(Wang Laboratories)는 왕 안이 1951년에 설립한, 중형 컴퓨터를 주로 생산하던 미국의 컴퓨터 회사로 1999년 네덜란드의 게트로닉스사에 인수되었다.

그럼 원하는 버튼을 눌러. 행운이 함께하길 비네."

나는 비행기를 40도로 회전해 2차원으로 납작하게 만들어서 원래처럼 골판지로 보이게 했다. 연무기를 본 적이 없어 대신 선택한 증기 기관이 엄청난 양의 연기를 내뿜었다. 나는 험프리가 잉그리드에게 "우리에겐 언제나 파리의 추억이 있으니까"라고 말하는 영화의 4분의 3쯤 되는 숏으로 빠르게 감았다.

"프레임 파라미터 확대." 나는 두 사람의 발을 손보기 시작했다. 잉그리드에겐 굽 낮은 단화를 신기고 험프리의 신발에 크고 두툼한 나무토막을 묶어 키를….

"지금 뭐 하는 거야?" 남자가 뛰어 들어와 소리쳤다.

"영화에 현실감을 더해주려는 거예요." 내가 말했다.

남자가 나를 의자에서 밀쳐내고 키를 누르기 시작했다. "당장 나가!"

내 앞에 줄지어 있던 관광객들이 이제 스크린 앞에 서 있었고, 그들 주위로 작은 무리가 형성됐다.

"그 비행기는 골판지로 만들어졌고 비행기 정비사들은 난쟁이들이었어요." 내가 말했다. "험프리는 키가 165센티미터밖에 안 됐죠. 프레드 아스테어는 이민한 양조장 노동자의 아들이었고요. 학교는 6학년까지 다닌 게 전부였어요."

남자가 연무기처럼 머리에서 김을 내뿜으며 부스에서 나타났다.

"'당신의 눈동자에 건배' 신을 찍는 데는 열일곱 테이크나 걸렸어요." 내가 스크린을 향해 가며 말했다. "전부 다 가짜예요. 속임수를 써서 만든 거라고요."

#11

신: 외경. 앤디 하디의 집, 겨울. 지저분한 눈이
지붕과 잔디와 집 앞길 양쪽에 쌓여 있다.
화면이 천천히 디졸브되며 봄의 정경을 보여준다.

할리우드 대로로 다시 갔는지는 기억이 나지 않는다. 또다시 앨리스가 문가에 모습을 드러내길 바라며 파티들에 갔다는 건 안다. 하지만 앨리스는커녕 헤다도 파티에 오지 않았다.

그러는 동안 나는 무자비하게 영화 장면들을 도려내고 조작했으며, 쉽게 수정할 만한 것들을 찾아 뒤졌지만, 쉬운 건 없었다. 〈역마차〉의 주정뱅이 의사를 멀쩡하게 맨정신인 인물로 바꾸자, 출산 신의 의미가 퇴색되었다. 에드먼드 오브라이언이 버번을 한 모금에 들이켜는 장면이 없는 〈죽음의 카운트다운〉은 영화로서 생명력을 잃은 거나 다름없었다. 그리고 〈그림자 없는 남자〉는 말 그대로 영화가 통째로 사라졌다.

나는 메뉴를 다시 불러내 애스가 없는, 깔끔하고 전형적인 미국 영화라 할 만한 것들을 찾아보았다. 그러니까 앨리스의 뮤지컬들 같은 영화.

"뮤지컬 영화." 내가 명령하자, 메뉴가 카테고리별로 목록을 작성해 보여주었다. 나는 스크롤해서 목록을 훑어보았다. 〈회전목마〉는 적합하지 않았다. 빌리 비겔로는 알코올 중독자였다. 〈쇼 보트〉 속 에바 가드너와 〈브리가둔〉 속 벤 존슨도 마찬가지였다. 〈아가씨와 건달들〉? 천만의 말씀. 말론 브란도는 선교사에게 럼주를 먹여 취하게 만든다. 〈지지〉는? 리큐어와 담배 천지에다 '샴페인이 발명된 그날 밤'이라는 제목의 넘버까지 나온다.

〈7인의 신부〉는 어떨까? 어쩌면 괜찮을지도 모른다. 술집 신도 없고 "다들 술집을 향해 출발!" 같은 넘버도 없다. '헛간 세우기' 넘버나 오두막집 신에 애플 브랜디가 좀 등장할 수는 있지만, 간단한 삭제 작업으로 해결할 수 있을 터였다.

"〈7인의 신부〉." 나는 컴퓨터에게 명령한 뒤 〈자이언트〉 작업을 위해 사두었던 버번 위스키를 술잔에 따랐다. 하워드 킬이 마을로 달려가 제인 파월과 결혼한 뒤 마차에 태워 산속으로 데려갔다. 이 부분 전체를 빨리감기로 건너뛸 수도 있었다. 하워드가 술병을 꺼내 제인에게 한 모금 권할 리는 없을 테니까. 하지만 나는 정상 속도로 재생했다. 제인이 하워드에게 자신의 꿈과 계획을 조잘조잘 이야기했다. 하지만 자신이 하워드의 지저분한 여섯 형제를 위해 요리와 청소를 해야 한다는 걸 알게 되는 순간, 그 꿈과 계획들은 산산조각날 터였다. 하워드는 불편한 표정으로 가짜 말들에게 "이랴!" 하고 소리치며 속력을 높였다.

"그렇지, 하워드. 말하면 안 돼." 내가 말했다. "당신이 말해봤자 어차피 안 들을 거야. 자기 스스로 알아내야 하거든."

두 사람은 오두막집에 도착했다. 나는 남동생 여섯 중 한 명쯤은 옥수수 줄기로 만든 파이프 담배를 피울 거라 예상했지만 옥수수 파이프는 보이지 않았다. 약간의 북새통과 또 한바탕 노래를 부른 뒤로는 '헛간 세우기' 넘버가 나올 때까지 건전한 분위기가 길게 이어졌다.

나는 버번 위스키를 술잔에 다시 따르고, 소박하지만 방탕한 장면이 등장하길 기대하며 몸을 앞으로 내밀었다. 제인 파웰이 마차에서 파이와 케이크, 그리고 짚으로 덮은 술병을 꺼내 다른 사람에게 건넸다. 아마 콩이 든 냄비 같은 거로 바꿔야 할 거다. 그리고 그들은 '헛간 세우기' 넘버를 불렀다. 내가 앨리스를 만났던 밤, 앨리스가 내게 부탁했던 넘버였다. "마지막 부분으로 빨리감기." 그리고 곧바로 이어 말했다. "잠깐만." 하지만 그건 명령어가 아니었다. 그들은 매우 빠른 속도로 뛰어다니며 춤을 추었고, 춤이 끝나자마자 곧장 헛간 세우기 작업을 시작했다.

"정지." 내가 명령했다. "초당 96프레임으로 되감기." 나는 댄스 신 첫 부분으로 돌아갔다. "1배속으로 재생." 바로 거기에 앨리스가 있었다. 앨리스는 분홍색 체크 무늬 드레스를 입고 흰 스타킹을 신었으며, 역광을 받는 듯 빛나는 머리카락은 뒤로 넘겨 둥글게 말았다.

"정지." 내가 말했다.

'술기운 때문이야.' 나는 생각했다. 〈잃어버린 주말〉에서 레이 밀랜드는 분홍색 코끼리를 보지 않았던가. 아니면 클리그의 효과로 뒤늦게 섬광이 찾아와 댄서들의 얼굴 위로 앨리스의 얼굴이 겹쳐 보이는 건지도 모른다. 윤이 나는 마루 위에서 춤추는 프레드 아스테어와 엘리너 파월의 모습 위로 앨리스가 겹쳐 보였듯이 말이다.

이런 일이 얼마나 자주 일어날까? 누군가 댄스 루틴을 시작할 때마다? 어느 페이스나 머리 장식용 리본이나 플레어스커트를 보고 첫 섬광이 떠오를 때마다? 메이어가 준 목록의 영화들에서 술을 삭제하는 것만도 끔찍한데, 영화 속에서 앨리스까지 봐야 한다면 못 견디게 고통스러울 것만 같았다.

프로그램에서 버그를 제거하려고 시도하는 사람처럼 스크린을 껐다 다시 켜보기도 했지만, 앨리스는 여전히 그곳에 있었다.

나는 그 댄스 신을 다시 보며 앨리스의 얼굴을 유심히 보았다. 그리고 3배속으로 재생해 신부들이 납치되는 장면으로 돌아갔다. 그 댄서는 밝은 갈색 머리를 보닛[64]으로 덮은 채였고, 앨리스랑 닮긴 했지만 앨리스 같지는 않았다. 나는 다시 3배속으로 재생해 댄서들이 등장하는 다음 넘버로 갔다. 이번에는 여자들이 나팔바지와 흰 스타킹을 신고 발레 스텝을 밟았고 보닛은 쓰고 있지 않았다. 무슨 음악이, 앨리스의 머리카락이나 플레어스커트 같기도 한 게 슬쩍 지나가기도 했지만, 그냥 앨리스와 닮은 여자일 뿐이었다. 앨리스랑은 달리 영화 속에서 춤을 출 수 있었던 여자였다.

64 턱 끈을 매는 모자

나는 빨리감기로 영화 나머지를 훑어보았지만, 댄스 넘버는 더 이상 나오지 않았고 앨리스의 흔적 또한 찾을 수 없었다. 버번 위스키랑 〈리오 브라보〉에 나오는 테킬라를 섞으면 안 된다는 것도 알았다. 앤디가 명심해야 할 또 다른 교훈이다.

"오프닝 크레딧." 나는 앞으로 돌아가 여관 신에서 술병을 지운 뒤, 다시 3배속으로 재생해 헛간 세우기 신으로 가서 술병을 옥수수빵이 든 냄비로 바꿨다. 그리고 혹시 다른 숏들에 술병이 또 보이는지 확인하러 '헛간 세우기' 넘버 전체를 다시 보기로 했다.

"프린트 및 전송. 1배속으로 재생." 내가 명령했다.

그곳에 다시 앨리스가 있었다. 앨리스가 영화 속에서 춤을 추고 있었다.

#12

※ 영화 클리셰 #15: 숙취. (보통 클리셰 #14 파티 뒤에 나온다.)
머리가 깨질 듯 아프고, 큰 소리에 화들짝 놀라며,
눈부신 대낮의 햇살에 움찔한다.

참조: 〈그림자 없는 남자〉, 〈텐더 트랩〉, 〈애프터 더 씬 맨〉,
〈맥린턱〉, 〈어나더 씬 맨〉, 〈필라델피아 스토리〉, 〈송 오브
더 씬 맨〉

나는 헤다에게 접속했지만 화면은 켜지 않았다. "술에서 깨려
면 뭘 먹어야 돼?"

"빠른 거, 아니면 고통 없는 거?"

"빠른 거."

"리디게인." 헤다가 재깍 대답했다. "무슨 일 있어?"

"아무 일 없어." 내가 말했다. "메이어가 더 열심히 하라고 재
촉하는데, 애스가 너무 많아서 작업 속도가 나질 않아. 리디게인
가진 거 있어?"

"구해야 돼." 헤다가 말했다. "구하는 대로 가져다줄게."

나는 '그럴 필요까진 없어'라고 말하고 싶었지만, 그러면 헤다

가 더 이상히 여길 게 뻔해 "고마워"라고 했다.

헤다를 기다리는 동안 크레딧을 불러냈다. 도움이 될 만한 건 없었다. 신부는 일곱 명이었는데, 그중 내가 아는 사람은 제인 파웰과 루타 리 정도였다. 루타 리는 70년대에 만들어진 B급 영화에는 모조리 출연했고, 도르카스 역은 뒷날 이름을 줄리 뉴마로 바꾼 줄리 뉴메이어가 연기했다. '헛간 세우기' 넘버로 다시 돌아가 보니 줄리 뉴마는 한눈에 알아볼 수 있었다.

나는 크레딧을 보며 다른 캐릭터들의 이름에 주의를 기울였다. 러스 탬블린와 사랑에 빠진 키 작은 금발 머리 여자의 이름이 앨리스였고, 도르카스는 머리카락이 흑갈색인데다 키가 컸다. 나는 납치 신으로 빨리감기를 해 다른 여자들과 캐릭터의 이름을 매치해보았다. 분홍색 드레스를 입은 여자를 연기한 배우는 버지니아 깁슨이었다.

버지니아 깁슨이라. 나는 컴퓨터에게 명령해 미국 배우 조합 디렉토리를 불러낸 뒤 버지니아 깁슨의 이름을 말했다.

버지니아 깁슨은 〈아테나〉와 〈나는 와일드 빌 히콕을 죽였다〉란 제목의 영화를 포함해 다양한 영화에 출연했다.

"뮤지컬 영화"라고 명령하자 목록이 다섯 개, 아니 네 개로 줄었다. 〈파리의 연인〉에서는 프레드 아스테어와 함께 출연했는데, 그 말은 즉 〈파리의 연인〉이 소송 중에 있다는 뜻이었다.

누군가 방문을 두드렸다. 나는 스크린을 끄며 그거야말로 결정적인 증거라고 생각했다. 그리고 컴퓨터에게 〈오명〉을 불러내라고 명령했다가 덜컥 겁을 집어먹었다. 잉그리드 버그만도 앨리스의 얼굴을 하고 있으면 어쩌지? "취소." 나는 다른 아무 영화나 떠올리려고 애썼다. 〈아테나〉는 빼고.

"톰, 괜찮아?" 헤다가 문밖에서 말했다.

"들어와." 내가 빈 스크린을 응시하며 말했다. 〈여행 가방〉을 불러낼까? 아니, 〈여행 가방〉에도 잉그리드 버그만이 출연했다. 게다가 어차피 같은 상황이 반복해서 일어날 거라면, 피하기보다는 마음의 준비를 하고 그냥 보는 편이 낫다. 매도 먼저 맞는 편이 낫다지 않나.

"〈오명〉." 내가 나지막이 명령했다. "프레임 54-119." 그리고 잉그리드의 얼굴이 나타나길 기다렸다.

"톰!" 헤다가 소리쳤다. "무슨 일 있어?"

캐리 그랜트가 무도회장을 나가고, 잉그리드 버그만이 금방이라도 눈물을 쏟을 듯 불안한 표정으로 그의 뒷모습을 응시했다. 잉그리드 버그만으로 보였다는 것만으로도 일단 안심이었다.

"톰!" 헤다가 다시 소리쳤고 나는 문을 열어주었다.

헤다는 방 안으로 들어와 파란색 캡슐 몇 개를 건네주었다. "물이랑 같이 두 알 먹어. 문밖에서 그렇게 불렀는데 왜 대답 안 했어?"

"증거 인멸 중이었어." 내가 스크린을 가리키며 말했다. "샴페인이 서른네 병이나 있더라고."

"이 영화 봤어." 헤다가 스크린을 향해 가며 말했다. "브라질을 배경으로 한 영화지. 리우데자네이루와 슈가로프산에서 찍은 스톡 숏들을 사용했고."

"늘 그렇듯 네 말이 맞아." 그리고 자연스럽게 이어 물었다. "그래서 말인데, 헤다, 너는 모르는 게 없잖아. 프레드 아스테어 저작권 소송이 끝났는지 혹시 알아?"

"아직 안 끝났어." 헤다가 말했다. "ILMGM이 항소했거든."

"리디게인 효과가 나타나려면 얼마나 있어야 해?" 왜 프레드 아스테어에 관해 궁금해하냐고 헤다가 묻기 전에 내가 먼저 질문을 던졌다.

"그거야 술을 얼마나 마셨느냐에 따라 다르지." 헤다가 말했다. "네가 마셔댄 양으로 봐서는 한 6주쯤?"

"6주나 기다려야 한다고?"

"농담이야." 헤다가 말했다. "아마 4시간쯤 걸릴 거야. 더 일찍 효과를 볼 수도 있고. 그런데 정말 괜찮겠어? 또 섬광을 겪으면 어떡하려고?"

나는 내가 섬광을 겪었다는 걸 네가 어떻게 아느냐고 묻지 않았다. 다른 사람도 아니고 헤다니까.

헤다가 물잔을 건네주며 말했다. "물을 많이 마시고 최대한 자주 소변을 봐." 그리고 물었다. "그런데 진짜 뭘 하고 있었던 거야?"

"난도질이지, 뭐." 나는 그렇게 대답하고 정지된 스크린으로 몸을 돌려 샴페인 병 하나를 더 지웠다.

헤다가 내 어깨너머로 몸을 숙였다. "이거, 샴페인이 떨어져서 클로드 레인스가 포도주 저장실로 내려가다 캐리 그랜트랑 마주치는 장면이지?"

"내가 작업을 다 끝내고 나면 전혀 다른 장면이 돼 있을걸."

내가 말했다. "샴페인을 아이스크림으로 바꿀 거야. 우라늄은 아이스크림 냉동고에 숨겨놓을까, 아니면 암염이 담긴 봉지에 숨겨놓을까? 네 생각은 어때?"

헤다가 나를 심각한 표정으로 바라보았다. "뭔가 단단히 잘못됐군. 뭐지?"

"작업 분량이 4주 치나 밀린 바람에 메이어한테 이만저만 시달리는 게 아니야. 그게 문제지. 그나저나 이거 리디게인이 확실해?" 나는 캡슐들을 찬찬히 살펴보았다. "아무것도 안 적혀 있잖아."

"확실해." 헤다는 여전히 의심스럽다는 눈초리로 나를 보았다.

나는 캡슐들을 입안에 털어 넣고 버번 위스키가 담긴 술잔으로 손을 뻗었다.

헤다가 내 손에서 술잔을 낚아챘다. "물이랑 먹어야 한다고." 헤다는 욕실로 갔고 곧 버번 위스키가 배수관으로 흘러 내려가는 소리가 들렸다.

욕실에서 나온 헤다가 물잔을 건넸다. "최대한 많이 마셔. 체내에서 술을 씻어내는 데 도움이 될 거야. 술은 입도 대지 마." 헤다는 옷장을 열어 안쪽을 더듬더니 보드카 한 병을 찾아냈다.

"술은 절대 안 돼." 그리고 뚜껑을 열고 다시 욕실로 들어가 보드카마저 배수구에 버렸다. "다른 술 또 있어?"

"왜?" 내가 침대에 앉으며 말했다. "코카인 대신 술을 마시려고?"

"말했잖아. 난 끊었다고." 헤다가 말했다. "일어나봐."

내가 침대에서 일어나자 헤다는 무릎을 꿇고 침대 밑을 뒤지기 시작했다.

"리디게인 먹은 뒤에 어떤 느낌이 들지는 내가 잘 알아. 왜겠어?" 헤다가 침대 밑에서 샴페인 병 하나를 꺼내며 말했다. "술 생각이 나도 마시면 안 돼. 술병을 내던져. 진짜로 던져버리라고." 헤다가 샴페인 병의 코르크 마개를 만지작거리며 말했다. "절대 마시면 안 돼. 그리고 아무것도 하려 들지 마. 두통이든 오한이든 무슨 느낌이 들기 시작하면 곧장 누워. 헛것이 보일 수도 있거든. 뱀이라든가, 괴물이라든가…."

"이름이 하비인 2미터짜리 토끼라든가."[65] 내가 말했다.

"농담 아니야." 헤다가 말했다. "난 그거 먹고 죽는 줄 알았다고. 그리고 코카인 끊기보다 술 끊기가 백배 더 어려워."

"그런데 왜 끊었어?" 내가 물었다.

헤다가 일그러진 표정으로 나를 한 번 본 뒤 다시 코르크 마개를 만지작거렸다. "그러면 나를 봐주는 사람이 있을 거라고 생각했어."

"그래서 알아봐줬어?"

"아니." 헤다는 계속 코르크 마개를 만지작거렸다. "왜 나한테 연락해서 리디게인을 가져달라고 부탁했어?"

"말했잖아. 메이어가…."

헤다가 코르크 마개를 땄다. "메이어는 뉴욕에 있어. 곧 잘리

---

65 〈하비〉(1950)에서 제임스 스튜어트가 역을 맡은 P. 다우드는 미지의 거대 토끼 하비와 친구가 된다.

게 될 새 상사를 돕고 있대. 소문에 의하면 그 남자가 거만하리만큼 도덕적이라서 ILMGM 임원들이 못마땅해하나 봐. 그 도덕주의적 잣대를 자기들한테 들이댈 땐 특히나 더." 헤다가 샴페인을 배수구에 쏟아 버린 뒤 방으로 돌아왔다. "샴페인 또 있어?"

"샴페인이야 많지." 나는 그렇게 대답하고 컴퓨터로 갔다.

"다음 프레임." 내가 명령하자 욕조를 가득 채우고도 남을 만큼의 샴페인 병들이 스크린에 나타났다.

"이것들도 다 갖다버리고 싶어?" 내가 고개를 돌려 헤다를 보며 씩 웃었다.

헤다가 심각한 표정으로 나를 보았다. "정말 무슨 일이 있었던 거야?"

"다음 프레임." 화면이 바뀌어 잉그리드 버그만의 얼굴이 나타났다. 초조한 표정이었고 머리에는 후광이 비치는 듯했다. 나는 잉그리드 버그만이 들고 있는 샴페인 잔을 지웠다.

"또 봤구나. 맞지?" 헤다가 말했다.

역시 모르는 게 없다.

"누구를?" 시치미를 떼보았지만 소용없는 일이었다. "그래, 맞아. 앨리스를 봤어." 나는 〈오명〉을 껐다. "이리 와봐. 보여줄 게 있어."

"〈7인의 신부〉." 내가 컴퓨터에게 명령했다. "프레임 25-118."

스크린이 바구니를 들고 마차에 앉아 있는 제인 파웰을 보여줬다.

"1배속으로 재생." 제인 파웰이 바구니를 줄리 뉴마에게 건네줬다.

"이 영화는 소송에 들어간 줄 알았는데." 헤다가 내 어깨너머
에서 말했다.

"누구 때문에?" 내가 물었다. "제인 파월? 아니면 하워드 킬?"

"러스 탬블린." 헤다가 손으로 그를 가리키며 말했다. 러스 탬
블린이 마차에 오른 뒤 자그마한 금발의 앨리스를 감동 어린 눈
길로 그윽이 바라보았다. "버츄소닉사가 러스 탬블린을 스너프
포르노 영화들에 사용해왔는데 ILMGM사는 그게 마음에 들지
않는 거지. 양쪽 모두 저작권 남용이라고 주장하고 있어."

어리고 순진해 보이는 러스 탬블린이 (아마도 의도한 바일 것이
다) 앨리스와 함께 떠나자, 하워드 킬이 제인 파월을 번쩍 들어
사륜 짐마차에서 내려주었다.

"정지." 내가 컴퓨터에게 명령했다. "이다음 장면에 나오는 얼
굴들을 봐." 내가 헤다에게 말했다. "1배속으로 재생." 댄서들이
두 줄로 마주 선 뒤 무릎을 굽히고 몸을 살짝 숙여 서로에게 인
사했다.

헤다가 어떤 반응을 보일 거라고 예상했는지는 모르겠다. 릴
리안 기시처럼 숨을 헉 들이쉬며 가슴을 부여잡을 거라고? 아니
면 나를 향해 몸을 반쯤 돌리고 "내가 찾아봐야 할 게 정확히 뭐
지?"라고 물을 거라고?

헤다는 둘 다 하지 않았다. 그저 앨리스가 그랬던 것처럼 집
중하는 표정으로 스크린에 눈을 고정한 채로 꼼짝하지 않고 말
한마디 없이 그 장면 전체를 보았다. 그러고는 조용히 말했다.

"앨리스가 그럴 줄은 몰랐어."

　잠시 나는 머릿속에서 외치는 소리 때문에 헤다가 한 말을 이해하지 못했다. 그 목소리는 말하고 있었다. "앨리스가 맞아. 섬광 때문이 아니야. 진짜 앨리스야."

　"댄스 선생을 찾겠다고 늘 말했는데, 프레드 아스테어 이야기를 그렇게 많이 했는데." 헤다가 말했다. "앨리스가 그럴 거란 생각은 한 번도 하지…."

　"무슨 생각을 안 해봤다는 거야?" 내가 얼떨떨한 목소리로 물었다.

　"이거." 헛간의 측면들이 들어 올려지는 장면이 나오는 스크린을 향해 헤다가 손을 흔들며 말했다. "결국 누군가의 애인이 되어버릴 줄은 꿈에도 생각하지 못했어. 그들과 거래할 줄은, 포기하고 변절할 줄은 몰랐다고." 헤다가 다시 스크린을 향해 손짓했다. "너한테 이런 짓을 시킨 임원이 누군지 메이어가 말해 줬어?"

　"내가 한 게 아니야." 내가 말했다.

　"누군가 한 사람이 있을 거 아니야." 헤다가 말했다. "어쩌면 메이어가 빈센트한테 시켰을 수도 있어. 앨리스는 자기 얼굴이 다른 사람 몸에 합성되는 걸 싫어한다고 하지 않았어?"

　"싫어했어. 그건 지금도 마찬가지고." 내가 말했다. "이건 합성이 아니야. 이 사람은 앨리스가 맞아. 앨리스가 춤추고 있는 거라고."

　헤다가 스크린을 보았다. 카우보이 하나가 러스 탬블린의 엄지손가락을 망치로 내려쳤다.

"앨리스는 신념을 내팽개칠 사람이 아니야." 내가 말했다.

"내 친구의 말을 인용하자면, 모든 인간은 변절해." 헤다가 말했다.

"아니." 내가 말했다. "사람들이 변절하는 건 원하는 걸 얻기 위해서야. 하지만 자기 얼굴을 다른 사람 몸에 합성하는 건 앨리스가 원했던 게 아니야. 앨리스는 영화 속에서 춤추길 원했어."

"돈이 필요했나 보지." 헤다가 스크린을 보며 말했다. 누군가 판자로 하워드 킬을 세게 쳤고, 러스 탬블린은 오히려 하워드 킬에게 화를 냈다.

"원하는 바를 얻지 못하리란 걸 드디어 깨달았거나."

"아니." 나는 단호한 표정으로 할리우드 대로에 서 있던 앨리스를 떠올렸다. "너는 몰라. 그런 게 아니야."

"좋아." 헤다가 달래듯 말했다. "신념을 버린 것도 아니다, 합성도 아니다." 헤다가 스크린을 향해 손을 저었다. "그럼 저건 뭐지? 누가 합성해 넣은 게 아니라면 어떻게 저기 있을 수가 있냐고?"

하워드 킬이 주먹질 중인 두 사람을 구석으로 밀어 넣자, 헛간이 무너지며 판자들이 와르르 쏟아져 내렸고, 제인 파웰은 속상한 마음에 눈물을 흘렸다. "나도 몰라." 내가 말했다.

우리는 무너진 헛간을 바라보며 우두커니 서 있었다.

"그 장면 다시 볼 수 있어?" 헤다가 말했다.

"프레임 25-200, 1배속으로 재생." 하워드 킬이 다시 손을 뻗어 제인 파웰을 번쩍 들어 올렸다가 내려놓았다. 댄서들이 줄지어 섰다. 그리고 거기 앨리스가 있었다. 영화 속에서 춤을 추고 있었다.

"앨리스가 아닐지도 몰라." 헤다가 말했다. "그래서 리디게인을 가져다달라고 한 거 아니야? 술기운에 착각했다고 생각한 거잖아."

"너도 보고 있잖아."

"나도 알아." 헤다가 얼굴을 찌푸렸다. "하지만 앨리스가 어떻게 생겼는지 기억이 잘 안 나. 내 말은, 앨리스를 만났을 땐 언제나 약에 잔뜩 취해 있었고 그건 너도 마찬가지였잖아. 그렇게 자주 봤던 것도 아니고."

그 파티, 앨리스가 헤다의 부탁으로 접근 코드를 받으러 왔던 날, 그리고 스키드에서 벌어졌던 일들. 모두 잊으려야 잊을 수가 없었다.

"그래, 자주 본 건 아니지." 내가 말했다.

"그냥 앨리스처럼 보이는 다른 사람일 수도 있는 거잖아. 앨리스 머리색은 저것보단 더 어두웠어."

"저건 가발이야." 내가 말했다. "가발과 분장은 완전히 다른 사람처럼 보이게 할 수 있잖아."

"맞아." 헤다는 그게 뭔가를 입증한다는 듯 말했다. "아니면 정말 닮았을 수도 있어. 저 사람의 가발이랑 화장 때문에 앨리스처럼 보이는 걸 거야. 그나저나 누구야? 저 영화에 출연하는 배우는?"

"버지니아 깁슨." 내가 말했다.

"어쩌면 버지니아 깁슨이랑 앨리스가 닮았을 수도 있어. 다른 영화에도 나왔어? 버지니아 깁슨 말이야. 만약 그랬다면, 그 영화들을 보면 버지니아 깁슨이 어떻게 생겼는지 알 수 있을 거잖아. 그럼 이게 앨리스인지 아닌지 알 수 있을 거고." 헤다가 걱정스럽다는 표정으로 나를 보았다. "하지만 일단은 리디게인의 효과가 나타날 때까지 기다리는 편이 좋겠어. 아직 무슨 증상 없어? 두통은?"

"없어." 내가 스크린을 보며 말했다.

"몇 분 안에 증상이 나타날 거야." 헤다가 침대 위의 이불을 끌어당겼다. "누워. 물을 좀 가져다줄게. 리디게인은 효과가 빠르지만 부작용도 심해. 가장 좋은 방법은…."

"푹 자버리는 거겠지." 내가 말했다.

헤다가 물잔을 가져와 침대 옆에 두었다. "오한이 들거나 헛것이 보이면 나한테 접속해."

"네 말대로라면 벌써 헛것을 보고 있는 셈이네."

"그런 뜻으로 한 말은 아니야. 그냥 성급히 결론 내리기 전에 버지니아 깁슨에 관해 더 알아봐야 한다는 뜻이지. 리디게인의 효과를 본 다음에."

"술에서 깨고 나면 더는 저 사람이 앨리스처럼 보이지 않을 거라는 말이네."

"술에서 깨면 앨리스인지 아닌지 똑바로 볼 수 있을 거라는 뜻이야." 헤다가 나를 물끄러미 바라보았다. "앨리스였으면 좋겠어?"

"누워야겠어. 머리가 아프네." 나는 헤다를 보내려고 그렇게 말한 뒤 침대에 앉았다.

"효과가 나타나는군." 헤다가 의기양양하게 말했다. "필요한 게 있으면 꼭 접속해."

"그럴게." 그리고 나는 침대에 누웠다.

헤다가 방을 둘러보며 말했다. "이제 정말 이 방에 술은 더 없는 거지?"

"수십 병 있지." 내가 스크린을 향해 손짓하며 말했다. "유리병, 휴대용 술통, 나무통, 디캔터. 말만 해. 여기 다 있으니까."

"술을 마시면 상태가 악화될 뿐이야."

"나도 알아." 내가 손을 눈 위에 올려놓으며 말했다. "뱀, 분홍색 코끼리, 2미터짜리 토끼, '안녕하세요, 월슨 씨?'"[66]

"나한테 꼭 접속해야 해." 헤다가 그렇게 말하고는 마침내 방을 떠났다.

나는 헤다가 돌아와 반드시 소변을 보라고 말하길 기다리며 5분을 보냈고, 뱀과 토끼, 더 나쁘게는 흰옷을 입고 나란히 춤추는 프레드와 엘리너가 나타나길 기다리며 5분을 더 보냈다. 그리고 헤다가 했던 말에 대해 생각했다. 그게 합성이 아니라면 도대체 뭐란 말인가? 합성일 리가 없었다. 헤다는 앨리스가 영화 속에서 춤추고 싶다고 말하는 걸 들은 적이 없었다. 게다가 헤다는 그날 밤 할리우드 대로에서 합성할 기회를 주었을 때 앨리스

66 〈하비〉에서 주인공 엘우드의 간병인

가 어떻게 반응했는지 보지 못했다. 그날 밤 앨리스는 디지털화되어 진저 로저스든, 앤 밀러든, 원하면 누구라도 될 수 있었다. 심지어 엘리너 파월도 될 수 있었다. 그런데 왜 갑자기 마음을 바꿔 아무도 이름을 들어본 적 없는 댄서가 되기로 결심한 걸까? 겨우 영화 몇 편밖에 출연하지 않은 여자 배우라니. 그리고 그중 한 편에 프레드 아스테어가 출연했다.

"우리는 시간 여행에 이만큼 가까워졌어." 그 임원은 엄지와 검지를 바짝 갖다 대며 그렇게 말했었다.

만약 앨리스가, 영화에서 춤출 수만 있다면 뭐든 할 앨리스가, 비좁은 강의실에 있는 조그만 모니터 앞에서 기꺼이 연습하고 밤에는 관광객들을 상대로 일을 하는 앨리스가, 시간 여행을 연구하는 어느 해커의 꼬임에 넘어가 실험용 기니피그가 된 거라면? 만약 앨리스가 그 해커에게 부탁해 녹색 조끼가 달린 드레스를 입고 짧은 장갑을 낀 채 1954년으로 간 뒤, 현재로 돌아오는 대신 버지니아 깁슨으로 이름을 바꾸고 MGM으로 가 〈7인의 신부〉에서 배역을 얻기 위해 오디션을 본 거라면? 그리고 다른 여섯 편의 영화에도 출연했는데 그중 하나가 〈파리의 연인〉이고, 프레드 아스테어와 함께 출연한 거라면?

나는 두통이 심해지지 않게 천천히 몸을 일으켜 앉은 뒤 컴퓨터로 가서 〈파리의 연인〉을 불러냈다.

헤다의 말대로 프레드 아스테어는 아직 소송 중에 있었다. 나는 소송이 해결될 때를 대비해 〈파리의 연인〉과 프레드 아스테어 둘 다에 대해 알람을 설정했다. 헤다 말이 맞다면 (틀린 적이 있었던가?) 워너는 곧장 항소를 제기할 거다. 하지만 무슨 문제가 생기거나 워너 측 변호사들이 러스 탬블린 관련 소송으로 바쁘다면 기회가 생길지도 모른다. 나는 알람이 울리게 설정한 뒤 버지니아 깁슨이 출연한 뮤지컬 영화 목록을 다시 불러냈다.

〈스타 리프트〉는 제2차 세계대전 때 제작된 흑백 영화라서 이미지가 컬러 영화만큼 선명하지가 않았다. 〈쉬즈 백 온 브로드웨이〉 또한 이름도 들어본 적 없는 어느 배우 때문에 소송에 걸려 있었다. 남은 건 〈아테나〉와 〈페인팅 더 클라우드 위드 선샤인〉과 〈둘이서 차를〉이었는데, 그중 어느 것도 본 기억이 없었다.

나는 〈아테나〉를 불러내 본 뒤 기억에 없을 만하다고 생각했다. 그건 〈오브 비너스〉와 〈우리들의 낙원〉의 중간쯤 되는 영화였는데, 시폰 드레스 자락이 날아다니고 건강식품에 집착하는 사람들이 잔뜩 나왔지만, 댄스는 거의 없다시피 했다. 버지니아 깁슨은 초록색 시폰 드레스를 입고 재즈와 탭 댄스의 여신인지 뭔지 하는 니오베 역을 연기했다. 어쨌든 앨리스는 아니었다. 앨리스랑 비슷하긴 했다. 특히 머리를 그리스식 포니테일로 묶은 모습이. 헤다라면 "버번을 다섯 잔 마시고 나면 앨리스처럼 보이겠지"라고 말했을 거다. 그리고 리디게인을 두 배로 복용한다면. 하지만 〈아테나〉에서의 버지니아 깁슨은 '헛간 세우기' 넘버에서 댄서로 등장할 때만큼 앨리스랑 비슷하진 않았다. 나는 〈7인의 신부〉를 다시 불러냈다. 한참 동안 스크린에 아무것도 나타나지 않더니 법률 용어들이 주르륵 쏟아져 나왔다. "이 영화는 현재 소송 중에 있어서 시청하실 수 없습니다."

잘 된 셈이다. 법원이 러스 탬블린을 조각조각 분해해 합성해도 된다고 판결할 때쯤이면 코카인이 몸에서 완전히 빠져나갔을 테고, 그 댄서가 앨리스랑 닮은 사람에 불과하다는 걸, 아니 썩 그리 닮지도 않았다는 걸 알게 될 거다. 다 조명과 메이크업 때문이란 걸 말이다.

그 점을 명확히 하려고 힘들게 영화를 더 볼 필요는 없었다. 조금이라도 닮아 보인다면 그건 순전히 술기운 때문일 테고, 나는 닥터 헤다가 말한 대로 침대에 누워 증상이 지나가길 기다려야 한다. 그런 뒤 다시 삭제 작업을 시작하면 된다. 나는 〈오명〉을 불러내 작업을 끝내야만 했다.

나는 컴퓨터에게 명령했다. "〈둘이서 차를〉."

〈둘이서 차를〉에는 도리스 데이가 출연했다. 나는 도리스도 앨리스의 최악 댄서 목록에 들어 있는지 궁금했다. 충분히 그러고도 남았다. 도리스 데이는 앨리스가 꿈에서도 바랄 리허설 장에서, 너른 마루와 거울이 있고 책상이 쌓여 있지도 않은 그런 곳에서, 진 넬슨과 탭 댄스 루틴을 추는 내내 이를 드러내며 헤벌쭉 억지웃음을 지었다. '크레이지 리듬'의 라틴 버전은 끔찍했고, 고든 맥레이가 '나는 당신만을 사랑해요'를 불렀으며, 뒤이어 버지니아 깁슨이 부르는 빅 넘버가 나왔다.

버지니아 깁슨이 앨리스가 아니라는 건 의심의 여지가 없었다. 머리를 내리니 앨리스랑 그리 비슷하지도 않았다. 아니면 리디게인이 효과를 발휘한 건지도 모른다.

도리스 데이와 진 넬슨의 댄스 루틴은 할리우드식 발레로, 시폰 드레스가 훨씬 많이 등장했고 빙글빙글 도는 동작도 많았다. 앨리스가 관심을 가질 만한 종류의 루틴이 아니었다. 앨리스가 메도우빌에서 재즈나 탭 댄스뿐만 아니라 발레도 배웠다면 또 모르겠지만, 앨리스는 발레를 배우지 않았고, 버지니아는 발레를 배운 게 분명했다. 그러니 앨리스는 버지니아 깁슨이 아니었다. 술에서 깼어도 다시 술을 찾을 수밖에 없었다.

"초당 64프레임으로 재생." 도리스는 타이틀 넘버와 불필요한 반복 부분 내내 억지웃음을 지었다. 그다음 장면은 화려한 프로덕션 넘버였다. 버지니아 깁슨은 나오지 않았다. 나는 다시 빨리감기로 그 부분을 넘기다가 멈췄다.

"음악 시작 부분으로 되감기." 나는 프레임 번호를 세며 프로덕션 넘버를 보았다. 금발의 커플이 앞으로 나와 미끄러지듯 발끝으로 춤을 추다 뒤쪽으로 돌아갔고, 뒤이어 검은 머리의 남자와 흰 주름치마를 입은 빨강 머리 여자가 나와 한쪽 발을 앞으로 차다 좌우를 오가며 찰스턴[67]을 추었다. 여자는 곱슬머리였고 블라우스 앞쪽을 허리께에서 묶었는데, 두 사람은 손을 무릎에 올렸다가 양쪽 발이 앞뒤로 엇갈리게 뻗는 크로스 킥을 했다. "프레임 75-004, 초당 12프레임으로 재생." 나는 그 루틴을 슬로우 모션으로 보았다.

"2사분면 확대." 빨강 머리 여자가 스크린을 가득 채웠다. 사

---

67 1920년대에 유행한 활기차고 빠른 템포의 재즈 댄스

실 화면을 확대할 필요도, 슬로우 모션으로 볼 필요도 없었다. 그게 누구인지는 너무나 확실했다.

'헛간 세우기' 넘버에서 봤을 때와 마찬가지로, 나는 한눈에 알아보았다. 술기운 때문도 클리그 때문도 아니었다(리디게인을 먹은 지 15분이 지나 그만큼 술기운이 가신 상태였다). 루주와 가늘게 그린 눈썹 때문에 얼핏 비슷해 보이는 것도 아니었다. 그건 분명 앨리스였다. 불가능한 일이었다.

"마지막 프레임." 하지만 〈둘이서 차를〉은 코러스 라인의 이름이 크레딧에 올라가지 않는 구식 영화였고 저작권 날짜를 알아보기란 거의 암호 해독 수준이었다. MCML. 1950년.

나는 처음으로 돌아가 영화를 다시 보며, 빨강 머리 여자가 보일 때마다 프레임을 멈추고 화면을 확대했지만, 앨리스의 모습은 보이지 않았다. 나는 빨리감기를 해 찰스턴 넘버로 돌아갔고 그 장면을 다시 보며 가설을 세워보려고 애썼다.

그래, 해커가 앨리스를 1950년으로 보냈다고 치자(정정. 저작권 날짜는 개봉일을 따르니 1949년으로 보낸 거다). 앨리스는 그곳에서 4년가량 지내면서, 코러스 파트에서 춤추며 버지니아 깁슨과 친하게 지낸다. 그리고 호시탐탐 기회를 노리다 버지니아의 머리를 뭔가로 내려쳐 기절시킨 뒤 세트장 뒤에 쑤셔 넣고 〈7인의 신부〉에 대신 출연한다. 〈파리의 연인〉의 프로듀서는 〈7인의 신부〉에 출연한 앨리스에게서 좋은 인상을 받아 배역을 제시한다. 프레드 아스테어와 같은 프로덕션 넘버에 등장하기만 한다면 드디어 그와 함께 춤출 기회를 얻게 되는 거다.

설령 내가 코카인에 절은 상태였다 해도, 그건 받아들이기 힘든 가설이었다. 하지만 그 사람은 분명 앨리스였고, 따라서 설명이 필요했다. 어쩌면 코러스 걸로 일하다 웜바디로 일할 기회를 얻었을 수도 있다. 당시에도 웜바디는 존재했고 사람들은 그들을 '대역'이라고 불렀다. 어쩌면 앨리스는 닮았다는 이유 하나로 버지니아 깁슨의 대역을 맡게 됐을 수도 있고, 버지니아에게 뇌물을 먹여 영화에 대신 출연했을 수도 있다. 딱 그 장면 하나에만. 아니면 주도면밀한 계략을 세워 버지니아가 촬영 세션을 놓치게 했는지도 모른다. 〈이브의 모든 것〉에서 앤 백스터가 베티 데이비스의 자리를 꿰찼던 것처럼 말이다. 애스 문제가 있는 버지니아가 술 취한 채로 촬영장에 나타나는 바람에 앨리스가 대신 촬영해야 했을 가능성도 있다.

이 가설도 딱히 더 낫진 않았다. 나는 다시 메뉴를 불러냈다. 만약 앨리스가 코러스로 한번 출연했다면 다른 영화에서도 코러스로 출연했을 가능성이 있었다. 나는 뮤지컬 영화들을 훑어보며 어떤 영화에 코러스 넘버가 있었는지 기억해내려고 애썼다. 〈사랑은 비를 타고〉에 코러스 넘버가 있었다. 내가 샴페인을 몽땅 삭제해버린 그 파티 신이었다.

나는 수정 기록을 불러내 프레임 번호를 찾은 뒤 샴페인이 나오지 않는 장면들은 빨리감기로 넘기고, 도널드 오코너가 "파티에서는 영화를 틀어야지. 그게 할리우드의 법이잖아"라고 말하는 장면을 지나 코러스 넘버가 시작하는 지점으로 갔다.

매우 짧은 분홍색 치마를 입고 털모자를 쓴 여자들이 '유 아마이 럭키 스타'에 맞춰 무대를 누볐다. 카메라 앵글은 끔찍했다. 얼굴을 자세히 보려면 화면을 확대해야 했지만, 그럴 필요조차 없었다. 앨리스를 찾았기 때문이다.

앨리스는 정말 버지니아 깁슨을 매수하는 데 성공했는지도 모른다. 버지니아와 〈둘이서 차를〉에 나오는 빨강 머리를 세트장 뒤에 가두는 데 성공했을 수도 있다. 하지만 〈사랑은 비를 타고〉에 출연한 데비 레이놀즈에게는 애스 문제가 없었고, 앨리스가 데비를 세트장 뒤에 쑤셔 넣었더라도 분명 누군가는 발견했을 것이다.

시간 여행도 아니었다. 그것은 앨리스가 춤을 추면 영화 속에서 춤추는 것처럼 보이게 컴퓨터에 의해 생성된 일종의 허상 같은 것이었다. 그렇다면 앨리스는 과거 속으로 영영 사라진 게 아니다. 아직 할리우드에 있다. 그리고 나는 앨리스를 찾아낼 거다.

"시스템 종료." 나는 재킷을 집어 들고 방을 뛰쳐나갔다.

#13

*영화 클리셰 #419: 막힌 도주. 주인공이 나쁜 자들을 피해 가까스로 도망친다. 교묘히 따돌리고 도주에 성공하려는 찰나, 악당이 불쑥 나타나 "어디 가시나?" 하고 묻는다.

참조: 〈대탈주〉, 〈스타워즈: 제국의 역습〉, 〈북북서로 진로를 돌려라〉, 〈39계단〉

헤다가 팔짱을 낀 채로 문 밖에 서서 발끝으로 바닥을 톡톡 두드리고 있었다. 마치 〈천사들의 장난〉에서 원장 수녀로 나오는 로절린드 러셀 같았다.

"안 누워 있고 뭐 해?" 헤다가 말했다.

"난 아무렇지도 않아."

"그건 알코올이 아직 다 안 빠져나가서야." 헤다가 말했다. "남들보다 오래 걸리는 사람이 가끔 있어. 소변은 봤어?"

"그럼. 어마어마하게 많이 눴지." 내가 말했다. "그럼 래치드 간호사님[68], 저는 이만…"

---

68 〈뻐꾸기 둥지 위로 날아간 새〉(1975)에 등장하는 차갑고 무자비한 간호사

"가더라도 정신이 말짱해지면 가." 헤다가 나를 가로막으며 말했다. "진지하게 말하는데, 리디게인을 만만히 봤다가는 큰코 다쳐." 그리고 나를 방 안으로 밀어 넣었다. "방에서 쉬어. 도대체 어딜 가려던 참이야? 앨리스를 만나러 가던 거야? 만약 그럴 셈이었다면, 앨리스는 거기 없어. 수업을 다 그만두고 기숙사에서도 나갔다고."

메이어의 상사랑 살러 갔다는 의미겠지.

"앨리스를 만나러 가던 길이 아니었어."

"그렇다면 도대체 어딜 가려던 거였는데?"

헤다에게 거짓말해봤자 소용이 없겠지만 시도는 해봐야 했다. "〈파리의 연인〉에 버지니아 깁슨이 출연해. 그 영화를 찾으러 가던 길이었어."

"그냥 파이버옵틱 피드에서 찾으면 되잖아."

"그 영화에 프레드 아스테어도 출연해. 프레드의 소송 건이 종료됐는지 그래서 물어봤던 거야." 나는 내가 하는 말을 이해하느라 잠시 뜸을 들였다. "그저 닮은 사람일지도 모른다고 네가 그랬잖아. 그 사람이 앨리스인지 아니면 앨리스랑 닮은 다른 사람인지 확인하고 싶었어."

"그래서 해적판을 구하러 가던 길이었다고?" 헤다는 내 거짓말에 거의 넘어간 눈치였다. "버지니아 깁슨이 나오는 뮤지컬 영화가 여섯 편이라고 하지 않았나? 그것들이 다 소송에 걸려 있지는 않을 거잖아."

"〈아테나〉에는 클로즈업 신이 하나도 없어." 나는 화면을 확대하면 되지 않냐고 헤다가 묻지 않길 바랐다. "앨리스가 프레드 아스테어를 어떻게 생각하는지 너도 알잖아. 만약 어딘가에 나 온다면 분명 〈파리의 연인〉에 나올 거야."

모두 말도 안 되는 헛소리였다. 애초에 버지니아 깁슨이 출연 한 영화를 찾겠다고 한 거지, 앨리스가 나오는 영화를 찾겠다고 한 게 아니었기 때문이다. 하지만 프레드 아스테어의 이름을 언 급하자 헤다는 고개를 끄덕였다. "내가 구해줄게." 헤다가 말했다.

"고마워." 내가 말했다. "디지털화된 게 아니어도 상관없어. 테 이프도 괜찮아." 나는 헤다를 문가로 데려갔다. "난 침대에 누워 리디게인이 효과를 발휘하길 기다릴게."

헤다가 다시 팔짱을 끼었다.

"정말이야." 내가 말했다. "내 방 키를 줄 테니 가둬놓든가."

"정말 누워 있을 거야?"

"약속할게." 나는 거짓말을 했다.

"네가 누워만 있을 리가 없어. 그리고 후회하겠지." 헤다가 한 숨을 쉬며 말했다. "적어도 스키드는 안 타겠지. 키 내놔."

나는 헤다에게 카드키를 건네주었다.

"둘 다." 헤다가 말했다.

나는 여분의 키까지 헤다에게 주었다.

"이제 진짜 누워." 헤다는 방문을 닫더니 문을 잠가 나를 방에 가둬버렸다.

#14

* 영화 클리셰 #86: 감금되다.

참조: 〈흩어진 꽃잎〉, 〈폭풍의 언덕〉, 〈팬텀 포〉,
〈팜 비치 스토리〉, 〈황금팔을 가진 사나이〉, 〈수집가〉

어쨌든 앨리스와 대면하기 전에 증거를 더 많이 찾아야 했다.
그런데 헤다에게 거짓말로 머리가 아프다고 했었지만 진짜로 두
통이 시작됐다. 나는 욕실로 가서 헤다의 지시 사항을 따른 뒤
방으로 돌아와 침대에 누워 〈사랑은 비를 타고〉를 불러냈다.

흔히 발견되는 매트의 윤곽선이나 픽셀 그림자 현상도 없었
고, 노이즈 체크를 했을 때도 이미지가 손실된 흔적 또한 없었다.
그건 아무것도 증명하지 못했다. 나는 윌리엄 파월이 〈그림자 없
는 남자〉에서 마신 라이 위스키를 5분의 1이나 마시고도 합성
작업을 감쪽같이 해낼 수 있었다.

더 많은 데이터가 필요했다. 전신 원 컨티뉴어스 테이크로 촬
영한 장면이라면 좋겠지만 프레드는 여전히 소송에 묶여 있었다.
나는 다시 뮤지컬 영화 목록을 불러냈다. 내가 강의실로 만나러

갔던 날 앨리스는 버슬 드레스 차림이었다. 시대물이라는 뜻이다. 〈세인트루이스에서 만나요〉는 아니다. 앨리스가 했던 말에 따르면 그 영화에는 댄스라고 부를 만한 게 나오지 않는다. 어쩌면 〈쇼 보트〉나 〈지지〉일지도 모른다.

나는 〈쇼 보트〉와 〈지지〉둘 다를 훑어보며 파라솔과 빛나는 머리카락을 찾아봤지만, 시간이 너무 오래 걸리는데다가 빨리감기로 보다 보니 현기증이 났다.

"글로벌 검색." 나는 손으로 두 눈을 지그시 누르며 명령했다.

"댄스 루틴." 나는 10분에 걸쳐 컴퓨터에게 댄스 루틴이 무언지 설명한 뒤, 〈회전목마〉를 초당 40프레임으로 재생하게 했다.

프로그램 작동에는 문제가 없었지만, 여전히 시간이 너무 오래 걸릴 게 뻔했다. 발레 신을 삭제할까도 고려해보았지만, 발레가 뭔지 모르기는 할리우드나 컴퓨터나 매한가지일 거라고 판단해 대신 오버라이드 하기로 결정했다.

"다음 루틴 신으로 이동, 큐. 건너뛰고 다음 루틴." 내가 명령했다.

그리고 〈온 문라이트 베이〉를 불러냈다.

도리스 데이는 그 영화에서도 이를 드러내며 웃었다. 오버라이드를 한다 해도 찬찬히 살펴보기엔 지루할 정도로 길게 느껴졌다. 나는 버슬 드레스가 보이지 않는 곳에선 "다음 루틴."이라고 명령했다.

"〈버논과 아이린 캐슬의 이야기〉." 잠깐, 그건 프레드 아스테어가 출연한 영화였다. 〈하비 걸〉은?

더 많은 법률 용어가 쏟아져 나왔다. 배우들이 죄다 소송에 걸려 있기라도 한 건가? 나는 메뉴를 불러내 시대물들을 훑어봤다.

"〈즐거운 여름〉." 나는 이내 후회했다. 그건 주디 갈랜드가 출연하는 영화였고, 앨리스 말이 맞았다. 주디 갈랜드가 나오는 영화에는 제대로 된 댄스 신이 하나도 없었다. 나는 그날 밤 내 방에서 앨리스가 또 무슨 말을 했는지, 어떤 영화를 보여달라고 했는지 기억해내려고 애썼다. 〈춤추는 대뉴욕〉!

〈춤추는 대뉴욕〉은 소송에 걸려 있진 않았지만, 앨리스가 못 견디게 싫어하는 진 켈리가 출연했다. 진 켈리는 흰 해군복을 입고 이리저리 뛰어다니며 춤을 췄는데, 자기가 추는 춤이 무척 어려운 춤인 듯 보이게 했다. "다음 루틴." 내가 명령하자, 이번엔 발그레한 뺨에 마릴린 먼로 같은 몸매를 한 앤 밀러가, 가슴이 깊게 파인 드레스를 입고 나타나 공룡 뼈 사이에서 탭 댄스를 추었다. 설령 메이크업과 디지털 패딩[69]으로 외모를 보정했다손 치더라도, 앤 밀러를 앨리스로 착각할 수는 없었고, 그 점은 내게 중요했다. 하지만 앤 밀러의 달그락거리는 탭 스텝 소리 때문에 머리가 지끈거렸다. 나는 앨리스가 전에 좋아한다고 했던 메도우빌 넘버로 건너뛰었다. 베라 엘런과 에너지 넘치는 진 켈리가 징이 없는 탭 슈즈를 신고 소프트 탭 댄스를 추었다. 키로 따지면 베라 엘런이 다른 배우들보다 앨리스와 훨씬 더 비슷했고

---

69 디지털 편집에서 의도적으로 어떤 요소를 추가하는 작업

머리에 장식용 리본도 달렸지만, 앨리스는 아니었다. "다음 루틴."

진 켈리가 한껏 과장된 발레 동작을 했고, 프랭크 시내트라와 베티 개릿이 엠파이어 스테이트 빌딩 전망대의 망원경 옆에서 탱고를 추었다. 그리고 이번엔 가슴이 더 깊게 파인 드레스를 입은 앤 밀러가 나타났고, 이어서 베라 엘런이 등장했다. 앨리스를 만났던 첫날 밤 앨리스가 입었던 옷과 똑같은, 몸에 꼭 끼는 초록색 조끼가 달린 검은색 드레스 차림이었다. 나는 침대에서 벌떡 일어나 앉았다.

베라 엘런이 진 켈리의 손을 잡고 빙글빙글 돌며 카메라에서 멀어졌다. "정지." 나는 명령했다. "화면 확대." 그 빛나는 머리카락을 못 알아볼 수는 없었다. 베라 엘런이 한 바퀴 돌아서 다시 카메라 앞으로 와 진 켈리를 향해 밝게 웃으며 손을 뻗는 순간, 나는 그 사람이 앨리스라고 확신했다.

나는 베라 엘런이 출연한 영화들을 메뉴에서 불러냈다. "〈뉴욕의 벨〉." 내가 명령했다.

또다시 프레드 아스테어 소송과 관련된 법률 용어들이 화면을 채웠다. 〈짧은 세 단어〉도 마찬가지였다. 나는 간신히 〈다니 케이의 우유 배달부〉를 찾아 영화에 나오는 넘버들을 하나하나 살펴보았지만, 앨리스는 보이지 않았다. 내가 모르는 다른 논리가 존재하는 게 분명했다. 뭘까? 진 켈리일까? 진 켈리는 〈사랑은 비를 타고〉와 〈춤추는 대뉴욕〉에 모두 출연했다.

"〈닻을 올리고〉." 내가 명령했다.

〈닻을 올리고〉에서 진 켈리의 상대역은 캐서린 그레이슨과 호세 이투르비였는데, 두 사람 다 댄스로 유명한 배우는 아니어서, 프로덕션 넘버가 있을 거란 기대 같은 건 하지 않았다. 예상대로 없었다. 진 켈리는 프랭크 시내트라와, 선원들로 이루어진 코러스 라인과, 만화로 그려진 생쥐와 춤을 췄다.

진 켈리는 이 영화에서도 판타지적인 신에서 과장된 몸짓으로 춤을 추었는데, 이번에는 만화로 그려진 배경과 함께 톰과 제리가 등장했다. CG 시대 이전의 특수 효과를 많이 사용했음에도 불구하고, 진 켈리와 고양이 톰이 손끝이 닿을 정도로 나란히 소프트 탭 댄스를 추는 장면은 진짜처럼 보였다.

나는 빈센트에게 접속했고, 〈닻을 올리고〉가 피드에 있는 게 싫어 오버라이드 키를 눌렀다. 그리고 문을 열지 않고도 헤다가 밖에서 지키고 서 있는지 아닌지 알아낼 방법이 있었으면 좋겠다는 생각을 했다.

알아낼 방법은 없었지만 괜찮았다. 헤다는 문밖에 없었다. 나는 헤다가 돌아올 경우를 대비해 방문을 잠근 뒤 파티장으로 내려갔다. 빈센트는 숨소리 섞인 목소리로 말하는 세 명의 마릴린에게 새 프로그램을 보여주고 있었다.

"자, 여러분. 명령어를 하나 말해봐요." 빈센트가 스크린에 있는 클린트 이스트우드를 가리키며 말했다. 줄무늬 판초를 입고 금속 장식이 달린 밴드가 둘린 카우보이모자를 쓴 클린트 이스트우드가 두 팔을 옆으로 늘어뜨린 채로 꼭두각시 인형처럼 의자에 앉아 있었다. "어서요."

마릴린들이 까르르 소리 내어 웃었다. "일어서." 그중 한 명이

용기 내어 명령하자 클린트 이스트우드가 부자연스러운 몸짓으로 의자에서 일어났다.

"뒤로 두 걸음 물러서." 다른 마릴린이 말했다.

"잠깐 실례해도 될까요?" 내가 말했다. "빈센트, 물어볼 게 있어요." 나는 빈센트와 마릴린들 사이에 끼어들며 말했다. "블루 스크린을 사용해 어떤 장면에 실사 영상을 삽입하려면 어떻게 해야 해요?"

"처음부터 새로 제작하는 게 더 쉬울걸?" 빈센트는 클린트가 서 있는 스크린을 보면서 다음 명령을 기다렸다. "아니면 합성하거나. 어떤 영상인데? 사람이야?"

"네, 사람이에요." 내가 말했다. "하지만 합성은 안 돼요. 블루 스크린을 사용해서 할 방법은 없을까요?"

빈센트가 어깨를 으쓱했다. "픽사[70]랑 합성기를 준비해. 구할 수 있다면 구식 디지털 매트도 필요할 거야. 관광객을 상대로 하는 가게에서 가끔 이용하지. 어려운 건 패칭[71]인데, 조명, 시각적 관점, 카메라 앵글, 가장자리 맞추기…."

나는 빈센트의 말을 듣고 있지 않았다. 할리우드 대로에 있는 '스타 탄생' 부스에 디지털 매트가 있었다. 그리고 헤다는 앨리스가 그 부스에서 일한다고 했다.

---

70 픽사 이미지 컴퓨터. 원래 루카스필름의 컴퓨터 사업부인 그래픽 그룹(나중에 픽사로 이름을 바꿈)에서 개발한 그래픽 컴퓨터
71 디지털 영상 편집에서 문제를 해결하기 위해 해당 영역을 다른 부분으로 덮어 수정하는 작업

"컴퓨터 그래픽만큼 깔끔하진 않을 거야." 빈센트가 말했다. "그래도 합성 전문가라면 가능은 하지."

그리고 픽사와 컴퓨터에 대한 노하우와 접근 코드가 있다면. 앨리스에겐 아무것도 없었다. "만약 접근 코드가 없다면요? 그러니까 아무도 모르게 하고 싶다면요?"

"너는 스튜디오용 완전한 접근 코드를 가지고 있잖아?" 빈센트가 갑자기 흥미롭다는 듯 물었다. "혹시 메이어한테 잘렸어?"

"메이어가 시킨 일을 하는 데 필요한 거예요. 해커 영화 하나에서 애스를 들어내고 있거든요." 내가 서둘러 둘러댔다. "〈떠오르는 태양〉인데 삭제할 비주얼 레퍼런스가 너무 많아요. 장면 하나를 완전히 새로 만들어야 하는데 진짜처럼 보이게 만들고 싶어요."

나는 빈센트가 〈떠오르는 태양〉을 안 봤거나, 그게 접근 코드가 사용되기 이전에 제작됐다고 생각하길 바랐다. 클린트 이스트우드를 꼭두각시 인형으로 만든 사람이랑 하기에 딱 좋은 내기였다. "남자 주인공이 가짜 이미지를 진짜 이미지 위에 덧입히는 거죠. 범인을 잡으려고요."[72]

빈센트가 희미하게 눈살을 찌푸렸다. "영화에서 누군가 파이버옵틱 피드 속으로 침투한다?"

"네." 내가 말했다. "어떻게 하면 진짜처럼 보이게 할 수 있을

---

72 〈떠오르는 태양〉(1993)에서 형사 존 코너(숀 코너리 분)는 범행 현장을 녹화한 디스크가 교묘하게 조작된 흔적을 발견한다.

까요?"

"소스를 불법복제 한다고? 그건 안 돼." 그가 말했다. "스튜디오용 접근 코드가 있어야 해."

협상에 진전이 없었다. "불법적인 걸 보여주자는 게 아니에요." 내가 말했다. "그저 어떻게 하면 주인공이 암호화를 우회해 인증 가드를 뚫을 수 있을지 이야기해보자는 거죠." 하지만 빈센트는 이미 고개를 젓고 있었다.

"그런 식으로는 안 돼." 빈센트가 말했다. "스튜디오들은 자기네 자산과 배우들에게 너무 많은 돈을 투자했기 때문에 소스가 불법복제 되도록 놔두지 않아. 암호화, 인증 가드, 나바호, 이런 것들은 다 우회가 가능해. 그래서 파이버옵틱 루프를 사용하는 거야. 파이버옵틱 루프는 출력된 것과 입력되는 것이 동일하니까."

스크린에서 클린트 이스트우드가 움직이기 시작했다. 내가 슬쩍 올려다보니 그가 두 팔을 늘어뜨리고 고개를 숙인 채 루프처럼 반복해서 8자를 그리며 걸었다.

"파이버옵틱 피드가 외부로 신호를 내보내면 그 신호는 같은 경로를 따라 소스로 돌아가고 그 과정은 계속해서 반복적으로 되풀이돼. 피드에 내장된 ID 잠금장치가 들어오는 신호가 나간 신호와 일치하는지 확인하는데, 만약 일치하지 않으면 들어오는 신호를 거부하고 대신 이전 신호를 사용하지."

"매 프레임 확인하나요?" 나는 만약 잠금장치가 5분 간격으로 확인한다면, 댄스 루틴 하나쯤은 삽입할 수 있을 만큼 충분한 시간이라고 생각했다.

"프레임 하나하나 모두 확인해."

"그럼 상당한 양의 메모리가 필요할 텐데요? 픽셀을 하나하나 매치하려면요?"

"브라운 체크." 빈센트가 말했다. 하지만 그 또한 별 도움이 되지 않았다. 잠금장치는 무작위적으로 픽셀이 일치하는지 확인할 테고, 그게 어떤 픽셀일지 사전에 알 방법은 없다. 이미지를 변경할 유일한 방법은 그것과 완전히 똑같은 다른 이미지로 바꾸는 것뿐이다.

"접근 코드를 가지고 있다면요?" 나는 클린트 이스트우드가 원을 그리며 빙빙 돌아다니는 걸 보며 말했다. 마치 〈프랑켄슈타인〉의 보리스 칼로프 같았다.

"그런 경우에는, 변경된 이미지를 잠금장치가 인증을 위해 확인한 뒤 통과시키지."

"가짜 접근 코드를 얻을 방법은 없을까요?" 내가 물었다.

빈센트가 마치 스크린 속의 프랑켄슈타인을 움직인 사람이 나라도 되는 양 짜증스럽다는 표정으로 스크린을 보았다. "앉아." 그가 말하자 클린트 이스트우드가 앉았다.

"그대로 있어." 내가 말했다.

빈센트가 나를 노려보았다. "어떤 영화 때문에 그 작업이 필요하다고 했지?"

"리메이크 영화예요." 내가 문 쪽을 보며 말했다. 헤다가 들어오고 있었다. "아무래도 그냥 삭제하는 편이 좋겠어요." 그리고 나는 헤다를 피해 계단 쪽으로 향했다.

"왜 수작업으로 하겠다고 고집하는지 도무지 모르겠네!" 빈센트가 등 뒤에서 큰 소리로 말했다. "아무 소용 없어. 나한테 추적파괴 프로그램이 있는데…."

나는 잽싸게 위층으로 올라가 애초에 방문을 잠근 나 자신을 원망하며 오버라이드 키를 입력해 문을 연 뒤 침대로 들어갔다가, 방문이 잠겨 있어야 한다는 걸 기억하고 다시 가서 방문을 잠근 뒤 쏜살같이 침대로 돌아갔다.

그렇게 서두르는 게 아니있다. 〈둘이서 차를〉에 나오는 라틴 넘버의 드럼 소리처럼 머리가 쿵쾅거리기 시작했다.

나는 눈을 감고 헤다가 오길 기다렸지만, 파티장으로 들어오던 사람이 헤다가 아니었거나, 아니면 헤다가 빈센트와 그의 춤추는 인형들한테 붙잡혀 못 오는 것일 수도 있었다. 나는 〈세 명의 선원과 한 소녀〉를 불러냈지만 계속 "다음 루틴"을 명령하며 장면들을 건너뛰다 보니 희미하게 멀미가 났다. 나는 눈을 감고 욕지기가 지나가길 기다렸고, 그런 뒤 다시 눈을 뜨고 모든 영화에 적용될 하나의 이론을 생각해내려고 애썼다.

앨리스가 〈닻을 올리고〉에서 진 켈리와 춤추는 생쥐처럼 자신의 모습을 블루 스크린으로 영화에 삽입했을 리는 없었다. 앨리스는 컴퓨터에 대해선 아는 바가 없었다. 지난가을, 내가 헤다에게서 얻은 수업 시간표에 따르면 앨리스는 기초 CG 개론을 수강 중이었다. 어찌어찌해서 합성과 셰이딩과 로토스코핑을 마스터했다 해도, 여전히 앨리스는 접근 코드가 필요했다.

어쩌면 도와줄 사람을 구했는지도 모른다. 하지만 누구? 학부생 해커도 접근 코드가 없긴 마찬가지고, 빈센트는 앨리스가 왜 그걸 수작업으로 하려고 고집하는지 이해하지 못했을 거다.

그러니 합성인 게 분명했다. 왜 아니겠나? 어쩌면 영화 속에서 춤추는 게 불가능하다는 걸 결국 깨달았거나, 메이어가 자기 상사랑 섹스하면 댄스 선생을 찾아주겠노라고 약속했을 수도 있다. 할리우드에 왔다가 캐스팅 담당자의 섹스 파트너로 전락한 페이스는 앨리스 이전에도 많았다.

하지만 만약 그게 합성이라면 앨리스가 진짜로 춤추는 것처럼 보일 리가 없었다. 나는 지끈거리는 두통을 참으며 〈춤추는 대뉴욕〉을 불러내 다시 보았다. 앨리스는 엠파이어 스테이트 빌딩 주위를 생기 있고 행복한 얼굴로 가볍게 뛰어다녔다. 나는 영화를 끄고 잠을 자보려고 애썼다.

만약 합성이라면 앨리스는 그렇게 진지하게 집중하는 표정을 짓지는 않았을 거다. 그리고 프로그램을 사용했든 안 했든, 빈센트는 그 미소를 결코 담아내지 못했을 거다.

15

카메라가 천천히 패닝하며 컴퓨터 스크린과 11시 5분을
가리키는 시계를 비추었다가 다시 스크린으로 돌아간다.
선원들의 댄싱 숏. 카메라가 천천히 패닝해 3시 45분을
가리키는 시계를 비춘다.

한밤중에 나는 메이어가 앨리스를 합성했을 리 없는 또 다른
이유를 생각해냈다. 바로 헤다가 모른다는 사실이었다. 그보다
좋은 이유는 있을 수 없었다.

헤다는 모르는 게 없었다. 스튜디오 임원의 애인에 대한 잡다
한 이야기들, 스튜디오들의 움직임, 인수와 관련된 온갖 루머까
지. 아무것도 헤다의 레이더망을 빠져나갈 수 없었다. 정말로 앨
리스가 메이어의 요구에 굴복했다면, 앨리스가 그러기도 전에
헤다가 먼저 알아차렸을 거다. 그리고 내게 알려줬을 거다. 마치
그게 내가 듣고 싶어 하는 이야기라도 되는 듯 말이다.

그게 바로 내가 듣고 싶어 했던 게 아니었나? 원하는 걸 가질
수 없을 거라고, 영화 속에서 춤추는 건 불가능하다고, 합성만이
유일한 방법이라고, 내가 앨리스에게 말하지 않았던가. 그리고

모든 인간은 자신이 맞다고 인정받길 바란다.

정말로 맞다면 특히나 그렇다. 〈카이로의 붉은 장미〉에서 미아 패로우가 그랬듯 영화 스크린 속으로 걸어 들어가 버지니아 깁슨의 자리를 꿰찬다거나, 샬롯 헨리처럼 거울 속으로 들어가 프레드 아스테어와 춤추는 건 불가능한 일이다.

설령 진짜로 춤추는 것처럼 보인다 해도 다 조명과 메이크업을 이용한 눈속임이고 과음과 클리크 남용 때문에 그렇게 보이는 거다. 그리고 유일한 치료법은 헤다의 지시를 따르고 소변을 보고 물을 많이 마시고 잠을 자려고 노력하는 거다.

나는 그 눈속임을 또다시 보게 되길 기대하며, 컴퓨터에게 명령했다. "〈세 명의 선원과 한 소녀〉."

#16

카메라가 컴퓨터 스크린에서 4시 58분을 가리키는 시계로
천천히 패닝했다가 다시 스크린으로 돌아온다. 선원들의
댄싱 숏. 카메라가 천천히 패닝해 7시 22분을 가리키는
시계를 비춘다.

"좀 나아졌어?" 헤다가 물었다. 헤다는 물잔을 들고 침대에
앉아 있었다. "내가 리디게인은 부작용이 심하다고 했잖아."

"그러네." 나는 물잔에 반사된 빛에 눈이 부셔 눈을 감았다.

"이거 마셔." 헤다가 내 입에 빨대를 꽂았다. "아직도 술 생각
이 간절해?"

나는 아무것도 마시고 싶지 않았다. 물도 마시기 싫었다. "아니.
생각 안 나."

"확실해?" 헤다가 의심스럽다는 듯이 물었다.

"확실해." 눈을 떠봐도 눈이 부시지 않자, 나는 침대에서 일어
나 앉았다. "왜 이렇게 오래 걸렸어?"

"〈파리의 연인〉을 찾은 다음 ILMGM 임원 한 명이랑 이야기
했어. 메이어가 한 게 아니라는 네 말이 맞았어. 메이어가 다시

는 여자랑 안 자겠다고 맹세했대. 자기가 바른 생활 사나이라고 아서턴을 설득하느라 애쓰는 중이라나."

헤다가 다시 내 코 밑에 빨대를 들이밀었다. "해커 한 명이랑도 이야기해봤어. 그 사람 말이 실사 영상을 파이버옵틱 소스에 삽입하는 건 스튜디오용 접근 코드 없이는 불가능하대. 온갖 종류의 보안 장치와 개인 정보 보호 장치와 암호화 장치가 있다네. 너무 많아서 최고의 실력을 가진 해커라도 못 뚫는대."

"맞아. 불가능한 일이야." 나는 머리를 벽에 기댔다.

"영화를 볼 수 있겠어?"

나는 상태가 썩 좋진 않았지만 헤다는 아랑곳하지 않고 디스크를 컴퓨터에 삽입했다. 우리는 프레드 아스테어가 오드리 헵번과 함께 파리 곳곳을 돌아다니며 춤추는 모습을 보았다.

리디게인은 효과가 있긴 있었다. 프레드가 두 팔을 쭉 뻗은 채 편안하고 자유롭게 탭 스텝을 밟으며 연달아 스윙 턴을 했지만, 섬광으로 인한 가벼운 전율도 시야가 흐려지는 증상도 나타나지 않았다. 머리는 아직 아팠지만 쿵쾅거림은 사라졌고, 대신 섬광의 후유증과 같은 으스스한 고요함이 찾아왔다. 그것은 선명함과 확실성을 가져다주었다.

나는 앨리스가 〈파리의 연인〉에서는 춤추지 않았다고 단언할 수 있었다. 이 현대적 듀엣은 프레드 아스테어의 섬세한 안무 덕분에, 오드리 헵번이 실제보다 춤을 더 잘 추는 것처럼 보였다. 버지니아 깁슨도 출연하긴 했지만, 그저 앨리스와 매우 닮은 버지니아 깁슨인 게 확실했다.

내가 〈춤추는 대뉴욕〉과 〈둘이서 차를〉과 〈사랑은 비를 타고〉를 불러낸다면, 여전히 앨리스를 보게 될 거라는 것 또한 확실했다. 아무리 파이버옵틱 루프의 보안이 철저하고, 아무리 불가능한 일이라 할지라도 말이다.

버지니아 깁슨이 한 무리의 패션 디자이너들에 섞여 시끌벅적하게 등장했다. 전형적인 할리우드식 패션 디자이너들이었다. "앨리스는 안 보이지?" 헤다가 걱정스러운 목소리로 물었다.

"안 보여." 내가 프레드 아스테어를 보며 말했다.

"그런데 이 버지니아 깁슨이란 배우는 앨리스랑 정말 닮았네." 헤다가 말했다. "〈7인의 신부〉를 다시 볼래? 그냥 앨리스가 확실한지 보게."

"확실해." 내가 말했다.

"좋아." 헤다가 벌떡 일어서며 말했다. "자, 이제 알코올이 다 빠져나갔으니 술 생각이 안 들도록 바쁘게 일하는 게 중요해. 어쨌든 메이어가 돌아오기 전에 밀린 작업을 서둘러 해놔야 할 거 잖아. 그래서 생각해봤는데 내가 도와줄 수 있을 거 같아. 요새 영화를 하도 많이 봐서, 어떤 영화 어느 장면에 애스가 나오는지 알려줄 수 있거든. 〈컬러 퍼플〉에 시골 술집 신이 나오는데 그 장면에서…."

"헤다." 내가 말했다.

"그 목록에 있는 영화들을 다 끝낸 뒤엔 메이어한테 부탁해서 너랑 나랑 진짜 리메이크 작업을 할 수도 있을 거야. 이제 우리 둘 다 말짱하잖아. 내가 훌륭한 로케이션 어시스턴트가 될 수 있을 거라고 네가 예전에 말했잖아. 나도 이제 영화를 아주 많이 봤으니 훌륭한 팀이 될 수 있어. 너는 CG를 맡고….”

“네가 해줄 게 있어.” 내가 말했다. “파티에 올 때마다 영화 대사처럼 시간 여행 이야기를 읊어대는 스튜디오 임원이 있어. 그 사람 이름이 뭔지 알아봐줄래?”

“시간 여행?” 헤다가 멍한 표정으로 물었다.

“그 사람 말로는, 시간 여행이 곧 가능해진대.” 내가 말했다. “평행우주 이야기를 끊임없이 했어.”

“〈파리의 연인〉에 나온 사람은 앨리스가 아니라고 했잖아.” 헤다가 느릿느릿 말했다.

“그 임원이 〈미래의 추적자〉 리메이크 작업에 대한 이야기도 끊임없이 했어.”

헤다가 여전히 멍한 표정으로 말했다. “앨리스가 과거로 갔다고 생각하는 거야?”

“나도 몰라.” 내가 소리 지르다시피 말했다. “〈오즈의 마법사〉에 나오는 마법의 루비 슬리퍼를 찾았는지, 〈셜록 주니어〉의 버스터 키튼처럼 스크린 속으로 걸어 들어갔는지, 내가 어떻게 알겠어!”

헤다가 눈물이 가득 고인 눈으로 나를 보고 있었다. “하지만 너는 앨리스를 찾아다니는 일을 멈추지 않겠지. 아무리 그게 불가능한 일이라 하더라도.” 헤다가 씁쓸한 목소리로 말했다. “〈수색자〉에 나오는 존 웨인처럼.”

“그리고 존 웨인은 나탈리 우드를 찾아냈지. 아닌가, 못 찾았던가?” 내가 말했다. 하지만 헤다는 이미 떠나고 없었다.

#17

몽타주: 사운드 없음. 주인공, 손으로 턱을 괴고 컴퓨터
앞에 앉아 스크린에서 루틴이 바뀔 때마다 말한다.
"다음 루틴." 훌라, 라틴 스타일 넘버, 떠들썩한 해산물
파티, 할리우드 스타일 발레, 호보 넘버[73], 수중 발레,
인형춤

내 몸에서 알코올이 완전히 빠져나간 건 아니었다. 헤다가 떠
난 뒤 30분 후 극심한 두통이 또 밀려왔다. 나는 〈두 명의 수병
과 한 여자〉(〈자매와 수병〉이었나?)를 불러냈고, 그 뒤로 이틀을
내리 잤다.

나는 잠에서 깰 때마다 어마어마한 양의 소변을 보았고 그때
마다 혹시 헤다가 접속하지는 않았는지 확인했다. 헤다가 접속
했다는 기록은 없었다. 나는 헤다에게 접속하려 했다가 빈센트
에게 접속을 시도했고 영화들을 다시 훑어보았다.

앨리스는 〈아이 러브 멜빈〉에 (당연히) 코러스 걸로 등장해 영

---

73 방랑자의 삶을 주제로 다룬 곡

화 속으로 들어가려고 했고, 〈렛츠 댄스〉와 〈투 윅스 위드 러브〉에도 등장했다. 베라 엘런이 출연하는 영화 두 편에도 나왔다. 그 영화들을 모두 두 번씩 보자 중요한 단서를 놓치고 있다는 확신이 들었다. 앨리스는 〈페인팅 더 클라우드 위드 선샤인〉에서도 버지니아 깁슨을 대신해 진 넬슨과 버지니아 메이오랑 나란히 탭 댄스를 추었다.

나는 빈센트에게 접속해 평행우주에 관해 물었다.

"〈떠오르는 태양〉 때문인가?" 빈센트가 수상쩍다는 듯 물었다.

"〈타임머신〉 때문이에요. 폴 뉴먼과 줄리아 로버츠가 나오는 영화요. 그런데 도대체 평행우주라는 게 뭐죠?" 내 질문에 빈센트는 확률과 인과율과 평행우주들에 대한 설명을 장황히 늘어놓았다.

"모든 사건에는 수십, 수백, 수천 개의 결과가 가능해." 빈센트가 말했다. "각각의 결과에 따라 서로 다른 우주가 실제로 존재한다는 이론이야."

'앨리스가 영화 속에서 춤을 추는 우주.' 나는 생각했다. '프레드 아스테어가 아직 살아 있고 CG 혁명이 일어나기 전의 우주.'

이제껏 나는 50년대에 제작된 뮤지컬 영화만을 집중적으로 살펴보았다. 하지만 평행우주라는 게 존재하고, 서로 다른 우주를 자유롭게 오가는 법을 앨리스가 발견했다면, 50년대 이후 혹은 그전에 제작된 영화에도 등장할 가능성이 충분히 있었다.

나는 버스비 버클리 영화들을 찾아보기 시작했다. 댄스 넘버가 그다지 많지는 않았다. 〈1935년의 황금광들〉에서 음악 없이 탭 댄스를 추는 앨리스를 찾았고, 〈42번가〉의 빅 피날레에서도 찾았지만 그게 전부였다. 버스비 버클리가 안무를 맡지 않은 영화들에서 훨씬 성과가 좋았다(그건 앨리스도 마찬가지인 듯했다). 〈햇츠 오프〉에도 나왔고(당연히 모자를 쓰고), 〈더 쇼 오브 쇼〉에도 나왔다. 〈투 머치 하모니〉에서는 마릴린 먼로를 위해 만들어진 장면인 '버킹 더 윈드'에서 스타킹을 신고 가터벨트를 하고 등장했는데 바람에 휘날리는 흰 스커트가 다리를 휘감았다. 〈본투 댄스〉에도 등장했지만 코러스 걸은 아니었고, 엘리너 파월이 출연하는 다른 영화들에는 보이지 않았다.

그 흑백 영화들을 다 보는 데 일주일이나 걸렸다. 그사이 헤다에겐 연락이 닿지 않았고, 헤다 또한 내게 접속하지 않았다. 마침내 컴퓨터에서 알람이 울리자 나는 헤다의 모습이 화면에 뜨기도 전에 질문을 던졌다. "뭐 좀 알아냈어?"

"당연히 알아냈지!" 메이어가 실룩거리며 말했다. "3주 동안 단 한 편의 영화도 보내지 않다니! 다음 주 회의에서 상사한테 자료 전체를 제출할 계획이었는데, 자넨 목록에도 없는 〈떠오르는 태양〉에 시간을 낭비하고 있잖아!"

그 말은 즉 〈대부 2〉에 조연으로 출연하는 고자질쟁이 조 스피넬 역을 빈센트가 맡고 있다는 의미였다.

"장면 몇 개를 교체해야 했어요." 내가 말했다. "삭제할 비주얼이 너무 많았거든요. 그중 하나는 댄스 신이었고요. 혹시 댄서 중 아는 사람 있으세요?" 나는 메이어에게서 어떤 신호를 찾고 있었다. 그가 앨리스를 기억하고, 앨리스를 알고, 앨리스랑 섹스를 너무도 하고 싶어 열 명도 넘는 댄서 얼굴에 앨리스의 얼굴을 합성한 암시 같은 걸 찾았다. 그런 건 없었다. 메이어는 잠깐의 머뭇거림도 없이 연신 실룩거리기만 했다.

"한참 전에 파티에 몇 번 온 페이스가 있어요." 내가 말했다. "귀엽고, 밝은 갈색 머리 여자였는데 영화 속에서 춤추고 싶어 했죠."

아무런 반응이 없었다. 메이어는 앨리스를 합성해 넣지 않았다.

"댄스 따위는 잊어버려." 메이어가 말했다. "〈타임머신〉도 집어치우고. 빌어먹을 술이나 삭제하라고! 그 목록에 있는 영화들을 월요일까지 끝내놓지 않으면 다신 ILMGM 일은 못 할 줄 알아!"

"저를 믿으셔도 됩니다, 포터 씨."[74] 나는 그렇게 말했고, 메이어는 신용 카드 사용을 중지시키겠다고 협박했다.

"정신 똑바로 차리고 일해!" 메이어가 말했다.

재미있게도 실제로 나는 정신이 말짱했다.

나는 내가 메이어의 말을 경청했다는 걸 입증하기 위해 〈애니여, 총을 잡아라〉에서 '문샤인 자장가'를, 그리고 〈키스멧〉에서 물담뱃대를 들어낸 뒤, 1940년대 영화들을 훑으며 술과 앨리스를 함께 찾았다. 일석이조를 노리며. 앨리스는 〈성조기의 행진〉에 나왔고 〈브로드웨이의 연인들〉에 들어 있는 '호우 다운' 넘버

---

74 영화 〈멋진 인생〉(1946)에 등장하는 악덕 부동산업자이자 자본가

에도 나왔다. 디스크를 달라고 나를 찾아왔던 밤에 입었던 피나 포어 차림이었다.

각양각색의 버슬과 베라 엘런이 출연하지만 앨리스는 보이지 않는 〈쓰리 리틀 걸스 인 블루〉를 보고 있는데 헤다가 방으로 들어왔다.

"그 스튜디오 임원을 찾아냈어." 헤다가 말했다. "지금은 워너 사에서 일하더군. 그 사람이 그러는데 워너가 ILMGM을 인수할지도 모른대."

"이름이 뭐야?" 내가 물었다.

"그 사람은 나한테 아무것도 말 안 해줄걸? 자기들이 아직 〈사랑의 은하수〉를 재개봉하지 않은 이유는 비비안 리를 캐스팅할지 마릴린 먼로를 캐스팅할지 결정하지 못해서래."

"내가 그 임원이랑 이야기해볼게. 이름이 뭐야?"

헤다가 머뭇거렸다. "해커들이랑도 이야기해봤어. 작년에 네거티브 물질 영역 너머로 이미지를 전송했는데 시간 불일치로 여겨지는 간섭현상이 발생했대. 하지만 같은 결과를 재현해낼 수가 없어서, 지금은 그게 다른 소스로부터의 전송이었다고 생각한대."

"시간 불일치가 얼마나 컸는데?" 내가 물었다.

헤다는 기분이 썩 좋지 않은 듯했다. "그 결과를 재현할 수 있는지, 사람을 과거로 보낼 수 있는지 물어봤는데, 해커들 말로는 설령 그게 성공한다 해도 겨우 전자 수준에서나 가능하고 원자 수준에서는 불가능하대. 게다가 네거티브 물질 영역에서는 생명

체가 생존할 수도 없고."

그렇다면 평행우주일 가능성은 없는 거다. 하지만 더 나쁜 상황이 예상됐다. 왜냐면 헤다가 나쁜 소식을 전하고 싶지 않다는 듯, 〈날개〉에 출연하는 클라라 보우처럼 여전히 문 앞을 맴돌고 있었기 때문이다.

"앨리스가 나오는 영화를 더 찾았어?" 헤다가 물었다.

"여섯 편 더 찾았어." 내가 말했다. "시간 여행이 아니라면 미아 패로우처럼 스크린 속으로 걸어 들어간 게 틀림없어. 합성은 아니고 메이어가 한 것도 아니니까."

"또 다른 설명이 가능해." 헤다가 마지못해 이야기했다. "너는 꽤 한참을 뻗어 있었어. 내가 본 영화 중에 알코올중독자 남자가 나오는 영화가 있는데…."

"레이 밀랜드가 출연하는 〈잃어버린 주말〉 말이지?" 내가 말했다. 이야기가 어디로 향할지 벌써 알 수 있었다.

"레이 밀랜드는 만취해서 필름이 끊겼지." 헤다가 말했다. "자기가 무슨 행동을 했는지 전혀 기억하지 못했고." 헤다가 나를 보았다. "너는 앨리스가 어떻게 생겼는지 알아. 접근 코드도 가지고 있고."

#18

다나 앤드류스	〔경사의 책상 맞은편에 서서〕
	그 여자가 한 게 아닙니다. 정말이에요.
브로데릭 크로포드	그런가요? 그렇다면 누구 짓이죠?
다나 앤드류스	저도 모릅니다. 하지만 그 여자가 그랬을 리 없다는 건 알아요. 그럴 사람이 아니에요.
브로데릭 크로포드	글쎄요, 누군가가 했겠죠.
	〔의심스럽다는 듯 눈을 가늘게 뜨며〕
	당신이 한 짓일지도 모르지.
	카슨이 살해당했을 때 어디 있었죠?
다나 앤드류스	산책 중이었습니다.

가장 그럴싸한 설명이었다. 나는 합성 전문가다. 그리고 섬광을 겪었던 그 순간 이후로 쭉 앨리스의 얼굴이 뇌리에 박혀 있었다. 스튜디오용 완전한 접근 코드도 가지고 있다. 동기와 기회를 둘 다 지닌 셈이다.

나는 앨리스를 원했고, 앨리스는 영화 속에서 춤추길 원했다.

그리고 경이로운 CG의 세계에선 모든 게 가능하다. 하지만 앨리스를 합성한 사람이 나라면, 〈둘이서 차를〉에서 프로덕션 넘버에 겨우 2분만 등장시키진 않았을 거다. 도리스 데이와 도리스의 하얀 이를 삭제하고, 앨리스가 진 넬슨과 리허설 장 거울 앞에서 춤추게 했을 거다. 그 댄스 루틴에 대해 알았더라면 그랬겠지만, 나는 그 루틴에 대해서는 아는 바가 없었다. 〈둘이서 차를〉을 본 적도 없었다.

어쩌면 그 영화를 전에 봤지만, 보았다는 사실을 까맣게 잊었을 수도 있다. 스키드에서 벌어졌던 그 사건 직후, 서부극 여섯 편을 작업한 대가라며 메이어가 내 계좌로 송금했지만, 그 영화들을 작업한 기억이 전혀 나질 않았기 때문이다. 하지만 만약 내가 합성한 거라면 앨리스에게 버슬을 입히진 않았을 테고 진 켈리와 춤추게 하지도 않았을 거다.

나는 얼마 전 프레드 아스테어와 함께 〈파리의 연인〉에 대해 알람 설정했던 걸 〈1940년의 브로드웨이 멜로디〉로 변경하고, 소송 현황보고서를 요청했다. 소송은 거의 종결되었지만 항소 제기가 예정되어 있었고, 영화기록보존협회 또한 법적 절차를 고려 중이었다.

영화기록보존협회는 모든 수정 사항을 자동으로 기록했는데 스튜디오들은 그에 관해 아무런 통제권이 없었다. 하지만 메이어는 내가 접근 코드를 입력하게 해줬어야 했다. 그 코드가 파이버 옵틱 피드의 핵심이었기 때문이다. 그러니 앨리스가 합성된 거라면 수정 사항이 영화기록보존협회 기록에 포함되어 있어야 했다.

나는 영화기록보존협회 파일들을 불러내 〈7인의 신부〉의 수정 사항 기록을 요청했다.

법률 용어들이 등장했다. 〈7인의 신부〉가 소송 중에 있다는 사실을 깜빡한 거다. "〈사랑은 비를 타고〉." 내가 명령했다.

파티 신에 나오는 샴페인을 내가 삭제했던 기록과 함께, 내가 하지 않은 수정 사항 또한 기록에 있었다. "프레임 9-106"이라고 적혀 있고 좌표와 데이터가 함께 포함된 그 기록은 진 헤이건의 궐련용 담배 파이프에 대한 사항이었다. 흡연 반대 연맹이 삭제한 거였다.

"〈둘이서 차를〉." 내가 명령했다. 애써 찰스턴 넘버의 프레임 번호를 기억해냈지만 소용없는 일이었다. 그 장면은 텅 비어 있었다.

이제 남은 설명은 시간 여행뿐이었다. 나는 다시 뮤지컬 영화로 돌아가, 콩가 라인과 남성 코러스들과 아무도 지우지 않았다는 게 놀라울 따름인 끔찍한 블랙페이스[75] 신이 나올 때마다 "다음 루틴!"이라고 외쳤다. 앨리스는 1960년에 제작된 〈캉캉〉과 〈벨이 울리고〉에 나왔는데, 그 이후에 만들어진 영화에서 앨리스를 볼 수 있을 거라고는 크게 기대하지 않았다. 그 무렵 뮤지컬 영화를 제작하는 데 막대한 예산이 투입되기 시작했는데, 브로드웨이 쇼를 사들인 뒤 오드리 헵번이나 리처드 해리스 같은 박스 오피스 스타들을 캐스팅하기 위해서였다. 하지만 그들은

---

75 흑인 아닌 인종의 출연자가 흑인을 연기하기 위해 하는 메이크업

노래도 못하고 춤도 못췄기 때문에 이를 은폐하기 위해 뮤지컬 넘버들을 모두 삭제했다. 이후로 뮤지컬 영화들은 사회적으로 중요한 이슈들을 다루기 시작했다. 마치 다 죽어가는 장르를 위해서는 더 많은 조치가 취해져야 한다는 듯.

60년대와 70년대에 제작된 뮤지컬 영화에는 댄스는 많이 나오지 않았어도 술은 많이 등장했다. 〈마이 페어 레이디〉에는 진에 절은 아버지가 나왔고, 〈올리버〉에는 진에 절은 젊고 섹시한 여자가 등장했다. 〈페인트 유어 웨건〉에서는 광산촌 전체가 진에 절어 있었고, 살롱은 물론이며 맥주에 위스키에 해장용 칵테일인 레드 아이까지 각종 술이 등장했다. 리 마빈은 고주망태가 되어 몸도 제대로 가누지도 못했다(그는 노래도 춤도 못했지만 그건 클린트 이스트우드나 진 시버그도 마찬가지였다. 하지만 그러든 말든 무슨 상관인가? 더빙하면 그만인데). 루실 볼이 주연을 맡은 〈메임〉은 아예 배경이 되는 1920년대 전체가 진에 절어 있었다(루실 볼은 노래와 춤은 고사하고 연기도 못했다).

그리고 앨리스는 〈굿바이 미스터 칩스〉와 〈보이 프렌드〉에서 합창단원으로 나와 춤을 추었다. 〈모던 밀리〉에서는 타피오카 춤을 추었고, 〈헬로 돌리〉에서는 하늘색 버슬 드레스를 입고 파라솔은 든 채 '최고로 멋진 옷을 꺼내 입어요'에 맞춰 발을 높이 쳐들며 걸었다.

나는 버뱅크로 갔다. 어쩌면 시간 여행이 가능했을 수도 있다. 그사이 최소한 두 학기가 지났는데도 똑같은 강의가 여전히 열렸고, 마이클 케인을 닮은 그 교수는 똑같은 내용을 수업했다.

"뮤지컬 영화의 몰락에 대해 많은 이유가 제시되었습니다." 그가 진지한 어조로 읊조리듯 말했다. "제작비의 증가, 와이드스크린과 관련된 복잡한 기술적 문제들, 창의적이지 못한 무대 연출. 하지만 진짜 이유는 더 깊숙한 곳에 도사리고 있었습니다."

나는 문에 기대어 서서 뮤지컬 영화에 대한 그의 추도 연설을 들었다. 학생들은 예의 바른 태도로 초소형 휴대용 컴퓨터에 강의 내용을 필기하고 있었다.

"뮤지컬 영화는 파국적인 연출이나 캐스팅 때문이 아니라 자연스러운 이유로 인해 몰락했습니다. 뮤지컬 영화가 그리는 세상이 더는 존재하지 않았던 겁니다."

앨리스가 연습을 위해 사용했던 모니터가 아직 그곳에 그대로 있었고, 의자도 그때와 다름없이 쌓여 있었다. 차이점이 있다면 의자의 개수가 늘었다는 점이었다. 교수와 학생들은 소프트 탭 댄스를 추기에도 비좁은 공간에 욱여 앉았고, 의자들은 오랫동안 그곳에 있었는지 먼지로 뒤덮여 있었다.

"50년대 뮤지컬 영화가 그린 세상은 순진한 희망과 무해한 욕망을 품은 세상이었습니다." 교수가 말했다. "여전히 해피 엔딩을 믿을 수 있었던, 더 낙관적이고 더 단순한 시대였죠." 교수가 컴퓨터에 무슨 말을 중얼대자 줄리 앤드루스가 화면에 나타났다. 줄리는 기타를 들고 여러 아이들과 함께 알프스 산비탈에 앉아 있었다. '더 단순한 시대'에 대한 주장을 펼치기엔 이상한 선택이었다. 그 영화는 미국이 베트남에 병력을 파견하기 시작한 1965년에 제작됐기 때문이다. 나치의 침략이 있었던 1939년을 배경으로 하고 있다는 건 차치하고 말이다.

화면이 전환되어 햇불과 칼을 든 병사들에게 둘러싸인 바네사 레드그레이브와 프랑코 네로가 나타났다. 영화 〈카멜롯〉이었다. "그 목가적 세상은 죽었고, 그와 함께 할리우드 뮤지컬 또한 죽었습니다. 그리고 영영 부활하지 못했죠."

나는 수업이 끝나 학생들이 강의실을 빠져나가고 교수가 플레이크를 다 흡입하길 기다렸다가, 그에게 앨리스의 행방을 아는지 물었다. 물어봤자 소용없다는 것도, 그가 앨리스를 도왔을 리 없다는 것도, 앨리스는 뮤지컬 영화가 몰락했다는 사실을 모르지 않았다는 것 또한 알면서도 말이다.

나한테서 코카인을 잔뜩 받고서도 교수는 여전히 앨리스를 기억하지 못했고, 수업을 함께 들었던 학생들의 명단을 내어주려 하지도 않았다. 학생 명단이야 헤다한테서 얻을 수도 있었지만, 헤다가 〈가스등〉 속 샤를 부아예처럼 동정하는 얼굴로 나를 보며 미친 사람 취급하는 건 원치 않았다.

나는 내 방으로 돌아와 〈회전목마〉에서 빌리 비겔로가 술 마시는 장면과 줄거리 절반을 들어낸 뒤 잠자리에 들었다.

1시간 뒤 컴퓨터가 〈차이나 신드롬〉에 나오는 반응로처럼 요란한 소리를 내어 나를 단잠에서 깨웠다. 나는 비틀거리며 컴퓨터로 가 5분 동안이나 눈만 껌뻑이며 화면을 보다가 그게 알람 소리라는 걸 깨닫고, 〈7인의 신부〉가 소송에서 벗어난 게 틀림없다고 생각했다. 그리고 컴퓨터에 어떤 명령어를 입력해야 할지 생각하느라 1분을 더 보냈다.

소송에서 벗어난 건 〈7인의 신부〉가 아니라 프레드 아스테어였다. 법원 판결문이 화면에 스크롤되었다. "지적 재산권 주장, 기각. 복제 불가능한 예술 형태 주장, 기각. 공동 제작 재산권 주장, 기각." 이는 프레드 아스테어의 후손과 RKO-워너가 소송에서 졌고, 프레드가 수년에 걸쳐 춤도 못추는 파트너들을 커버하느라 애썼던 ILMGM이 승소했다는 의미였다.

"〈1940년의 브로드웨이 멜로디〉." 스크린 속 '비긴 더 비긴'은 내가 기억했던 것과 똑같았다. 별이 반짝이고 윤이 나는 마루 위에서 흰옷을 입은 엘리너가 프레드와 나란히 춤을 추고 있었다.

이제껏 단 한 번도 '비긴 더 비긴'을 맨정신으로 본 적이 없었다. 예전에는 그 고요함, 몰입감, 정적이고 중심을 잃지 않는 아름다움이 클리그의 효과라고 생각했는데, 아니었다. 프레드와 엘리너는 어둡고 윤이 나는 마루를 가로지르며 편안하고 자연스럽게 탭 댄스를 추었다. 손은 서로 닿지도 않았다. 그들을 보는 앨리스를 내가 보던 그날 밤처럼 정적이고 고요했다. 그것은 진짜였다.

그리고 그 무해하고 순수한 세상은 존재한 적이 없었다. 1940년에 히틀러는 런던을 공습해 초토화했고 이미 유대인들을 가축 운반 차량에 실어 나르고 있었다. 스튜디오 임원들은 전쟁에 반대하는 로비 활동을 하면서 거래를 했고, 진짜 메이어는 스튜디오를 운영했으며[76], 스타를 꿈꾸는 젊은 여자 배우들은 5초짜리 단

---

76 MGM(Metro-Goldwyn-Mayer)사는 마커스 로가 메트로 영화사와 골드윈 영화사를 인수한 후, 루이스 B. 메이어 소유의 제작사를 합병하면서 세워졌다.

역을 얻기 위해 스튜디오 임원과 섹스를 했다. 프레드와 엘리너는 무덥고 답답한 스튜디오에서 수십, 수백 번의 테이크를 찍은 뒤 집으로 가 피가 난 두 발을 물에 담갔다.

별이 반짝이는 마루와 역광을 받은 듯 빛나는 머리카락과 편안하고 자연스러운 킥 턴의 세상은 존재하지 않았다. 1940년에 그 영화를 보던 관객들은 그 사실을 잘 알고 있었다. 그리고 뮤지컬 영화가 매력적이었던 이유는, '더 낙관적이고 더 단순한 시대'를 반영했기 때문이 아니라, 그런 시대를 사는 게 불가능했기 때문이었다. '더 낙관적이고 더 단순한 시대'는 모두가 원했으나 가질 수 없는 시대였다.

스크린에 다시 법률 용어들이 나타났다. RKO-워너의 항소가 벌써 시작되었다는 내용이었다. 나는 그 루틴을 아직 다 보지 못했고, 테이프에 담지도 백업하지도 못했다.

하지만 상관없었다. 그 사람은 앨리스가 아니라 엘리너였고, 헤다가 어떻게 생각하든, 헤다의 설명이 얼마나 논리적이든, 앨리스를 영화에 삽입한 사람은 내가 아니었다. 만약 내가 그랬다면, 소송 중이든 아니든, 앨리스를 '비긴 더 비긴'에 넣었을 테고, 앨리스는 프레드와 나란히 춤을 추며, 몸을 반쯤 돌려 그를 향해 환히 웃었을 테니까.

#19

몽타주: 컴퓨터 화면을 바짝 클로즈업한다.
타이틀 크레딧이 차례차례 디졸브된다: 〈남태평양〉,
〈스탠드 업 앤 치어〉, 〈어느 박람회장에서 생긴 일〉,
〈스트라이크 업 더 밴드〉, 〈썸머 스톡〉

찾아볼 만한 곳은 다 찾아보았다. 다시 할리우드 대로로 가보았지만, 앨리스를 기억하는 이는 아무도 없었다. 디지털 매트가 있는 곳은 '스타 탄생' 부스뿐이었는데 부스는 밤이 되어 문을 닫았고 앞쪽에는 철문이 내려져 있었다. 앨리스가 들었던 다른 수업들은 파이버옵틱 피드에 대한 강의였는데, 약에 절은 룸메이트는 앨리스가 고향으로 돌아간 줄로 알고 있었다.

"짐을 몽땅 다 쌌어요." 룸메이트가 말했다. "의상이랑 가발이랑 소지품까지 다 싸서 떠났어요."

"언제 떠났죠?"

"글쎄요. 지난주에 떠난 것 같은데…, 아마 크리스마스 전이었을 거예요."

내가 그 룸메이트와 이야기한 건 〈7인의 신부〉에서 앨리스를 본 뒤로 5주가 지난 시점이었다. 그리고 6주가 다 지날 무렵에는 더 이상 볼 영화가 남지 않았다. 뮤지컬 영화는 그리 많지 않았다. 내가 안 본 영화는 프레드 아스테어 때문에 소송 중에 있는 영화와, 내가 버뱅크로 간 바로 다음 날 비아마운트 사가 저작권 소송을 제기한 레이 볼거 관련 영화들뿐이었다.

러스 탬블린 관련 소송 건은 해결되었다. 나를 한밤중에 잠에서 깨운 알람이, 이제 큰 스크린에서 그를 마음껏 도려내고 조작해도 된다고 알려주었다. 나는 '헛간 세우기' 넘버를 백업한 뒤 혹시나 하는 마음에 〈웨스트사이드 스토리〉를 보았다. 앨리스는 보이지 않았다.

'춤추는 대뉴욕' 루틴을 다시 보고 〈페인팅 더 클라우드 위드 선샤인〉을 찾아보고 나자, 무언가 중요한 걸 놓치고 있다는 확신이 생겼다. 〈페인팅 더 클라우드 위드 선샤인〉은 〈1933년의 황금광들〉의 리메이크작이었는데, 마음 한구석이 찜찜한 건 그 때문이 아니었다. 나는 모든 댄스 루틴을 불러내 쉬운 것부터 가장 어려운 것까지 차례대로 어레이 스크린에 띄웠다. 그러면 앨리스가 다음에 뭘 할지 실마리를 얻을 수 있을 듯했다. 하지만 아무 도움도 되지 않았다. 〈7인의 신부〉에 나오는 댄스 루틴은 그동안 앨리스가 한 루틴 중 가장 어려운 것이었고, 앨리스가 그걸 한 것은 6주 전이었다.

나는 그 영화들을 날짜, 스튜디오, 댄서별로 목록을 만든 뒤 데이터를 교차 분석했다. 유의미한 결과는 없었다. 나는 한참을 자리에 앉아 모니터와 스크린들을 바라보았다.

그때 문에서 노크 소리가 났다. 메이어인가? 나는 스크린을 비우고 뮤지컬 영화가 아닌 다른 영화를 띄우려고 했지만, 머리가 멍해 무슨 영화를 띄워야 할지 아무 생각도 나지 않았다. "〈필라델피아 스토리〉. 프레임 115-010." 마침내 나는 컴퓨터에 그렇게 명령한 뒤 큰 소리로 외쳤다. "들어오세요."

메이어가 아니라 헤다였다. "네가 영화를 한 편도 보내지 않아서 메이어가 폭발하기 일보 직전이라는 걸 알려주러 왔어." 헤다가 스크린을 보며 말했다. 결혼식 넘버였다. 제임스 스튜어트와 캐리 그랜트를 포함해 모든 사람이 커다란 모자를 쓴 채 숙취에 시달리는 캐서린 헵번 주위로 모여 있었다.

"소문에 의하면, 아서턴이 새 인물을 영입할 거래. 편집팀을 이끌 사람인가 봐." 헤다가 말했다. "하지만 사실상 아서턴의 조수가 될 테고, 그렇게 되면 메이어는 쫓겨나겠지."

'잘됐군. 그럼 적어도 지금 같은 학살은 멈출 수 있겠어.' 나는 생각했다. 하지만 메이어가 해고되면 내가 접근 코드를 사용할 수 없게 되고, 그럼 영영 앨리스를 찾을 수가 없다.

"지금 작업하는 중이었어." 그리고 왜 아직도 〈필라델피아 스토리〉를 붙잡고 있는지 구구절절 변명을 늘어놓았다.

"메이어가 나한테 자리를 제안했어." 헤다가 말했다.

"메이어가 널 웜바디로 채용했고, 이제 메이어가 해고되느냐 안 되느냐는 네 손에 달려 있으니, 부지런히 일하라고 말하러 온 거야?"

"아니." 헤다가 말했다. "웜바디가 아니라 로케이션 어시스턴

트야. 오늘 오후에 뉴욕으로 떠나."

전혀 예상치 못했던 일이었다. 나는 헤다를 보았다. 헤다는 블레이저와 치마를 입고 있었다. 헤다가 스튜디오 임원이라니.

"떠난다고?" 내가 멍하니 말했다.

"오늘 오후에." 헤다가 말했다. "액세스 번호를 주려고 들렀어. *92.833이야." 헤다가 프린트된 종이 한 장을 건네주었다.

나는 번호가 적혀 있을 거로 예상했지만 종이에 적힌 건 영화 제목들이었다.

"음주 신이 없는 영화들이야." 헤다가 말했다. "족히 3주 치 분량은 될 테니 메이어를 상대로 잠시 시간을 끌 수는 있을 거야."

"고마워." 내가 의아해하며 말했다.

"벳시 부스가 또 한 번 중요한 역할을 했네." 헤다가 말했다.

내가 멍한 표정을 지었나 보다.

"주디 갈랜드가 〈사랑은 앤디 하디를 찾아서〉에서 맡은 역할이지." 헤다가 말했다. "근래 영화를 아주 많이 봤다고 내가 전에 말했지? 그래서 이 일을 맡게 된 거야. 로케이션 어시스턴트는 촬영지와 스톡 숏과 소품에 관한 모든 걸 해커에게 알려줄 수 있어야 하거든. 그래야 새로 디지털화할 필요도 없고 메모리를 아낄 수 있으니까."

헤다가 스크린을 가리켰다. "〈필라델피아 스토리〉에서는 공공 도서관과 신문사 사무실과 수영장과 1936년형 패커드[77] 컨버터블 자동차가 배경과 소품으로 사용돼." 헤다는 미소를 지으며 말했다. "영화가 우리에게 연기하는 법을 가르쳐주고 말할 대사를 준다고 나한테 말했던 거 기억해? 네가 맞았어. 하지만 내가 어떤 역을 연기하는지에 대해서는 틀렸어. 너는 〈이창〉에서 셀마 리터가 맡은 역이라고 했지만 아니야." 그리고 결혼식 하객들이 모여 있는 스크린을 향해 손을 휘저었다. "난 리즈였어."

나는 스크린을 보며 이마를 찌푸렸다. 리즈가 누군지 기억이 나지 않았다. 나이에 비해 성숙한 캐서린 헵번의 여동생이었나? 아니, 잠깐. 리즈는 또 다른 기자로 제임스 스튜어트의 곁을 오랫동안 지켜온 인내심 있는 여자친구였다.

"조앤 블론델과 메리 스튜어트 매스터슨과 앤 소던이 맡았던 역을 연기했던 거지." 헤다가 말했다. "이웃집 여자. 자기에겐 관심도 없고 그저 어린애로만 생각하는 상사를 사랑하는 비서. 그 상사는 트레이시 로드를 사랑하지만, 그럼에도 조앤 블론델은 그 남자를 도와주지. 그 남자를 위해서라면 무엇이든 할 거고, 아마 영화 보는 일까지도 할 거야."

헤다는 두 손을 재킷 주머니에 집어넣은 채로 있었다. 나는 언제부터 헤다가 홀터 드레스와 분홍색 새틴 장갑을 버렸는지가 궁금해졌다.

"그 비서는 남자의 곁을 떠나지 않아." 헤다가 말했다. "그를 뒤에서 도와주고 조언을 해주지. 심지어 연애까지 도와줘. 왜냐면 영화의 엔딩에서는 그 남자가 결국엔 자기를 볼 거라는 걸, 자기

---

77 1899년 패커드 형제가 설립한 고급 자동차 회사로 1953년 스튜드베이커에 인수되었다.

없이는 살아갈 수 없음을 남자가 깨달을 거라는 걸 알기 때문이
야. 캐서린 헵번은 자기와 전혀 어울리지 않고, 이제껏 자기가
사랑한 사람은 바로 그 비서임을 남자가 깨달을 걸 알기 때문이
지." 헤다가 눈을 들어 나를 바라보았다. "하지만 인생은 영화가
아니야." 헤다가 우울한 목소리로 말했다.

머리도 더는 백금색이 아니었다. 하이라이트가 섞인 밝은 갈
색이었다. "헤다." 내가 말했다.

"괜찮아." 헤다가 말했다. "이미 알고 있었어. 클리그를 너무
많이 한 결과지." 헤다가 미소를 지었다. "현실에서라면 리즈는
제임스 스튜어트를 잊고 친구로만 남아야겠지. 새 배역을 얻기
위해 오디션도 보고. 조앤 크로퍼드, 어떨까?"

나는 고개를 저었다. "로절린드 러셀."

"뭐, 멜라니 그리피스쯤은 되겠네." 헤다가 말했다. "어쨌든 나
는 오늘 오후에 떠나. 그저 작별 인사를 하고 싶었고 네가 행운을
빌어줬으면 해서 왔어."

"잘 해낼 거야. 아마 6개월 뒤엔 ILMGM을 차지하게 될걸?"
내가 헤다의 볼에 입을 맞추며 말했다. "너는 모르는 게 없잖아."

"물론이지."

헤다가 문을 나서며 말했다. "'당신의 눈동자에 건배를, 꼬마
아가씨.'"[78]

나는 복도를 걸어가는 헤다의 뒷모습을 바라보다 방으로 돌

---

[78] 〈카사블랑카〉(1942)

아와 헤다가 준 영화 목록을 보았다. 30편도 넘는 영화 제목이 적혀 있었다. 50편에 가까웠다. 목록에는 영화마다 메모가 적혀 있었다. "프레임 14-1968, 탁자 위에 술병." 그리고 "프레임 102-166, 에일 언급함."

메이어를 진정시키기 위해서는 목록 위쪽에 있는 열두 편을 업로드한 뒤 전송해야 했지만 그러지 않았다. 나는 침대에 앉아 목록만 뚫어져라 보았다. 헤다는 〈카사블랑카〉 옆에 이렇게 적어놓았다. "절망적임."

"톰." 헤다가 다시 문가에 나타났다. "나야, 테스 트루하트[79]."

그리고 어딘지 불편한 기색으로 가만히 서 있었다.

"무슨 일이야?" 내가 침대에서 일어서며 물었다. "메이어가 돌아왔어?"

"앨리스는 1950년대에 있지 않아." 헤다는 나와 눈도 마주치지 않고 말했다. "선셋 대로에 있어. 내가 봤어."

"선셋 대로에서 봤다고?"

"아니. 스키드에서."

앨리스는 평행우주에 있지 않았다. 사람들이 스크린을 뚫고 영화 속으로 걸어 들어가는 환상의 세계에 있지도 않았다. 앨리스는 지금, 이곳에서 스키드를 타고 있었다. "이야기는 해봤어?"

헤다가 고개를 저었다. "사람들로 붐비는 퇴근 시간이었어. 메이어의 사무실에서 돌아오는 길이었는데 얼핏 스치듯 앨리스를

[79] 영화 〈딕 트레이시〉(1945)에 등장하는 형사 딕 트레이시의 애인

봤어. 퇴근 시간대가 어떤지 잘 알잖아. 사람들을 뚫고 앨리스한 테 가려고 해봤지만, 앨리스가 있던 곳에 간신히 다다랐을 땐 이미 내리고 없었어."

"왜 선셋 대로에서 내렸을까? 내리는 모습을 봤어?"

"말했잖아. 사람들 틈에서 얼핏 봤다고. 온갖 무거운 장비를 힘겹게 끌고 다녔어. 하지만 선셋 대로에서 내린 게 분명해. 우리가 안 가본 역은 거기뿐이잖아."

"장비들을 가지고 있었다고 했지? 어떤 장비였어?"

"모르겠어. 그냥 장비들이야. 말했잖아, 난⋯."

"얼핏 봤다는 거 알아. 확실히 앨리스였어?"

혜다가 고개를 끄덕였다. "너한테 말 안 하려고 했는데⋯ 벳시 부스 역할은 벗어나기 힘드네. 게다가 앨리스가 한 일들을 생각하면 미워할 수가 없어." 혜다가 스크린들에 비친 자기 모습을 손으로 가리켰다. "날 봐. 이제 코카인도 안 하고, 클리그도 안하잖아." 혜다가 고개를 돌려 나를 보았다. "늘 영화에 출연하고 싶었는데 이제야 이렇게 출연하게 됐네."

혜다는 다시 복도를 따라 걸어갔다.

"혜다, 잠깐만." 나는 그렇게 말했다가 이내 후회했다. 혜다가 희망에 찬 표정으로 돌아설까 봐, 두 눈에 눈물이 고여 있을까 봐 겁이 났다.

하지만 아무것도 모르는 게 없는 혜다였다.

"이름이 뭐야?" 내가 물었다. "내가 가진 건 네 액세스 번호뿐이야. 그리고 늘 너를 혜다라고만 불렀잖아."

헤다는 다 알고 있다는 듯 서글픈 표정으로 미소를 지었다. 〈남아 있는 나날〉의 엠마 톰슨처럼. "난 헤다라는 이름이 좋아." 헤다가 말했다.

#20

카메라가 미디엄 숏으로 빠르게 패닝한다:
LAIT(Los Angeles Interchange Terminal)역 전광판.
다이아몬드 스크린, '로스앤젤레스 환승역'은 핫핑크
대문자, '선셋 대로'는 노란색 대문자

나는 앨리스의 댄스 루틴들이 담긴 광디스크를 가지고 스키
드를 타러 갔다. 스키드에는 생쥐 머리띠를 쓰고 옹기종기 모여
있는 관광객 한 무리와 약에 너무 취해 인사불성이 되다시피 한
마릴린 한 명을 제외하고는 아무도 없었다. 그리고 ILMGM사
의 황금빛 안개 속에서 엘리자베스 테일러, 시드니 포이티어, 메
리 픽포드, 그리고 해리슨 포드가 하나둘 모습을 드러냈다. 나는
선셋 대로 역에 도착하길 기다리며 전광판들을 보았다. 앨리스
가 도대체 거기서 무얼 하고 있는지 궁금했다. 선셋 대로에 있는
거라곤 오래된 고속도로뿐이었다.

마릴린이 휘청거리며 나에게 다가왔다. 흰 홀터 드레스는 얼
룩덜룩하고 지저분했으며, 귀 옆에는 빨간 립스틱 자국이 있었다.

"섹스할래요?" 마릴린은 내 등 뒤에 있는 스크린 속 해리슨

포드를 보고 있었다.

"아니요. 사양할게요." 내가 말했다.

"좋아요." 마릴린이 온순한 목소리로 대답했다. "당신은 어때요?" 그러고는 내 대답도, 해리슨 포드의 대답도 기다리지 않고 이리저리 돌아다니더니 다시 내게로 다가와 물었다. "혹시 스튜디오 임원이세요?"

"아닙니다." 내가 말했다.

"영화에 출연하고 싶어요." 마릴린은 그렇게 말하고는 다시 내 곁을 떠나 또 이리저리 돌아다녔다.

나는 스크린에 시선을 고정했다. 홍보 영상들 중간에 스크린이 아주 잠깐 비자, 말끔하고 책임감 있어 보이고 정신 멀쩡한 내 모습이 스크린에 비쳤다. 〈스미스 씨, 워싱턴에 가다〉에 나오는 제임스 스튜어트 같았다.[80] 그 마릴린이 나를 스튜디오 임원으로 착각할 만도 했다.

전광판에 선셋 대로역 이름이 뜨자 나는 스키드에서 내렸다. 선셋 대로에는 여전히 아무것도 없었다. 심지어 불빛 하나 없었다. 버려진 고속도로는 별빛 속에서 어두운 그림자를 드리웠고 멀리 떨어진 교차로 밑에서 불길 한 줄기가 솟는 게 보였다.

앨리스가 이런 곳에 있을 리 만무했다. 어쩌면 헤다를 보고는 자기가 어디로 가는지 알아내지 못하게 일부러 여기서 내렸는지

---

80 〈스미스 씨, 워싱턴에 가다〉(1939)에서 제임스 스튜어트는 우연히 상원의원이 되어 부패 세력과 싸우는 제퍼슨 스미스 역을 맡았다.

모른다. 앨리스는 어디로 가고 있었을까?

불빛 하나가 더 나타났다. 가느다란 흰 빛줄기가 이쪽을 향해 흔들거렸다. 어쩌면 희생물을 찾는 마약쟁이들이리라. 나는 다시 스키드로 돌아갔다.

그 마릴린은 아직도 스키드에 있었는데 바닥 한복판에 다리를 벌리고 앉아 있었다. 여자는 알약이 가득한 손바닥을 뒤지며 코카인과 일리와 클리그를 찾고 있었다. 나는 생각했다. '그것들이야말로 프리랜서에게 필요한 유일한 장비지. 앨리스가 무슨 일을 하든 적어도 프리랜서는 아니라는 의미야.' 그리고 깨달았다. 앨리스가 온갖 장비를 가지고 있었다고 헤다가 말해준 뒤로, 앨리스가 어디 있는지 모름에도 불구하고, 내가 안심하고 있었다는 걸. 적어도 프리랜서가 되지는 않았다.

2시 반이었다. 헤다가 앨리스를 봤던 혼잡한 퇴근 시간대가 되려면 아직 4시간이나 남았다. 만약 앨리스가 매일 똑같은 장소에 갔다면, 짐을 끌고 다른 곳으로 이동하지 않았다면 말이다. 하지만 헤다는 앨리스가 '짐'이 아니라 '장비'를 끌고 다녔다고 했다. 그게 컴퓨터와 모니터였을 리는 없다. 그랬다면 헤다가 알아봤을 테고, 그것들은 헤다 말처럼 앨리스가 힘겹게 끌고 다녀야 할 만큼 무겁지는 않다. 그렇다면 뭐였을까? 타임머신?

마릴린이 알약을 와르르 사방에 쏟으며 자리에서 일어나 멀리 떨어진 벽 쪽에 있는 노란색 안전선으로 향했다. 그쪽 벽은 여전히 ILMGM 스타들의 행렬을 찬양하고 있었다.

"안 돼요!" 내가 여자를 붙잡았다. 벽에서 겨우 30센티미터밖에 안 떨어진 지점에서였다.

마릴린이 동공이 완전히 풀린 눈으로 나를 올려다보았다. "여기가 내 정거장이에요. 내려야 해요."

"이 길이 아니에요. 코리건."[81] 내가 여자를 앞으로 돌려세우며 말했다. 이제 전광판에는 '베벌리 힐스'라고 적혀 있었는데 여자가 내릴 정거장이 베벌리 힐스역일 가능성은 없어 보였다. "어디에서 내리고 싶었던 거예요?"

마릴린은 내 팔을 밀치고 스크린을 향해 돌아섰다.

"출구는 저쪽이에요." 내가 앞쪽을 가리키며 말했다.

여자는 고개를 저으며 안개 속에서 나타난 프레드 아스테어를 가리키며 말했다. "저길 통과해야 해요." 그러고는 그 자리에 털썩 주저앉았다. 마릴린의 흰 스커트가 둥근 원을 만들었다. 바닥에 앉아 아무것도 없는 손바닥을 뒤지는 여자의 모습이 빈 스크린에 잠깐 비쳤고 곧이어 황금빛 안개가 나타났다. ILMGM 홍보 영상의 도입부였다.

나는 벽을 노려보았다. 벽처럼도 거울처럼도 보이지 않았다. 그 모습 그대로 보였다. 전자들의 안개, 공허함을 덮는 베일. 그리고 잠시 모든 게 가능해 보였다. 나는 생각했다. '앨리스는 선셋대로에서 내리지 않았어. 앨리스는 스키드에서 내린 게 아니야. 미아 패로우처럼, 버스터 키튼처럼, 스크린 속으로 걸어 들어가

---

81 미국의 비행사 더글러스 코리건은 1938년 뉴욕에서 샌프란시스코로 비행하려다 실수로 대서양을 가로지르게 되면서 'Wrong Way'라는 별명을 얻게 됐다.

과거로 간 거야.'

앨리스가 검은색 스커트와 녹색 웨스킷을 입고 장갑을 낀 채 황금빛 안개 속으로 사라졌다가, 자동차와 야자수와 거울로 가득 찬 리허설 장들이 즐비한 할리우드 대로에 나타나는 모습이 눈에 보이는 듯했다.

"불가능한 것은 없습니다." 화면 위로 목소리가 으르렁거리듯 강하게 말했다.

마릴린이 다시 일어나 멀리 있는 벽을 향해 흐느적거리며 걸어갔다.

"그쪽이 아니에요." 내가 여자를 쫓아 뛰어갔다.

여자가 이번에는 스크린을 향해 가지 않은 게 천만다행이었다. 그랬다면 붙잡지 못했을 거다. 내가 갔을 때 마릴린은 두 주먹으로 벽을 치고 있었다.

"내리게 해줘요!" 여자가 소리를 질렀다. "여기서 내려야 한다고요!"

"내리는 곳은 저쪽이에요." 나는 여자를 돌려세우려 애썼지만, 레이브를 먹기라도 했는지 팔이 강철처럼 강했다.

"여기서 내려야 해요." 마릴린이 손바닥으로 벽을 치며 말했다. "어디가 문이죠?"

"문은 저쪽이에요." 내가 말했다. 앨리스가 나를 버뱅크에서 집으로 데려갔던 그날 밤 나도 이랬을까 하는 생각이 들었다. "이쪽으로는 내릴 수 없어요."

"그 여자는 내렸어요." 마릴린이 말했다.

나는 벽과 여자를 번갈아 보았다. "누가요?"

"그 여자요. 그 여자는 그대로 문을 통과했다고요. 내가 봤어요."

마릴린은 그렇게 말한 뒤 내 발에 토했다.

#21

* **영화 클리셰 #12: 교훈**
캐릭터가 당연한 사실을 이야기하면,
모두가 요지를 이해한다.

참조: 〈오즈의 마법사〉, 〈꿈의 구장〉, 〈러브 스토리〉,
〈고양이〉

마릴린이 속을 거의 다 게워내자, 나는 윌셔가에서 함께 내려 재활센터로 데려갔다. 그리고 여자가 입소하는 걸 확인하기 위해 센터에서 기다렸다.

"정말 이러고 있을 시간이 있어요?" 여자는 이제 마릴린 먼로 보다는 〈택시 드라이버〉에 나오는 조디 포스터에 가까워 보였다.

"시간 있어요." 앨리스가 어디 있는지 아는 이상 시간은 많았다.

여자가 서류를 작성하는 동안 나는 빈센트에게 접속했다. "물어볼 게 있어요." 나는 단도직입적으로 말했다. "어떤 프레임을 그것과 똑같은 다른 프레임으로 바꾸면 어떻게 되죠? 그럼 그 새 프레임이 파이버옵틱 피드의 ID 잠금장치를 통과할 수 있나요?"

"똑같은 프레임으로 바꾼다고? 왜 그래야 하는데?"

"통과할 수 있어요?"

"아마 그럴 거야." 빈센트가 말했다. "메이어가 시킨 일 때문이야?"

"네." 내가 말했다. "원본과 일치하는 새 이미지로 바꾸면요? ID 잠금장치가 그 둘을 구별해낼 수 있나요?"

"일치한다고?"

"원본과 완전히 똑같은 다른 이미지로요."

"제정신이 아니군." 그리고 빈센트는 접속을 끊어버렸다.

상관없었다. 나는 ID 잠금장치가 그 둘을 구별해낼 수 없다는 걸 이미 알고 있었다. 그러자면 너무 많은 메모리가 요구될 거다. 게다가 빈센트가 말한 것처럼, 하나의 이미지를 그것과 완전히 똑같은 다른 이미지로 바꿔야 할 이유가 뭐가 있겠나?

나는 마릴린이 침대에 누워 리디게인 수액을 맞는 것까지 지켜본 뒤 스키드로 돌아갔다. 라 브레아역을 지난 뒤로는 스키드에 사람은 없었지만, 3시 30분이 되어서야 폐쇄 구역으로 들어가는 직원용 출입문을 찾았고 5시가 넘어서야 문을 열 수 있었다.

내가 잠시 걱정했던 대로 앨리스는 문을 막아두었지만, 의도적으로 막은 건 아니었다. 파이버옵틱 케이블 한 가닥이 문에 걸려 있었던 거였다. 마침내 문이 살짝 열리자 그 후로는 그저 문을 밀기만 하면 됐다.

앨리스는 멀리 있는 벽을 향해 서서 스크린을 보고 있었다. 폐쇄 구역에서는 비어 있어야 할 스크린이 비어 있지 않았다. 스크린 한가운데에서는 피터 로포드와 준 앨리슨이 파티 드레스와 턱시도를 입고 체육관에 모여 있는 대학생들 앞에서 바시티 드래그 댄스를 선보이고 있었다. 준 앨리슨은 손에는 폼폼을 들고 분홍색 드레스를 입고 분홍색 하이힐을 신었는데 앨리스도 마찬가지였다. 두 사람 모두 금발이었고 단발머리 끝부분을 똑같이 안으로 가볍게 말아 넣었다.

앨리스는 디지털 매트는 케이스 위에, 디지털 매트 합성기와 픽사 그래픽 컴퓨터는 케이스 옆 바닥에 놓아두었다. 그리고 파이버옵틱 케이블을 늘어뜨려 구불구불 노란색 안전선을 따라가 스키드 피드의 문 앞에서 빙 돌게 했다. 나는 연결이 끊기지 않게 케이블을 가만히 밀어 문에서 떨어트린 뒤 안을 들여다볼 수 있을 만큼만 문을 열고, 문 뒤에 몸을 살짝 숨긴 채 서서 앨리스를 지켜보았다.

"발꿈치를 내리고. 발가락은 올리고." 피터 로포드가 다른 학생들을 가르치고 트리플 스텝을 밟았다. 앨리스는 리모컨으로 노래 부분은 빨리감기로 돌리고 댄스가 시작되는 부분에서 멈춘 다음 집중하는 표정으로 바시티 드래그 댄스를 보며 스텝을 셌다. 그런 뒤 노래가 끝나는 부분으로 되감았다. 앨리스가 버튼을 누르자 스크린 속 모든 사람이 스텝을 밟다가 중간에 멈췄다.

앨리스는 우스꽝스럽게 생긴 하이힐을 신고 스키드 뒤쪽 프레임 밖으로 재빨리 걸어가 버튼을 눌렀다. 피터 로포드가 노래했다. "…그렇게 되는 법이죠."

앨리스가 무릎을 꿇어 리모컨을 바닥에 내려놓았다. 드레스의 풍성한 치맛자락이 바스락거렸다. 그러고는 서둘러 자리로 돌아가 큐를 기다렸다. 준 앨리슨은 앨리스에 가려 있었다. 그 바람에 앨리스의 모습은 보이지 않고 준 앨리슨의 한쪽 손과 분홍색 스커트 끝자락만 살짝 보였다.

앨리스는 큐에 맞춰 발꿈치를 내리고 발가락을 올리며 찰스턴을 추었다. 내가 있는 곳에서 보면 앨리스 뒤에 있는 준 앨리슨이 쌍둥이나 그림자처럼 보였다. 나는 디지털 매트의 프로세서와 같은 앵글에서 앨리스를 볼 수 있게 자리를 옮겼다. 그러자 준 앨리슨의 모습은 완전히 사라졌고 그곳엔 오로지 앨리스만 있었다.

나는 '스타 탄생' 부스에서 관광객들이 원하는 장면을 만들기 위해 레아 공주가 삭제됐던 것과 같은 방식으로, 준 앨리슨이 스크린에서 삭제될 거라 예상했었다. 하지만 앨리스는 고향에 있는 사람들에게 보여줄 영상을 만드는 게 아니었다. 자신의 이미지를 스크린에 투영하려고 하지도 않았다. 앨리스는 그저 리허설을 하고 있었고, 일터에서 배운 사용법대로 프로세서를 통해 파이버옵틱 루프에 데이터를 입력하기 위해 디지털 매트를 연결했을 뿐이었다. 내가 있는 위치에서 봐도 '녹화 중' 버튼은 꺼져 있었다.

나는 반쯤 열린 문 쪽으로 물러났다. 앨리스는 준 앨리슨보다 키가 컸고, 드레스도 준 앨리슨의 드레스보다 더 밝은 분홍색이었지만, 디지털 매트를 통해 파이버옵틱 루프로 되돌아간 이미지는 색과 초점과 조명이 수정된 버전이었다. 그리고 스키드의 폐쇄 구역 안에서 수많은 시간 동안 연습을 하고 또 한 결과, 몇몇 루틴의 수정된 이미지는 원래 이미지와 너무나도 흡사해 ID 잠금장치조차 분별하지 못했다. 그리고 앨리스의 그 이미지들은 가드를 통과해 파이버옵틱 소스에 입력되었다. 그 불가능한 일을 앨리스가 해낸 거였다.

앨리스는 턴을 하다가 실수를 하자 멈춘 뒤 폼폼이 달린 하이힐을 신고 달그락 소리를 내며 리모컨으로 달려갔고, 실수하기 바로 직전인 중간 부분으로 되감아 화면을 정지시켰다. 그리고 디지털 매트의 시계를 힐끗 보고 버튼을 누른 뒤 원래 있던 곳으로 서둘러 돌아갔다.

이제 앨리스에게 남은 시간은 30분밖에 없었다. 그러고 나면 장비를 해체해 할리우드 대로에 있는 가게로 가져가 설치한 다음 가게 문을 열어야 했다. 나는 앨리스를 내버려둬야 했다. 광디스크는 다음에 보여줘도 됐고, 나는 알고 싶었던 걸 알아냈기 때문이다. 앨리스가 리허설할 수 있게 문을 닫고 떠나야 했다. 하지만 나는 그러지 않았다. 나는 문에 기댄 채 그곳에 서서 춤추는 앨리스를 바라보았다.

앨리스는 턴을 할 때 서툴렀던 부분을 고치기 위해 중간 부분을 세 번 더 반복해서 연습했고, 그런 뒤 노래 끝부분으로 되감아서 전체를 다시 반복했다. '콘티넨털'을 보던 그날 밤처럼 진지하고 주의 깊은 표정이었지만, '비긴 더 비긴'이 지닌 기쁨과 몰입감과 자연스러움은 빠져 있었다.

아직은 루틴을 배우는 단계여서인지, 언젠가는 그런 것들 또

한 얻게 될지가 궁금했다. 준 앨리슨은 피터 로포드에게 기쁜 얼굴로 미소를 지었지만 즐거워 보이지는 않았고, '바시티 드래그' 넘버 자체도 그저 그랬다. 콜 포터의 음악에는 한참 못 미쳤다.

프레드 아스테어가 영화 촬영이 시작되기도 전에 리허설 장에서 홀로 연습했던 것처럼, 앨리스가 끈기 있게 똑같은 스텝을 반복해서 연습하는 모습을 지켜보다가, 나는 앨리스에 대한 내 생각이 틀렸다는 걸 깨달았다.

나는 앨리스가 루비 킬러와 ILMGM처럼, 불가능한 것은 없다고 믿는 줄 알았다. 그렇지 않다고, 단지 원한다고 해서 그걸 얻을 수 있는 건 아니라고 말해주려고 애썼다. 하지만 앨리스는 이미 알고 있었다. 내가 앨리스를 만나기도 전에, 할리우드에 오기 훨씬 전에 알고 있었다. 프레드 아스테어는 앨리스가 태어난 해에 세상을 떠났으니, VR과 컴퓨터 그래픽의 발전과 저작권 문제를 고려한다 해도 두 사람이 함께 '비긴 더 비긴'을 추는 일은 절대로, 절대로, 절대로 불가능했다.

그리고 이 모든 것, 의상이며 수업이며 리허설은 그저 대체물, 대신 할 수 있는 일에 불과했다. 마치 레지스탕스에 가담해 싸우는 것과도 같다. 앨리스가 불행히도 바랐던 불가능한 일에 비하면, 꼭두각시와 뚜쟁이들이 가득한 할리우드에 침입하는 건 식은 죽 먹기처럼 보였을 거다.

피터 로포드가 준 앨리슨의 손을 잡았고, 앨리스는 턴 동작을 잘못 계산한 바람에 균형을 잃었다. 앨리스는 앞으로 되감기 위해 리모컨을 집은 뒤 역 전광판 쪽을 힐끗 보았다가 나를 발견했다. 그리고 한참 동안 그 자리에 서서 나를 보다가 되돌아가서 디지털 매트를 껐다.

"그러지 말아요." 내가 말했다.

"뭘 하지 말라는 거죠?" 앨리스는 디지털 매트의 연결을 해제하고 분홍색 드레스 위에 흰 실험복을 걸쳤다. "댄스 선생 따원 없으니 찾느라 시간 낭비하지 말라고요?" 앨리스는 실험복 단추를 잠그고 입력 장치로 가서 피드를 분리했다. "보시다시피 난 이미 알아냈어요. 할리우드에는 춤출 줄 아는 사람이 없다는 걸요. 아니면 알면서도 춤추는 법을 잊으려고 코카인에 절어 있거나." 앨리스가 케이블을 둥글게 감기 시작했다. "당신도 그런가요?"

앨리스는 역 전광판을 힐끗 올려다본 뒤 감아놓은 케이블을 디지털 매트 위에 두고 합성기 옆에 무릎을 꿇었다. 스커트가 바스락 소리를 냈다. "당신을 집에 데려다주고, 당신이 스키드에서 떨어지지 않게 막아주고, 내게 접근하는 걸 피할 시간적 여유가 나한테는 없거든요. 이 장비들을 돌려줘야 해요." 앨리스가 픽사를 케이스에 넣고 뚜껑을 닫았다.

"난 약에 취하지 않았어요." 내가 말했다. "술에 취해 있지도 않고요. 당신을 6주 동안이나 찾아다녔어요."

앨리스는 디지털 매트를 내려서 케이스에 넣은 뒤 선을 정리하기 시작했다. "왜요? 내가 루비 킬러가 아니라고 설득하려고요? 뮤지컬은 이미 몰락했고 내가 뭘 하든 컴퓨터가 더 잘할 수 있다고 설득하려고요? 그래요. 당신 말이 맞아요."

앨리스는 케이스 위에 앉아 폼폼이 달린 하이힐의 버클을 풀었다. "당신이 이겼어요. 나는 영화 속에서 춤을 출 수 없어요." 그리고 신발을 손에 든 채 거울로 된 벽을 바라보았다. "불가능한 일이죠."

"불가능하지 않아요." 내가 말했다. "그런 말을 하러 온 게 아니에요."

앨리스가 하이힐을 실험복 한쪽 주머니에 넣었다. "그럼 무슨 말을 하러 온 거죠? 접근 코드 리스트를 돌려받고 싶어요? 드리죠." 그러고는 끈이 없는 편한 신으로 갈아 신은 뒤 일어섰다. "어차피 코러스 넘버와 솔로들은 거의 다 배웠고, 파트너랑 추는 춤은 이런 식의 연습으로는 배울 수가 없어요. 그러니 다른 방법을 찾아야 해요."

"접근 코드를 돌려받고 싶은 생각은 없어요." 내가 말했다.

앨리스가 금발의 단발머리 가발을 벗고 역광을 받은 듯 아름답게 빛나는 머리카락을 흔들었다. "그렇다면 원하는 게 뭐죠?"

'당신이요. 난 당신을 원해요.' 나는 마음속으로 생각했다.

앨리스는 벌떡 일어나서 가발을 다른 쪽 호주머니에 쑤셔 넣고 감은 케이블을 어깨에 걸머맸다. "그게 뭐든 지금은 안 돼요. 일하러 가야 해요." 그리고 케이스를 들기 위해 몸을 숙였다.

"내가 도와드릴게요." 내가 앨리스에게 다가가며 말했다.

"아니, 괜찮아요." 앨리스는 픽사를 어깨에 메고 디지털 매트를 들어 올렸다. "혼자 할 수 있어요."

"그럼 문을 잡아드릴게요." 나는 그렇게 말하고 문을 열었다.

앨리스가 문을 밀고 밖으로 나갔다.

혼잡한 퇴근 시간대였다. 거울마다 직장으로 향하는 레이 밀 랜드와 로절린드 러셀로 빼곡했지만, 고개를 돌려 앨리스를 보는 이는 아무도 없었다. 모두 벽을 보고 있었고, 벽에는 'ILMGM, 천국보다 더 많이 저작권을 가진 곳'이라는 문구가 가득 적혀 있 었다. 〈비버리 힐스 캅 15〉 홍보 영상과 〈삼총사〉 리메이크판의 홍보 영상도 있었다.

나는 등 뒤로 문을 닫았다. 리버 피닉스 한 명이 노란 안전선 위에 쪼그려 앉아 있었다. 그가 가루가 가득한 손바닥과 면도날 에서 시선을 떼고 올려보았지만, 약에 너무 취해 있어 자기가 무 얼 보고 있는지도 인지하지 못했다. 눈에 초점도 없었다.

앨리스는 역 전광판에 시선을 고정한 채 이미 스키드 앞쪽으 로 반쯤 가 있었다. 전광판에 할리우드 대로라는 이름이 깜빡이 자 앨리스는 출구를 향해 나아갔고 나는 그 뒤를 따라갔다. 우리 는 할리우드 대로로 나왔다.

거리는 아직 꽤 어두웠지만 가게들은 모두 문을 열었고, 아직 도(어쩌면 벌써) 관광객들이 돌아다녔다. '영원히 행복하게' 부스 에서는 버뮤다 반바지를 입고 비디오카메라를 든 늙은 남자 두 명이, 라이언 오닐이 앨리 맥그로의 목숨을 구하는 장면을 보고 있었다.[82]

앨리스는 창살이 내려진 '스타 탄생' 부스 문 앞에서 멈췄다. 그리고 카드키를 만지작거리며 장비들을 든 채로 카드를 삽입하

82 〈러브 스토리〉(1970)에서 앨리 맥그로는 백혈병으로 죽는다.

려고 애썼다. 관광객 두 명이 어슬렁어슬렁 다가왔다.

"이리 주세요." 내가 카드키를 건네받아 문을 연 뒤 앨리스에게서 디지털 매트를 받았다.

"찰스 브론슨 있나요?" 늙은 남자 중 한 명이 물었다.

"아직 영업 전입니다." 나는 그렇게 대답한 뒤 앨리스에게 말했다. "당신한테 보여줄 게 있어요."

"뭔데요? 최신 꼭두각시 인형극인가요? 아니면 자동 리허설 프로그램?" 앨리스는 케이블과 파이버옵틱 피드를 연결하고 디지털 매트를 제자리로 밀어 넣어 설치하기 시작했다.

"늘 〈데스 위시〉에 출연하고 싶었는데." 그 늙은이가 말했다. "혹시 그 영화 있어요?"

"아직 문 안 열었다고요." 내가 말했다.

"여기 메뉴 있어요." 앨리스가 늙은이를 위해 장비를 켰다. "찰슨 브론슨은 없어도 〈황야의 7인〉의 한 장면은 있어요." 앨리스가 메뉴에서 〈황야의 7인〉을 가리키며 말했다.

"이걸 꼭 봐야 해요, 앨리스." 내가 광디스크를 컴퓨터에 밀어 넣으며 말했다. 미리 설정을 해두어 따로 불러낼 필요가 없어서 다행이었다. 〈춤추는 대뉴욕〉이 스크린에 떴다.

"지금은 손님들이 있어서…" 앨리스가 말을 하다가 멈췄다.

내가 15초 뒤에 다음 루틴으로 넘어가게 미리 설정해두어, 〈춤추는 대뉴욕〉이 끝나자 〈사랑은 비를 타고〉가 스크린에 떴다.

앨리스가 화난 얼굴로 고개를 돌려 나를 보았다. "도대체 왜…"

"내가 한 게 아니에요. 당신이 한 거예요." 내가 스크린을 가리

컸다. 〈둘이서 차를〉이 스크린에 떴다. 빨간색 곱슬머리의 앨리스가 찰스턴을 추며 앞으로 나왔다.

"이건 합성이 아니에요." 내가 말했다. "봐요. 당신이 연습한 영화들 아니에요?"

스크린에는 앨리스가 파란색 파라솔을 들고 발을 높이 쳐들며 걷고 있었다.

"우리가 만났던 날 밤 당신은 〈사랑은 비를 타고〉에 대해 이야기했죠. 몇 가지 다른 추측도 가능했어요. 모두 전신 샷에 원 컨티뉴어스 테이크로 촬영한 것들이죠." 나는 파란 버슬 드레스를 입은 앨리스를 가리켰다. "하지만 저건 어느 영화에 나오는 장면인지 알 수가 없었어요."

〈햇츠 오프〉가 스크린에 떴다. "그리고 어떤 건 처음 본 영화였죠."

"난 하지…." 앨리스가 스크린을 보며 말했다.

"디지털 매트는 들어오는 파이버옵틱 이미지 위에 원래의 이미지를 겹친 뒤 디스크에 저장합니다." 내가 앨리스에게 보여주며 설명했다. "그 이미지는 다시 루프를 통해 시스템에 전달되고, 파이버옵틱 소스는 픽셀들의 패턴을 무작위로 검사해 수정된 이미지는 자동으로 거부해요. 하지만 당신은 이미지를 수정하려던 게 아니었어요. 똑같이 따라 하려고 애썼죠. 그리고 성공했어요. 동작들이 완벽히 일치했죠. 너무나도 완벽해 브라운 체크마저도 같은 이미지라고 인식해 거부하지 않았어요. 그래서 그 이미지들이 파이버옵틱 소스까지 도달한 거예요." 나는 앨리스가 '42번가'에 맞춰 춤을 추고 있는 스크린을 향해 손을 흔들었다.

등 뒤에서 늙은이가 말했다. "이 〈황야의 7인〉에는 누가 나오나요?" 하지만 앨리스는 그의 질문에 대답하지 않았다. 앨리스는 진지한 표정으로 바뀌는 루틴들을 보고 있었다. 나는 앨리스의 표정을 읽을 수가 없었다.

"모두 몇 편이죠?" 앨리스가 스크린에서 시선을 떼지 않은 채 말했다.

"내가 찾은 건 열네 편이에요." 내가 말했다. "연습한 건 그보다 많을 거예요, 그렇죠? ID 잠금장치를 통과한 영화들은 대부분 얼굴형과 체형이 당신과 비슷한 댄서가 나오는 영화였어요. 앤 밀러가 출연하는 영화도 연습했나요?"

"〈키스 미 케이트〉." 앨리스가 말했다.

"그랬을 거라고 생각했어요." 내가 말했다. "그런데 앤 밀러는 얼굴이 너무 동그래요. 당신의 이목구비는 ID 잠금장치를 통과할 만큼 앤 밀러와 비슷하진 않아요. 유사성이 존재할 경우에만 가능한 일이에요." 나는 스크린을 가리켰다. "내가 찾은 영화 중 소송에 걸려 있어 디스크에 저장 못 한 영화가 두 편 더 있어요. 〈화이트 크리스마스〉와 〈7인의 신부〉요."

앨리스가 고개를 돌려 나를 보았다. "〈7인의 신부〉라고요? 확실해요?"

"'헛간 세우기' 넘버에 당신이 나왔어요. 어떻게 된 거죠?" 내가 물었다.

앨리스는 다시 고개를 돌려 스크린을 보았고, 앨리스와 군복 차림의 잭 헤일리랑 함께 춤을 추는 셜리 템플을 향해 눈살을 찌푸렸다. "어쩌면…." 앨리스가 혼잣말을 했다.

"난 영화 속에서 춤추는 건 불가능하다고 했었죠." 내가 말했다. "내가 틀렸어요. 저기 당신을 봐요."

내가 말한 순간 스크린이 꺼졌고 그 늙은 관광객이 큰 소리로 말했다. "'어디 한번 덤벼봐!'라고 말하는 남자가 나오는 그 영화는? 그 남자 나오는 영화 있어요?"

디스크를 재생하려고 손을 뻗었지만, 앨리스는 이미 몸을 돌린 후였다.

"클린트 이스트우드가 출연하는 영화는 없는 것 같네요. 〈황야의 7인〉속 그 신에 스티브 맥퀸과 율 브리너가 나와요." 앨리스가 말했다. "한번 보실래요?" 그리고 바삐 접속 코드를 입력했다.

"저 친구로 하면 머리 밀어야 해요?" 늙은 남자의 친구가 물었다.

"아니요." 앨리스가 검은 셔츠와 바지, 그리고 검은 모자를 향해 손을 뻗으며 말했다. "디지털 매트가 알아서 처리할 거예요." 앨리스는 아직도 찰스 브론슨에 대해 떠들고 있는 그 친구와 나는 무시한 채, 그 늙은 남자에게 어디에 서서 무얼 어떻게 해야 할지 알려주며 녹화 장비들을 설치하기 시작했다.

내가 뭘 기대한 거지? 앨리스가 스크린에 나오는 자기 모습에 뛸 듯이 기뻐할 거라고? 〈수색자〉에서의 나탈리 우드처럼 두 팔을 활짝 벌려 나를 껴안을 거라고? 나는 아무 짓도 하지 않았다.

그저 앨리스가 하지 않으려고 애썼던 것을, 바로 이 거리에 거절했던 그걸, 해냈다고 말해줬을 뿐이다.

"찰스 브론슨은 없고 율 브리너라니." 늙은이의 친구가 역겹다는 듯 말했다.

스크린에 다시 〈춤추는 대뉴욕〉이 나타났다. 앨리스는 쳐다보지도 않고 〈춤추는 대뉴욕〉을 끈 다음 〈황야의 7인〉을 불러냈다.

"찰스 브론슨을 원했더니 스티브 맥퀸을 주네." 늙은이가 투덜댔다. "늘 두 번째로 좋은 것에 만족해야 하게 된다니까."

그게 내가 영화를 사랑하는 이유다. 당신이 너무나 멍청해 스스로 이해하지 못할 경우를 대비해, 주변에 있다가 교훈을 주는 조연이 영화 속에는 늘 존재한다.

"원하는 걸 얻게 되는 법이 없어." 늙은이가 말했다.

"맞습니다." 내가 말했다. "'집이 최고죠.'"[83] 그리고 나는 스키드로 향했다.

83 〈오즈의 마법사〉(1939)에서 도로시의 대사

#22

베라 마일스 〔랜돌프 스콧이 말에 안장을 얹고 있는 농장 울타리를
향해 달려가며〕 그냥 이렇게 떠나는 거예요? 작별
인사 한마디도 없이?

랜돌프 스콧 〔말 안장을 꽉 조이며〕 내겐 해결할 일이 있어요.
당신에겐 돌봐주어야 할 남자가 있고요. 팔에 박힌
총알을 빼내긴 했지만, 붕대로 감아줘야 합니다.
〔랜돌프 스콧이 말 등자에 발을 걸고 말에 올라탄다.〕

베라 마일스 다시 볼 수 있을까요?
당신이 안전한지 어떻게 알 수 있죠?

랜돌프 스콧 아무 일 없을 거예요. 〔모자 앞부분을 살짝 들어 올리며〕
잘 지내요, 부인. 〔말을 돌려 석양 속으로 떠난다〕

베라 마일스 〔그의 등 뒤에서 큰 소리로 부르며〕 당신이 저를 위해
한 일을 결코 잊지 않을 거예요. 영원히!

나는 집으로 돌아가 작업을 시작했다. 먼저 중요한 작업부터
했다. 〈나우 보이저〉에서 폴 헨리드가 담배 두 대를 한꺼번에 입

에 물고 불을 붙이던 장면을 복원했고, 〈오명〉에 나오는 와인병에 우라늄을 다시 넣었고, 〈캣 벌루〉에서는 리 마빈의 말이 다시 술에 취하게 했다. 그런 다음 내가 좋아하는 영화들을 작업했다. 〈니노치카〉와 〈리오 브라보〉와 〈이중 배상〉이었다. 그리고 내가 앨리스를 본 다음 날 소송이 마무리된 〈7인의 신부〉를 작업했다. 내가 깨어났을 때 컴퓨터가 알람을 울려 알려준 영화다. 나는 오프닝 신에 하워드 킬의 음주 신과 위스키병을 다시 넣은 뒤 '헛간 세우기' 넘버로 빨리감기를 해, 옥수수빵이 든 냄비를 내가 앨리스를 보기 전처럼 술 주전자로 되돌려놓았다.

그걸 앨리스에게 보여줄 수 없었다는 사실이 너무 아쉬웠다. 앨리스는 자기가 몇 편의 영화에 등장했는지 듣고 놀라는 눈치였다. 어려움이 많았을 테고 그럴 만도 했다. 파트너도 없이 그 많은 리프트 동작을 해내다니. 도대체 어떤 장비를 끌고 할리우드 대로를 내려가 스키드에 실었기에 공중에 떠 있는 것처럼 보일 수 있었는지 정말 궁금했다. 그 리프트 동작들을 하며 행복해하는 자신의 모습을 앨리스가 봤다면 얼마나 좋았을까.

나는 러스 탬블린의 후손이나 워너가 이의를 제기할 경우를 대비해, 헛간 세우기 댄스를 다른 영화들과 함께 디스크에 저장했고, 메이어가 크레이 슈퍼컴퓨터를 빼앗아 갈 경우를 대비해 모든 변경 기록을 삭제했다.

콜롬비아의 인수 합병이 정말로 성사된다면 아마도 2주, 길면 3주쯤 시간이 있을 거라 예상했다. 메이어는 어느 쪽을 선택할지 마음을 정하느라 바빠 애스 걱정은 할 시간이 없을 테고 그건 아서턴 또한 마찬가지일 거다. 헤다에게 전화할까도 생각해 봤지만(헤다라면 무슨 상황인지 알 테니까), 좋은 생각이 아니라는 결론을 내렸다. 어쨌든 헤다도 일자리를 잃지 않기 위해 필사적으로 뛰어다니고 있을 터였다.

최소한 일주일의 여유는 있었다. 머나 로이를 다시 숙취에 시달리게 하고도 나머지 뮤지컬 영화들을 보기에 충분한 시간이었다. 〈굿 뉴스〉와 〈새와 꿀벌〉을 빼고는 영화 대부분을 이미 찾아 두었다. 그사이 나는 〈아가씨와 건달들〉에 둘세 데 레체[84]를, 〈마이 페어 레이디〉에는 브랜디를 다시 집어넣고, 〈썸머 홀리데이〉[85]에 나오는 프랭크 모건을 주정뱅이로 돌려놓았다. 작업은 원했던 거보다 느리게 진행됐다. 열흘 뒤 나는 작업을 멈추고 앨리스가 해낸 모든 걸 디스크와 테이프에 저장한 뒤, 언제라도 메이어가 방문을 두드릴 수 있다는 생각에 〈카사블랑카〉 작업을 시작했다.

문에서 노크 소리가 들렸다. 나는 릭의 바가 여전히 레모네이드로 가득 차 있는 부분 끝까지 빨리감기를 한 뒤, 앨리스의 댄스가 담긴 디스크를 꺼내 내 신발 옆쪽에 쑤셔 넣고 방문을 열었다.

앨리스였다.

등 뒤 복도는 캄캄했지만 하나로 묶어 동그랗게 말아 올린 앨

---

84 라틴아메리카에서 끓인 우유에 설탕과 바닐라를 넣어서 만드는 캐러맬 잼, 과자
85 〈썸머 홀리데이〉(1963)는 프랭크 모건(Frank Morgan, 1890~1949) 사후의 영화로 모건이 출연하지 않는다.

리스의 머리카락은 어딘가에서 흘러나오는 불빛을 받아 밝게 빛났다. 방금 연습을 끝내고 온 듯 지쳐 보였고 아직도 실험복을 입고 있었다. 실험복 아래로 흰 스타킹과 메리 제인 구두와 3센티미터 정도의 분홍색 주름 장식이 보였다. 무엇을 연습하다 왔는지 궁금했다. 〈투 윅스 위드 러브〉의 '아바다바 허니문' 넘버? 아니면 〈바이 더 라이트 오브 더 실버 문〉에 나오는 넘버였을까?

앨리스가 실험복 주머니에 손을 집어넣더니 내가 주었던 광디스크를 꺼냈다. "돌려주려고 왔어요."

"가져요." 내가 말했다.

앨리스는 잠시 디스크를 보다가 다시 주머니에 넣었다. "고마워요." 그리고 디스크를 다시 꺼내며 말했다. "그렇게 많은 루틴이 통과됐다니 놀랍네요. 처음 시작했을 땐 잘하지 못했거든요." 앨리스가 디스크를 뒤집어보며 말했다. "지금도 썩 잘하진 못해요."

"루비 킬러만큼 잘해요." 내가 말했다.

앨리스가 씩 웃었다. "루비 킬러는 누군가의 애인이었죠."[86]

"당신은 베리 엘렌만큼 잘해요. 그리고 데비 레이놀즈만큼, 또 버지니아 깁슨만큼요."

앨리스는 눈살을 찌푸리고 한 번 더 디스크를 본 뒤 나를 보

---

86 루비 킬러는 〈42번가〉(1933)와 〈1933년의 황금광들〉(1933)에 함께 출연한, 당대 최고 배우 중 한 사람인 알 졸슨과 결혼했다.

았다. 무슨 말인가를 해야 할지 말아야 할지 고민하는 듯했다. "헤다가 자기가 무슨 일을 하는지 말해줬어요." 앨리스가 하려던 말은 그게 아니었다. "로케이션 어시스턴트라니, 정말 멋진 일이 에요." 앨리스는 험프리 보가트가 잉그리드 버그만과 건배하는 멀티스크린을 바라보았다. "당신이 영화 신들을 원래대로 되돌리고 있다고 하더군요."

"모든 영화를 다 그러는 건 아니에요." 내가 앨리스가 들고 있는 디스크를 가리키며 말했다. "어떤 리메이크들은 원작보다 훌륭하거든요."

"해고되지 않겠어요?" 앨리스가 물었다. "그러니까 내 말은 애스를 영화에 다시 삽입하면요."

"물론 해고되겠죠." 내가 대답했다. "'하지만 이제까지 해, 해, 해왔던 것보다 훠, 훠, 훨씬 나은 일입니다. 그건….'"

"〈두 도시 이야기〉, 로널드 콜먼."[87] 스크린들에서는 험프리 보가트가 잉그리드 버그만에게 작별 인사를 고하고 있었다. 앨리스는 스크린 속 장면과 디스크를 번갈아 보며 하고자 했던 말을 꺼내려고 마음의 준비를 하는 듯했다.

내가 대신 말했다. "떠나는군요."

앨리스는 여전히 나는 쳐다보지도 않은 채 고개만 끄덕였다.

"어디로요? 리버 시티[88]로 돌아가나요?"

---

[87] 로널드 콜먼은 〈두 도시 이야기〉(1935)에서 변호사인 주인공 시드니 카르턴 역을 맡았다. 시드니 카르턴은 극 중에서 말문이 막혀 말을 더듬는다.
[88] 〈뮤직 맨〉(1962)의 배경이 되는 도시로 다양한 음악과 댄스가 펼쳐지는 곳

"〈뮤직 맨〉에 나오는 도시 말이군요." 앨리스가 웃지도 않고 말했다. "더는 혼자서 해나갈 수 없어요. 엘리너 파월이 하는 힐 앤 토우 스텝을 가르쳐줄 사람이 필요해요. 파트너도 필요하고요."

아주 잠시, 아니 잠시도 아니었다. 프레임이 한 번 깜빡할 시간 동안, 나는 그 긴 학기들을 하이볼에 취한 채 보내는 대신 버뱅크에서 킥 턴 루틴을 연습했더라면 어땠을까 하고 생각했다.

"그날 밤 당신의 말을 듣고, 포지션 고정 장치나 데이터 전송 장치를 사용하면 리프트 동작을 연습할 수 있을지도 모른다는 생각이 들었어요. 그래서 시도를 해봤죠. 효과가 있긴 했지만, 그게…."

앨리스의 목소리가 부자연스럽게 끊겼다. 마치 하려는 말이 더 있는 듯했다. 나는 그게 무슨 말일지, 그리고 내가 앨리스에게 했다는 말이 무엇이었을지 궁금했다. 프레드가 소송에서 벗어날지도 모른다는 말이었을까?

"균형 잡는 방식이 진짜 사람 같지가 않아요." 앨리스가 말했다. "그리고 난 단순히 화면을 보고 루틴을 그대로 따라 하기만 하는 게 아니라, 루틴을 직접 배우는 경험이 필요해요."

그래서 앨리스는 아직도 실사 영화가 제작되는 곳으로 떠나려는 것이다. "어디죠?" 내가 물었다. "부에노스아이레스?"

"아니요. 중국이요." 앨리스가 대답했다.

중국이라.

"중국은 실사 영화를 1년에 열 편이나 제작해요." 앨리스가 말했다.

그리고 스무 명을 숙청하지. 지방에서 들고일어나는 반란은 말할 것도 없고, 반(反)외국인 폭동까지.

"중국이 제작하는 실사 영화는 좋은 영화는 아니에요. 사실 끔찍하죠. 대부분 선전 영화나 무술 영화지만, 작년에는 뮤지컬 영화도 한두 편 제작했어요." 앨리스가 씁쓸히 웃었다. "그 사람들은 진 켈리를 좋아해요."

진 켈리. 그래도 그 루틴은 진짜일 테다. 데이터 전송 장치 대신 남자의 팔이 앨리스의 허리를 감싸고 두 손으로 그녀를 들어올릴 거다. 진짜 댄스.

"내일 아침에 출발해요." 앨리스가 말했다. "짐을 싸다 디스크를 발견했는데 당신이 돌려받고 싶어 할지도 모른다는 생각이 들었어요."

"아니에요." 그리고 작별 인사를 하지 않아도 되게 덧붙여 물었다. "비행기는 어디서 타요?"

"샌프란시스코 공항에서요." 앨리스가 대답했다. "오늘 밤 스키드를 타고 공항으로 가요. 아직 짐도 다 안 쌌네요." 앨리스는 나를 보며 내 입에서 영화 대사가 나오기를 기다리고 있었다.

할 수 있는 대사는 많고 많았다. 영화가 잘하는 게 있다면 그건 바로 작별 인사다. "조심히 가, 자기야!"부터 "달을 구하지 말아요. 우리에겐 별들이 있잖아요."[89]며 "돌아와요, 셰인!"[90]까지.

---

89 〈나우 보이저〉(1942)
90 〈셰인〉(1953)

"아스탈라 비스타, 베이비."[91]도 있다.

하지만 나는 어떤 대사도 하지 않았다. 그저 그 자리에 서서 앨리스의 아름답고 빛나는 머리카락과 잊지 못할 그 얼굴을 바라보았다. 내가 원했지만 단 한순간도 가질 수 없었던 그 얼굴을.

만약 내가 떠나지 말라고 한다면 어떻게 될까? 댄스 선생을 찾아주고 배역을 구해주고 큰 무대에 세워주겠다고 약속한다면? 그렇지. 10분 분량의 메모리가 남은 크레이 슈퍼컴퓨터가 있다면? 내가 무슨 짓을 해왔는지 메이어가 안다면 당장 압수할 크레이 컴퓨터가 나한테 있다면 어떻게 될까?

등 뒤의 스크린 속에서 험프리 보가트가 말했다. "여긴 당신이 있을 곳이 아니에요." 그는 잉그리드 버그만을 바라보며 그 순간이 영원히 지속되길 바라고 있었다. 뒷배경에서 비행기 프로펠러가 회전을 시작했고 잠시 후면 나치들이 들이닥칠 것이다.

두 사람은 그 자리에 서서 서로를 바라보았고, 잉그리드 버그만의 눈에 눈물이 맺혔다. 빈센트가 자신의 눈물 프로그램을 아무리 잘 다룬다 해도 그 눈물을 구현해낼 수는 없을 것이다. 아니, 어쩌면 가능할지도 모른다. 〈카사블랑카〉도 드라이아이스와 골판지를 이용해 제작됐으니까. 그리고 그건 진짜 영화였다.

---

91 〈터미네이터 2: 심판의 날〉(1991)에서 아놀드 슈워제네거가 한 스페인어 대사. '영원히 안녕'이라는 의미다.

"가야 해요." 앨리스가 말했다.

"알아요." 내가 앨리스에게 미소를 지었다. "'우리에겐 언제나 파리가 있을 테니까.'"[92]

대본에 따르면 앨리스는 아련한 눈길로 나를 한번 본 뒤 폴 헨리드와 함께 비행기에 올라야 한다. 왜 나는 헤다가 늘 옳다는 걸 여태껏 배우지 못했을까?

"안녕." 앨리스가 그렇게 말한 뒤 내 팔에 안겼고 나는 앨리스에게 키스를 거듭했다. 앨리스는 실험복 단추를 풀고 머리를 풀어 내리고 분홍색 깅엄 드레스의 단추를 풀었다. 내 마음 한구석에서 '이건 중요한 순간이야'라는 직감이 들었다. 앨리스가 드레스와 판탈롱 스타킹을 벗었고 나는 앨리스를 침대에 눕혔다. 앨리스는 사라지지 않았고 헤다로 변하지도 않았다. 나는 앨리스 위에 있었고 앨리스 안에 있었으며, 우리는 함께 움직였다. 편안히, 자연스럽게. 뒤엉킨 시트 위로 쭉 뻗은 우리의 손은 거의 닿을 듯 말 듯 서로 닿지 않았다.

나는 열정적으로 굽혔다 폈다 하는 앨리스의 손에 시선을 고정했다. 클리그를 먹었든 안 먹었든 앨리스의 얼굴을 보면 뇌리에 영원히 각인되리라는 걸 잘 알고 있었다. 앨리스가 나를 상냥한 얼굴로 바라보고 있을까 봐, 더 나쁜 경우엔 아예 안 보고 있을까 봐 두려웠다. 나를 지나쳐 별이 빛나는 마루 위의 두 댄서를 보고 있을까 봐.

92 〈카사블랑카〉의 공항 작별 신에서 험프리 보가트가 잉그리드 버그만에게 한 대사

"톰!" 절정에 이른 앨리스가 내 이름을 외쳤다. 나는 앨리스를 내려다보았다. 역광을 받은 듯 빛나고 아름다운 머리카락이 베개 위에 펼쳐져 있었고, 얼굴은 그날 밤 파티에서처럼 진지했다. 프리 스크린 위의 프레드와 진저를 지켜보던 그때처럼, 매혹적이고 아름다우며 슬픈 얼굴이었다. 그리고 드디어 나에게 시선을 집중했다.

#23

＊영화 클리셰 #1: 해피 엔딩. 설명이 필요 없이 자명한.

참조: 〈사관과 신사〉, 〈러브 어페어〉, 〈시애틀의
잠 못 이루는 밤〉, 〈모간 크리크의 기적〉, 〈쉘 위 댄스〉,
〈위대한 유산〉

3년이라는 시간이 흐르는 동안 중국에서는 네 번의 지방 반란과 여섯 번의 학생 봉기가 일어났다. 메이어는 세 번의 인수합병과 여섯 명의 상사를 거쳤고, 다섯 번째 상사는 그를 부사장으로 승진시켰다.

석 달이 다 지나도록 메이어는 내가 애스를 영화에 재삽입했다는 사실을 눈치채지 못했다. 알아챘을 땐 이미 〈씬 맨〉 시리즈 전부와 〈말타의 매〉와 모든 서부영화 작업이 다 끝난 뒤였고, 아서턴은 회사를 떠날 준비를 하고 있었다.

메이어는 날 죽이려 들었지만, 여전히 조앤 블론델 역을 맡고 있는 헤다가 그를 설득해 대신 '영화를 향한 깊은 사랑과 검열'에 대해 감동적인 연설을 하게 했다. 메이어는 보기 좋게 해고되었지만 새로 온 상사는 '가짜로 가득 찬 이 도시에서 유일하게 도덕적인 사람'이라며 메이어를 재고용했다.

헤다는 세트 디렉터로 승진했는데, 메이어를 부사장으로 승진시킨 그 다섯 번째 상사가 헤다를 새 프로젝트들을 총괄하는 어시스턴트 프로듀서로 승진시켰다. 헤다는 그 즉시 나를 리메이크 감독으로 고용했다. 모든 게 해피 엔딩이었다.

그사이 나는 영원히 행복하게 부스를 위해 해피 엔딩들을 프로그램했고 졸업을 했으며 앨리스를 찾아 영화를 뒤졌다. 나는 앨리스를 〈내 사랑 시카고〉에서 찾아냈고, 최후의 뮤지컬 영화인 〈숲속으로〉에서도 찾았으며, 〈스몰 타운 걸〉에서도 보았다. 앨리스가 출연한 영화는 다 찾아냈다고 생각했다. 오늘 밤 앨리스를 다시 보기 전까지는.

나는 인디아나 존스의 그 장면을 다시 보았다. 그리고 은색 탭 슈즈와 백금색 가발을 보며 뮤지컬에 대해 생각했다. 〈인디아나 존스와 마궁의 사원〉은 뮤지컬 영화가 아니었다. 뮤지컬 넘버도 '무엇이든 가능해요' 한 곡뿐이었다. 그 장면의 배경이 나이트클럽이었고, 무대 공연이었기 때문이다.

어쩌면 그게 방법일 수도 있다. 내가 작업 중인 리메이크작도 뮤지컬 영화는 아니다. 불행한 운명의 연인들에 대한 눈물겨운 이야기다. 하지만 나는 호텔 식당 신을 나이트클럽 신으로 바꿀 수 있다. 그런 뒤 나중에 상사가 바뀌면 나이트클럽을 배경으로 리메이크를 하고, 그때쯤이면 소송에서 벗어났을 프레드 아스테어를 중요한 장면에, 중요한 넘버 딱 하나에 집어넣는 거다. 그게 바로 〈플라잉 다운 투 리오〉에서 프레드가 한 일이었다. 서른

살쯤 되고 머리가 살짝 벗겨졌고 춤을 약간 출 줄 아는 남자가 중요한 넘버에 등장한 거다. 그리고 어떤 일이 일어났는지 보라.

메이어는 뮤지컬이 부활했다고 모든 이에게 말하고 다닐 테고, 나는 〈42번가〉의 리메이크를 맡게 될 거며, 앨리스가 있는 곳을 찾아 스키드를 예약할 거다. 그리고 우리는 뮤지컬 영화를 만들 거다. 불가능한 것은 없다.

심지어 시간 여행도.

며칠 전 편집 프로그램을 빌리러 빈센트한테 접속했더니, 시간 여행이 실패했다고 말해주었다. "거의 다 성공했는데." 빈센트가 엄지와 검지를 닿을 듯 말 듯 바짝 대며 말했다. "이론상으로 캐시미어 효과는 공간과 시간 둘 다에 적용될 수 있는데, 이미지를 네거티브 물질 영역 안으로 계속해서 보내봐도 아무런 결과가 없었어. 겹침 현상이 전혀 없는 거야. 어쩌면 어떤 일들은 그냥 불가능한가 봐."

빈센트가 틀렸다. 앨리스는 떠나던 날 밤에 이런 말을 했었다. "그날 밤 당신 말을 듣고, 데이터 전송 장치를 이용해 리프트 동작을 할 수도 있겠다는 생각이 들었어요." 나는 내가 무슨 말을 했었는지 의아했다. 그리고 내가 광디스크를 보여주자 이렇게 되물었다. "〈7인의 신부〉라고요? 확실해요?"

나는 "그 영화는 디스크에 없어요. 소송에 걸려 있거든요."라고 했다. 〈7인의 신부〉는 그다음 날 소송에서 벗어났다. 그리고 내가 확인한 바로, 내가 앨리스를 찾아다녔던 시간 동안에는 내내 소송에 걸려 있었다.

그리고 그 전 8개월 동안은, 영화기록보존협회에서 제기한 국보 관련 소송에 걸려 있었다. 〈7인의 신부〉는 내가 그 영화를 보았던 그날 밤 정확히 2시간 동안만 소송에서 벗어나 있었고, 1시간 뒤 또다시 소송에 휘말렸다.

앨리스가 '스타 탄생' 부스에서 일한 기간은 6개월에 불과했고, 그 기간 내내 〈7인의 신부〉는 소송에 말려 있었다. 〈7인의 신부〉가 소송에서 벗어난 건 내가 앨리스를 찾은 뒤, 〈7인의 신부〉에서 봤다고 앨리스에게 말해준 뒤였다. 그래서 내가 그렇게 말하자 앨리스가 "〈7인의 신부〉라고요? 확실해요?"라고 놀라서 되물었던 거다. 나는 앨리스가 그렇게 놀란 게 점프와 리프트 동작이 너무 힘들었기 때문이었나 보다고 생각했었다. 자기 이미지를 스크린에 겹치려고 애썼던 건 아니라서 놀랐다고 생각했었다.

〈7인의 신부〉는 그다음 날에야 소송에서 벗어났다.

그리고 열흘 뒤 앨리스가 나를 찾아왔다. '그날 밤 내 말을 듣고' 효과가 있을지도 모른다는 생각에 데이터 전송 장치와 포지션 고정 장치를 착용한 채 연습하다 말고 스키드에서 곧장 내게 왔었다. 그 연습은 효과가 있었다. "…내 생각엔, 그러니까 내가 하려는 말은…." 앨리스는 그렇게 말했었다.

버지니아 깁슨의 분홍색 체크 무늬 드레스를 입고, 버지니아 깁슨의 판탈롱 스타킹을 신고, 헛간 세우기 댄스 연습을 마치자마자 곧장 온 거였다. 내가 헛간 세우기 댄스에서 앨리스를 본 건 앨리스가 실제로 그걸 연습하기 6주 전이었다. 앨리스가 과

거로 시간 여행을 했을 거라는 나의 가설이 결국 맞았다. 비록 그건 앨리스의 이미지, 스크린 속 픽셀들에 불과했지만 말이다. 앨리스는 시간 여행하는 법을 알아내려고 애쓰지도 않았다. 앨리스가 앞에 서서 리허설을 했던 스크린은 평범한 스크린이 아니었다. 그건 무작위의 전자들과 잠재적 겹침으로 가득한 네거티브 물질 영역이었다. 가능성이 충만한 장소였다.

'불가능한 건 없어요, 빈센트.' 나는 반짝이 장식이 달린 레오타드를 입고 킥-턴 동작을 하는 앨리스를 보며 말했다. '원하는 게 뭔지 안다면요.'

헤다가 나에게 접속했다. "내가 틀렸어. 포드사의 트라이모터 비행기는 2편 시작 부분에 나와. 〈인디아나 존스와 마궁의 사원〉인데 프레임 번호는…."

"벌써 찾았어." 나는 백금색 가발을 쓴 앨리스가 브러쉬 스텝을 하는 스크린을 보며 인상을 찌푸렸다.

"무슨 문제라도 있어?" 헤다가 물었다. "그걸로는 안 될 것 같아?"

"글쎄. 프레드 아스테어 소송 건은 언제쯤 끝나?"

"한 달 뒤." 헤다가 즉각 대답했다. "하지만 곧 다시 소송에 들어갈 예정이야. 소프라시마-리졸리사가 저작권 침해를 주장하고 나섰거든."

"소프라시마-리졸리사는 또 어딘데?"

"70년대에 프레드 아스테어가 제작한 영화 한 편의 저작권을 소유하고 있는 스튜디오야. 〈퍼플 택시〉. 내 생각엔 합의할 것 같아. 3개월쯤 걸릴 거야. 왜?" 헤다가 의심스럽다는 듯 물었다.

"〈플라잉 다운 투 리오〉에 나오는 그 비행기 있잖아. 내가 원하는 건 그것 같아."

"양날개 비행기? 그렇다면 찾아 헤맬 필요가 없어. 양날개 비행기가 나오는 영화는 엄청 많거든. 〈대야망〉, 〈날개〉, 〈로드 투 차이나〉…." 헤다가 말을 멈췄다. 슬퍼 보였다.

"중국에도 스키드가 있어?" 내가 물었다.

"지금 농담해? 자전거라도 있으면 다행이지. 먹을거리도 충분하지 않은데, 왜?" 헤다가 갑자기 관심을 보이며 물었다. "앨리스가 어디 있는지 찾았어?"

"아니."

헤다는 내게 무슨 말인가를 해줄지 말지 머뭇거리는 눈치였다. "어시스턴트 세트 디렉터가 중국에서 귀국했는데, 소문에 의하면 3차 문화혁명이 일어났대. 분서와 재교육이 실행됐고, 스튜디오 한 곳 이상이 폐쇄됐는데 촬영팀 전체가 체포됐대."

걱정해야 마땅한 이야기였지만 걱정이 되지 않았다. 모든 걸 다 아는 헤다가 불쑥 물었다.

"앨리스가 돌아왔어? 앨리스한테서 무슨 소식이라도 있었어?"

"아니." 나는 그렇게 대답했다. 헤다에게 어떤 식으로 거짓말 해야 할지 드디어 알았기 때문이기도 하고, 그게 사실이기 때문이기도 했다. 나는 앨리스가 있는 곳을 모르고, 앨리스한테서 아무 소식도 듣지 못했다. 하지만 나는 메시지를 받았다.

앨리스가 떠난 뒤 프레드 아스테어는 딱 두 번 소송에서 벗어났다. 한 번은 정확히 8초 동안 저작권 소송과 소송 사이였고, 다른 한 번은 미국영화연구소에서 프레드 아스테어가 역사적 랜드마크라고 주장하며 침해금지청구권을 신청한 한 달 동안이었다.

이번에는 준비가 되어 있었다. 나는 '비긴 더 비긴' 넘버를 광디스크에 담고 백업하고 테이프에 저장했다. 알림이 울리기도 전에 확인할 수 있을 만큼 만반의 준비가 되어 있었다.

늘 그랬듯, 때는 한밤중이었다. 처음엔 내가 아직 잠들어 있거나 혹은 마지막으로 섬광을 겪는 중이라고 생각했었다.

"왼쪽 윗부분 화질 향상." 나는 그 장면을 보고 또 보았다. 다음 날 아침에도 보았다.

볼 때마다 똑같았고, 메시지는 분명했다. 반란과 혁명 틈에서도 앨리스는 무사히 잘 지내고 있었고, 연습할 장소와 엘리너 파월의 힐 앤 토우 스텝을 가르쳐줄 댄스 선생도 구했다. 그리고 앨리스는 돌아올 계획이다. 중국에는 스키드가 없기 때문이다. 그리고 돌아오면 프레드 아스테어와 '비긴 더 비긴'을 함께 출 거다.

아니, 어쩌면 이미 그랬는지도 모른다. 내가 〈7인의 신부〉에서 앨리스를 본 건 '헛간 세우기' 넘버를 연습하기 6주 전이었고, 〈1940년의 브로드웨이 멜로디〉에서 봤을 땐 연습을 시작하기 4주 전이었다. 그러니 어쩌면 벌써 돌아왔을 수도 있고, 연습을 마쳤을 수도 있다.

하지만 내 생각은 다르다. 나는 '스타 탄생' 부스에서 일하는 제임스 딘에게 누구든 디지털 매트를 건드리면 말해주라며, 대신 평생 코카인을 제공하겠노라 약속을 했다. 그리고 프레드는 여전히 소송 중에 있다. 게다가 겹침 현상이 얼마나 먼 과거에까지 영향을 미치는지는 알 수 없는 노릇이다. 내가 〈7인의 신부〉에서 앨리스를 본 건 앨리스가 연습을 시작하기 6주 전이었지만, 앨리스의 이미지가 얼마나 오래 거기 있었는지는 아무도 모른다. 2년은 넘지 않을 거다. 내가 〈42번가〉를 처음 보았을 때, 그러니까 메이어가 준 목록을 작업하기 시작했을 때 〈42번가〉에는 앨리스가 없었기 때문이다. 아, 그래, 그땐 약에 취해 있었으니 놓쳤을 수도 있겠다. 하지만 그랬을 리 없다. 나는 어디에서든 앨리스의 얼굴을 알아봤을 테니까.

그러니 2년은 넘지 않았다. 그리고 모든 걸 다 아는 헤다의 말에 따르면 프레드는 3개월 후면 소송에서 벗어난다.

그동안 나는 리메이크작을 만들고, 그것들이 그럴싸하게 보이게 애쓰며 분주히 지내는 한편, 메이어를 설득해 ILMGM이 루비 킬러와 엘리너 파월의 저작권을 획득하게 하고, 레지스탕스를 위해 일할 거다. 〈카사블랑카〉의 해피 엔딩 버전도 벌써 생각해냈다.

전쟁이 끝난 뒤, 릭은 카사블랑카로 돌아온다. 레지스탕스와 함께 싸우며 말할 수 없이 많은 고초를 치른 후다. '카페 아메리칸'은 전소됐고 모두가 떠났다. 앵무새도, 샘도. 험프리 보가트는 자리에 서서 술집의 잔해를 오랫동안 바라본다. 그러고는 구할 수 있는 게 있는지 보려고 잔해를 뒤진다.

피아노를 발견하지만, 피아노를 일으키는 순간 건반의 절반이 떨어져 나간다. 릭은 잔해 속에서 깨지지 않고 온전히 남은 스카치위스키 한 병을 찾아 병을 비우고, 술병을 피아노 위에 세운 뒤 잔을 찾아 주위를 두리번거린다. 그리고 거기 그녀가 있다. 무너지지 않고 남은 문가에 일자 룬드가 서 있다.

하지만 그녀의 모습이 달라 보인다. 머리는 뒤로 넘겨 하나로 묶었고 더 야위었으며 피곤해 보인다. 딱 봐도 폴 헨리드는 세상을 떠났고 그녀가 많은 일을 겪었음을 알아챌 수 있다. 하지만 릭은 어디에서라도 그 얼굴을 알아볼 수 있을 터다.

일자는 거기 문가에 서 있고, 술잔을 찾다 고개를 든 험프리 보거트가 일자를 발견한다.

대사도, 음악도 없다. 헤다의 어리석은 생각과는 달리 두 사람은 끌어안지도 않는다. 다시는 서로를 볼 수 없을 거라 생각했던 두 사람은, 그저 거기 서서 서로를 바라볼 뿐이다.

리메이크 작업을 끝내면 관광객들을 위해 내 버전의 〈카사블랑카〉 엔딩을 영원히 행복하게 부스의 컴퓨터에 저장할 작정이다.

그때까진 나의 불행한 연인들은 서로 헤어져 (자신들의 죗값을 치르기 위해 온갖 역경을 겪으러) 떠나야 한다. 비행기가 필요한 건 바로 그 때문이다.

나는 케이트 캡쇼가 소송에 휘말릴 경우를 대비해 '무엇이든 가능해요' 넘버를 디스크에 담고 백업했다. 그런 뒤 양날개 비행기를 사용할 수 없게 될 경우를 대비해 포드사의 트라이모터 비행기 신으로 빨리감기 해 그것 또한 저장했다.

"〈로드 투 차이나〉." 나는 컴퓨터에게 그렇게 명령하고는 스크린에 영화가 뜨기도 전에 취소했다. "동시 상영. 1번 스크린, 〈인디아나 존스와 마궁의 사원〉. 2번 스크린, 〈사랑은 비를 타고〉. 3번 스크린, 〈굿 뉴스〉…."

내가 영화 제목을 줄줄이 읊자, 앨리스가 잇달아 스크린에 등장했다. 탭 댄스 바지나 버슬 드레스나 초록색 조끼를 입고, 머리를 하나로 묶거나 빨간 곱슬머리를 하거나 짧은 단발머리를 하고. 얼굴은 하나같이 진지하고 긴장된 표정이었고, 스텝과 음악에 집중하느라 자신이 암호 체계와 브라운 체크와 시간을 초월하고 있다는 사실을 알아채지 못했다.

"18번 스크린, 〈7인의 신부〉." 앨리스가 무대를 가로지르며 빙그르르 돌아 러스 탬블린의 팔로 뛰어들었다. 그리하여 러스 탬블린 또한 시간을 초월했다. 그들 모두, 진 켈리와 루비 킬러와 프레드 아스테어는 뮤지컬의 몰락과 스튜디오 임원들, 해커들과 법원 송사에도 불구하고, 한 번의 턴과 한 번의 미소와 한 번의 리프트로 시간을 초월해 우리가 원하나 가질 수 없는 순간을 영원히 포착했다.

나는 눈물겨운 멜로영화 작업을 너무 오래 해왔다. 지금은 당장 해야 할 일에 집중해 비행기를 고르고, 감상은 내 연인들의 중요한 작별 신을 위해 남겨두어야 한다.

"전체 스크린 취소. 중앙 스크린, 〈로드 투…〉." 나는 명령을 멈추고 스크린을 응시했다. 〈잃어버린 주말〉에서 너무나도 술을 마시고 싶어 하는 레이 밀랜드처럼.

"중앙 스크린, 프레임 96-1100, 무음. 〈1940년의 브로드웨이 멜로디〉." 그리고 침대에 앉았다.

앨리스와 프레드 아스테어가 흰옷을 입고 나란히 서서 내 귀에는 들리지 않는 음악에 몰입한 채 가볍게 탭 댄스를 추었다. 그들은 수 주에 걸쳐 연습했을 타임스탭에 몰두했고, 춤은 쉬워 보였다. 앨리스의 밝은 갈색 머리카락이 어딘가에서 비치는 빛을 받아 밝게 빛났다.

앨리스가 빙그르르 턴을 하자 흰 치맛자락이 엘리너의 스커트처럼 또렷한 호를 그리며 펼쳐졌고(체크 앤 브라운 체크), 그 또한 수 주에 걸쳐 연습했을 게 분명했다.

프레드 아스테어는 앨리스 곁에 격식 없이 우아하게 서서, 저작권이나 인수 합병 따위에는 관심이 없다는 듯 반주에 맞춰 리플 스텝을 밟았고, 앨리스는 그에 화답하며 고개를 돌려 어깨너머로 미소를 지어 보였다.

"정지." 내가 말하자 앨리스가 턴을 하다가 멈췄다. 쭉 뻗은 앨리스의 손이 내 손에 닿을 것만 같았다.

나는 몸을 앞으로 내밀어 앨리스의 얼굴을 바라보았다. 문가에 선 앨리스를 보았던 그날 밤부터 쭉 보아왔던 그 얼굴을, 어디서든 알아볼 바로 그 얼굴을. 우리에겐 언제나 파리가 있을 거다.

"세 프레임 앞으로 재생한 뒤 정지." 앨리스가 나를 향해 기쁨과 무한한 가능성으로 가득 찬 미소를 지어 보였다.

"1배속으로 재생." 앨리스가 영화 속에서 춤을 추고 있었다. 마땅히 그래야 한다는 듯.

끝

＊

크레딧이 올라간다.

게리 쿠퍼
GARY COOPER
1901~1961

1925년 데뷔 이래 가장 미국적인 미남이라는 평가를 받으며 대중들에게 많은 사랑을 받았다. 〈요크 상사〉(1941)와 〈하이 눈〉(1952)으로 두 번의 아카데미 남우주연상을 받았다.

고든 맥레이
GORDON MACRAE
1921~1986

1940년대와 1950년대에 뮤지컬 영화에서 활약한 스타. 대표작인 〈오클라호마〉(1955)에서의 연기와 노래로 큰 인기를 끌었고 골든글로브 최우수 남자주연상 후보에 올랐다. 뮤지컬 영화의 아이콘으로 남아 있다.

그레이스 켈리
GRACE KELLY
1929~1982

미국의 배우이자 모나코의 왕비로 유명하다. 알프레드 히치콕 감독의 〈이창〉(1954)에서 제임스 스튜어트와 함께 주연을 맡았고 〈회상 속의 연인〉(1954)으로 아카데미 여우주연상을 받았다.

그레타 가르보
GRETA GARBO
1905~1990

스웨덴 출신의 그레타 가르보는 영화계 역사에서 가장 유명한 배우 중 한 사람으로, 대표작으로 〈크리스티나 여왕〉(1933), 〈춘희〉(1937) 등을 남겼으며 가장 전성기에 설명도 없이 은퇴해 고국에서 여생을 보냈다.

글로리아 스완슨
GLORIA SWANSON
1899~1983

무성 영화 시대의 대표적인 스타. 〈선셋 대로〉(1950)에서의 연기로 큰 찬사를 받고 아카데미 여우주연상 후보에 올랐다. 고전 영화의 아이콘이다.

나탈리 우드
NATALIE WOOD
1938~1981

뛰어난 연기력과 미모로 할리우드의 아이콘이 되었으며 대표작으로 〈웨스트 사이드 스토리〉(1961), 〈리틀 드러머 걸〉(1966) 등이 있다. 〈수색자〉(1956)에서 아메리카 원주민에게 납치당한 데비 역을 맡았다.

다나 앤드류스
DANA ANDREWS
1909~1992

오토 프레밍거가 감독한 클래식 누아르 〈로라〉(Laura, 1944)에서 냉소적이고 강인한 형사 마크 맥퍼슨을 연기했다.

데비 레이놀즈
DEBBIE REYNOLDS
1932~2016

진 켈리, 도널드 오코너와 함께 주연한 〈사랑은 비를 타고〉(1952)에서 캐시 셀든 역을 맡으며 큰 인기를 얻기 시작했다.

도널드 오코너
DONALD
O'CONNOR
1925~2003

배우이자 댄서이며 가수로 진 켈리와 함께 주연으로 출연한 〈사랑은 비를 타고〉(1952)에서 코스모 브라운 역을 맡았다.

도리스 데이
DORIS DAY
1922~2019

〈둘이서 차를〉(Tea for Two, 1950)에서 주인공 나네트 카터 역을 맡았다. 'Que Sera, Sera'라는 노래로도 유명하다.

디나 더빈
DEANNA DURBIN
1921~2013

캐나다 출신의 배우이자 가수. 셜리 템플과 함께 아역배우로 크게 성공했고 1938년 아카데미 청소년상을 받았다.

딕 파월
DICK POWELL
1904~1963

〈42번가〉(1933)에서 빌리 로울러 역을 맡았다. 빌리는 브로드웨이 극단에 전혀 경험이 없는 페기(루비 킬러가 연기했다)에게 호감을 갖고 도와준다.

라나 터너
LANA TURNER
1921~1995

〈포스트맨은 벨을 두 번 울린다〉(1946)를 통해서 강렬한 팜프파탈 연기를 선보였다. 〈페이튼 플레이스〉(1957)로 아카데미 여우조연상을 받았다.

라이언 오닐
RYAN O'NEAL
1941~

〈러브 스토리〉(1970)에서 주인공 올리버 바렛 4세를 연기하며 큰 인기를 끌었다. 이후 〈페이퍼문〉(1973)과 같은 작품에서도 활약했고 주로 로맨틱 드라마에서 활동했다.

랜돌프 스콧
RANDOLPH SCOTT
1898~1987

1930년대 파라마운트가 제작한 수많은 서부영화에서 주연을 맡으며 성공했고, 1950년 이후로 명실상부한 최고의 흥행 스타로 자리매김했다. 〈로버타〉(1935)에 프레드 아스테어, 진저 로저스와 함께 출연했다.

러스 탬블린
RUSS TAMBLYN
1934~

〈7인의 신부〉(1954)에서 일곱 형제 중 막내인 기드온 역을 맡았다.

레이 밀랜드
RAY MILLAND
1907~1986

〈잃어버린 주말〉(1945)에서 알코올 중독에 빠진 무명작가 돈 버냄 역으로 아카데미 남우주연상을 받았다.

레이 볼거
RAY BOLGER
1904~1987

〈오즈의 마법사〉(1904)에서 허수아비 헝크 역을 맡았다.

로절린드 러셀
ROSALIND RUSSELL
1907~1976

희극 배우로 활동했다. 〈여인들〉(1939), 〈그의 연인 프라이데이〉(1940), 〈집시〉(1962) 등의 대표작이 있고, 아카데미 여우주연상 후보에 네 번이나 올랐으나 수상하지는 못했다.

루돌프 발렌티노
RUDOLPH
VELENTINO
1895~1926

1920년대 할리우드의 대표적인 이탈리아계 배우. 출연작으로 〈춘희〉(1921), 〈시크〉(1921), 〈묵시록의 네 기사〉(1921) 등이 있으며, 31세의 나이에 갑자기 사망해 팬들 사이에 큰 충격과 애도가 있었다. 무성 영화 시대의 상징적인 인물로 남아 있다.

루비 킬러
RUBY KEELER
1909~1993

캐나다 태생의 미국 배우, 댄서이자 가수로, 〈42번가〉(1933)에서 뮤지컬 댄서가 되기 위해 뉴욕에 온 페기 소여 역을 맡았다. 〈1933년의 황금광들〉(1933) 등의 영화에서 주연을 맡아 큰 인기를 끌었고 탁월한 춤 실력과 밝은 매력으로 관객들의 사랑을 받았다.

루실 볼
LUCILLE BALL
1911~1989

배우이자 코미디언, 프로듀서로 시트콤 〈아이 러브 루시〉 (1951)로 큰 사랑을 받았다. 뛰어난 코미디 감각과 개성 넘치는 연기로 할리우드와 TV 역사에 큰 획을 그었다. 〈메임〉(1974)은 루실 볼의 마지막 장편 영화였다.

루이스 스톤
LEWIS STONE
1879~1953

1920년대부터 1950년대까지 활발히 활동했고 대표작으로는 〈앤디 하디〉 시리즈가 있다. 앤디 하디의 아버지 역을 연기했다.

루타 리
RUTA LEE
1936~

〈7인의 신부〉(1954)에서 신부 중 한 명인 루스 젭슨 역을 맡았다.

리 레믹
LEE REMICK
1935~1991

〈위스키 전쟁〉(1965)에서 여성 금주 운동 단체의 리더인 코라 템플턴 역을 맡았다.

리 마빈
LEE MARVIN
1924~1987

〈페인트 유어 웨건〉(1969)에서 광부 벤 럼슨 역을 맡았다.

리버 피닉스
RIVER PHOENIX
1970~1993

23세에 약물 과다복용으로 요절해 많은 작품에 출연하지는 않았지만, 〈스탠 바이 미〉(1986), 〈아이다호〉(1991) 등 출연하는 작품마다 반항적인 이미지와 우수에 찬 모습으로 큰 인기를 얻었다.

리처드 해리스
RICHARD HARRIS
1930~2002

아일랜드 출신의 배우 겸 가수로 강렬한 연기와 존재감으로 유명하다. 〈캐멀롯〉(1967)에서 아서왕, 〈글래디에이터〉(2000)에서 마르쿠스 아우렐리우스 역을 연기해 찬사를 받았고, 〈해리 포터〉 시리즈 1, 2편에서 덤블도어 역을 맡았다.

릴리안 기시
LILLIAN GISH
1893~1993

주로 무성 영화 시기에 활약하며 할리우드 초기 영화사에 큰 영향을 미쳤다. 예술적 헌신과 사실적인 연기로 유명하고, 주요 작품으로 〈국가의 탄생〉(1915), 〈흩어진 꽃잎〉(1919), 그리고 가장 유명한 영화인 〈바람〉(1928)이 있다.

마거릿 오브라이언
MARGARET
O'BRIEN
1937~

〈세인트루이스에서 만나요〉(1944)를 통해 '아카데미 아역상' 이라는 정규 부문에 없던 특별상을 수상했다.

마돈나
MADONNA
1958~

가수이자 배우로 팝의 여왕으로 불리며 음악, 패션, 퍼포먼스에서 혁신적인 행보를 보였다. 'Like a Virgin'을 비롯해 수많은 히트곡을 발표했으며, 〈수잔을 찾아서〉(1985), 〈그들만의 리그〉(1992) 등 영화에도 출연했다.

마들렌 디트리히
MARLENE
DIETRICH
1901~1992

독일 출신의 배우. 〈푸른 천사〉(1930)를 시작으로 조셉 폰 스턴버그가 감독한 일련의 영화에 팜므 파탈 이미지를 가진 배역으로 출연해 세계적인 스타가 됐다.

마릴린 먼로
MARILYN MONROE
1926~1962

'금발 미녀'라는 콘셉트를 잡은 것으로 유명하다. 1950년대와 1960년대 초 여러 영화에 출연하며 섹스 심벌의 상징이 되었으며, 성에 관한 당시의 시대적 사고를 변화시켰다. 사후 반세기가 넘은 후에도 계속해서 대중문화의 아이콘으로 자리잡고 있다.

마이클 J. 폭스
MICHAEL J. FOX
1961~

캐나다 출신의 배우로 영화 〈백 투 더 퓨처〉 시리즈에서 주인공 마티 맥플라이 역을 연기해 세계적인 스타가 되었다.

막스 형제
MARX BROTHERS

다섯 명으로 구성된 미국의 가족 코미디 예능 단체로 1900년대부터 1950년대 즈음까지 브로드웨이 보드빌 쇼와 영화에서 활약했다.

말론 브란도
MARLON BRANDO
1924~2004

〈워터프론트〉(1954)와 〈대부〉(1972)로 아카데미 남우주연상을 2회 수상하는 등 20세기 대중문화의 상징적인 인물 중 한 명이다. 〈아가씨와 건달들〉(1955)에서 도박사 스카이 매스터슨 역을 맡았다.

맥컬리 컬킨
MACAULAY CULKIN
1980~

데뷔작 〈나 홀로 집에〉(1990)의 주인공 케빈 역으로 전 세계적으로 이름을 알렸다.

머나 로이
MYRNA LOY
1905~1993

1930년대와 40년대 〈썬 맨〉 시리즈에서 술과 농담을 즐기는 노라 찰스 역으로 큰 명성을 얻었다.

메리 스튜어트
매스터슨
MARY STUART
MASTERSON
1966~

〈프라이드 그린 토마토〉(1991), 〈사랑시대〉(1987) 등에서 강하고 독립적인 여성 캐릭터를 연기해 주목을 받았다.

메리 애스터
MARY ASTOR
1906~1987

〈말타의 매〉(1941)에서 브리짓 오쇼네시 역을 맡았다. 〈대단한 거짓말〉(1941)을 통해 아카데미 여우조연상을 받았다.

메리 픽포드
MARY PICKFORD
1892~1979

무성 영화 시대의 아이콘으로 '미국의 연인'으로 불렸다. 1919년에 찰리 채플린, 더글러스 페어뱅크스와 함께 유나이티드 아티스츠를 공동 설립해 영화 산업에 기여했고, 〈코퀘트〉(1929)로 아카데미 여우주연상을 받았다.

멕 라이언
MED RYAN
1961~

〈해리가 샐리를 만났을 때〉(1989), 〈시애틀의 잠 못 이루는 밤〉(1993), 〈유브 갓 메일〉(1998) 등에서 사랑스러운 연기로 큰 인기를 얻었다. 1990년대 할리우드 로맨틱 코미디의 상징적인 스타이다.

멜 깁슨
MEL GIBSON
1956~

배우이자 감독. 〈매드 맥스〉 시리즈와 〈리쎌 웨폰〉 시리즈로 세계적인 명성을 얻었다. 감독으로서는 〈브레이브 하트〉(1995)로 아카데미 작품상과 감독상을 수상했다.

멜라니 그리피스
MELANIE GRIFFITH
1957~

〈워킹 걸〉(1988), 〈롤리타〉(1997), 〈스튜어트 리틀 2〉(2002) 등에 출연했다. 〈워킹 걸〉(1988)에서 야망에 넘치는 주인공 테스 맥길 역을 맡아 아카데미 여우주연상 후보에 올랐다.

미셸 파이퍼
MICHELLE
PFEIFFER
1958~

1980년 데뷔 이후 〈배트맨 2〉(1992), 〈왓 라이즈 비니스〉(2000) 등 많은 작품이 상업적 성공을 거뒀을 뿐 아니라, 〈위험한 관계〉(1988)로 아카데미상 여우조연상 후보, 〈사랑의 행로〉(1989)와 〈러브 필드〉(1992)로 아카데미상 여우주연상 후보에 올랐다.

미아 패로우
MIA FARROW
1945~

우디 앨런이 감독한 〈카이로의 붉은 장미〉(1985)에서 세실리아 역을 맡은 패로우는 스크린에서 걸어 나온 영화 주인공 톰 백스터와 함께 스크린 속으로 들어간다.

미키 루니
MICKEY ROONEY
1920~2014

생후 17개월의 나이에 공연을 시작해 90년간 300편이 넘는 영화에 출연했고, 〈앤디 하디〉 시리즈를 통해 미국 주류의 자아상을 상징했다.

밀드레드 네트윅
MILDRED NATWICK
1905~1994

〈황색 리본을 한 여자〉(1949)에서 사령관의 강인한 아내 애비 올샤드 역을 맡았다. 프라임타임 에미상을 수상했고, 아카데미 여우조연상과 토니상에 후보로 올랐다.

**바네사
레드그레이브**
VANESSA
REDGRAVE
1937~

〈카멜롯〉(1967)에서 아서 왕의 마법사 멀린과 대적하는 마법사 모르가나 역을 맡았다.

**바브라
스트라이샌드**
BARBRA STREISAND
1942~

미국의 4대 공연상인 에미상과 그래미상, 오스카상, 토니상을 모두 받은 최초의 가수로, 영화계에 진출해서는 〈퍼니 걸〉(1968)로 아카데미 여우주연상을 받기도 했다.

버스비 버클리
BUSBY BERKELEY
1895~1976

미국의 영화 감독이자 안무가. 복잡한 기하학적 패턴을 포함하는 정교한 뮤지컬 제작 넘버를 고안했다. 만화경적 신에서 수많은 코러스 걸과 소품을 사용했다.

버스터 키튼
BUSTER KEATON
1895~1966

〈셜록 주니어〉(1924)에서 영사실 기사인 주인공 셜록 주니어 역을 맡았다.

버지니아 깁슨
VIRGINIA GIBSON
1925~2013

배우이자 가수로 브로드웨이와 영화에서 활약했다.
〈7인의 신부〉(1954)에서 처음 주목을 받았다.

버지니아 메이오
VIRGINIA MAYO
1920~2005

〈페인팅 더 클라우드 위드 선샤인〉(1951)에서 주인공 캐롤
역을 맡았다.

베라 마일스
VERA MILES
1929~

가장 위대하고 가장 영향력 있는 서부영화 중 하나로 평가되는
존 포드 감독의 〈수색자〉(1956)에 존 웨인과 함께 출연했다.

베라 엘런
VERA-ELLEN
1921~1981

뛰어난 춤 실력으로 프레드 아스테어와 〈짧은 세 단어〉(1950)
에 출연했고, 진 켈리와 함께 〈사랑은 비를 타고〉(1952),
〈춤추는 대뉴욕〉(1949)에 출연했다. 〈춤추는 대뉴욕〉에서
아이비 스미스 역을 맡았는데 극 중 아이비는 진 켈리가 역을
맡은 게비와 마찬가지로 메도우빌 출신이다.

베베 대니얼스
BEBE DANIELS
1901~1971

영화 〈42번가〉(1933)에서 극 중 뮤지컬 주역 도로시 역을
맡았다.

베티 개릿
BETTY GARRETT
1919~2011

〈춤추는 대뉴욕〉(1949)에서 브룬힐데 역을 맡았다.

베티 데이비스
BETTE DAVIS
1908~1989

아카데미 여우주연상 후보에 11차례나 오른 연기파 배우로
술과 담배를 즐겨했다.

벤 존슨
BEN JOHNSON
1918~1996

〈브리가둔〉(1954)에서 제프 더글라스 역을 맡았다.

보리스 칼로프
BORIS KARLOFF
1887~1969

〈프랑켄슈타인〉(1931)과 이어진 후속편들에서 프랑켄
슈타인의 괴물 역을 맡았다.

브로데릭 크로포드
BRODERICK
CRAWFORD
1911~1986

TV 시리즈 〈고속도로 순찰대〉(1955)에서 책임감 있고 강인한
댄 매튜스 경사 역을 맡았다.

비비언 리
VIVIEN LEIGH
1935~1967

아카데미 상을 받은 최초의 영국 여자 배우로 〈바람과 함께
사라지다〉(1939)와 〈욕망이라는 이름의 전차〉(1951)로 두 차례
아카데미 여우주연상을 수상했다.

빈센트 프라이스
VINCENT LEONARD
PRICE JR.
1911~1993

〈밀랍의 집〉(1953)에서 주인공 헨리 자로드를 연기했다.
밀랍 인형 조각가인 헨리는 밀랍 박물관이 방화로 불타고
자신 또한 심한 화상을 입자 복수심에 불타 사람들을 납치해
밀랍 인형으로 만든다.

빙 크로스비
BING CROSBY
1903~1977

가수이자 배우로 5억 장이 넘는 레코드 판매량을 기록했다.

샤론 스톤
SHARON STONE
1958~

〈원초적 본능〉(1992)에서 캐서린 트라멜 역을 맡아 관능적인
연기로 세계적인 인기를 얻었고, 〈카지노〉(1995)로 골든글로브
여우주연상을 수상했다.

샤를 부아예
CHARLES BOYER
1899~1978

〈가스등〉(1944)에서 잉그리드 버그만이 역을 맡은 폴라
앨퀴스트를 심리적으로 조종하는 남편 그레고리 안톤 역을
맡았다.

샬럿 헨리
CHARLOTTE
HENRY
1914~1980

〈이상한 나라의 앨리스〉(1933)에서 앨리스 역을 맡았다.

세실 B. 드밀 CECIL B. DEMILLE *1881~1959*	할리우드 초기의 가장 영향력 있는 영화 감독이자 제작자 중 한 명으로, 장대한 스케일과 화려한 연출, 대규모 엑스트라가 등장하는 영화들을 만들어냈다. 대표작으로 〈십계〉(1956)가 있다.
셀마 리터 THELMA RITTER *1902~1969*	알프레드 히치콕이 감독을 맡은 영화 〈이창〉(1954)에서 주인공인 제프리와 리사를 돕는 간호사 스텔라 역을 맡았다.
셜리 템플 SHIRLEY TEMPLE *1928~2014*	1930년대를 통틀어 가장 유명한 아역 배우였다. 세 살이던 1931년에 영화 경력을 시작했으며, 영화에서 청소년 연기자로서 뛰어난 공헌을 한 공로로 1935년에 특별 청소년 아카데미상을 받았다.
숀 코너리 SEAN CONNERY *1930~2020*	스코틀랜드 출신의 배우이자 보디빌더. 〈007〉 시리즈에서 7차례 제임스 본드로 출연했고, 아카데미 남우주연상, 영국 아카데미 영화상(BAFTA) 남우주연상, 골든 글로브상 남우조연상 등을 받았다.
수잔 헤이워드 SUSAN HAYWARD *1917~1975*	〈나는 살고 싶다〉(1958)로 아카데미 여우주연상을 받았다. 〈스매쉬업, 한 여인의 이야기〉(1947)와 〈크라이 투마로우〉(1955)에서 모두 알코올 중독과 싸우는 역을 맡았다.
스티브 맥퀸 STEVE MCQUEEN *1930~1980*	1960년대 반문화의 절정기에 강조된 반영웅적 페르소나 덕분에 〈신시내티 키드〉(1965), 〈빠삐용〉(1973), 〈타워링〉(1974) 등 70년대까지 영화에서 큰 성공을 거뒀다.
스티브 윌리엄스 STEVE WILLIAMS *1963~*	캐나다의 특수 효과 아티스트이자 애니메이터로, 〈터미네이터 2: 심판의 날〉(1991), 〈쥬라기 공원〉(1993) 등에 참여했다.

스티븐 스필버그
STEVEN SPIELBERG
1946~

미국의 영화 감독, 각본가, 영화 프로듀서로 드림웍스의 공동 창립자이다. 40여 년 동안 수많은 주제와 장르를 다루며 현재 할리우드 블록버스터 영화 제작의 원형을 확립했다. 1993년 〈쉰들러 리스트〉와 1998년 〈라이언 일병 구하기〉로 아카데미 감독상을 받았다. 타임지는 그를 '20세기의 가장 중요한 인물 100인'에 올렸다.

스펜서 트레이시
SPENCER TRACY
1900~1967

할리우드 황금기 주요 배우 중 한 명이다. 〈캡틴 커리지어스〉 (1937)와 〈보이스 타운〉(1938)으로 2회 연속 아카데미 남우 주연상을 수상한 최초의 배우였다. 평생 알코올 중독에 시달렸다.

시드니 포이티어
SIDNEY POITIER
1927~2022

〈릴리 꽃의 밭〉(1964)으로 아프리카계 미국인 최초로 아카데미 남우주연상을 받았다.

실베스터 스텔론
SYLVESTER
STALLONE
1946~

〈람보〉 시리즈로 유명하다. 강한 이미지와 액션 영화로 전 세계적으로 큰 인기를 얻었으며 〈록키〉(1976)로 아카데미상 후보로 오른 바 있다.

아놀드 슈워제네거
ARNOLD
SCHWARZENEGGER
1947~

오스트리아 출신의 보디빌더이자 〈터미네이터〉(1984) 등 많은 영화에서 액션 스타로 전 세계적인 명성을 얻었고, 캘리포니아 주지사를 지내기도 했다.

애돌프 만주
ADOLPHE MENJOU
1890~1963

1920년대부터 50년대까지 무성 영화와 유성 영화를 넘나들며 활약한 배우로 주로 우아하고 세련된 악당 또는 신사 역할을 맡았다. 〈리틀 미스 마커〉(1934), 〈1935년의 황금광들〉(1935) 등에 출연했다.

앤 밀러
ANN MILLER
1923~2004

뛰어난 발레 실력과 분당 500번의 탭 댄스 속도로 유명했다. 대표작으로는 〈춤추는 대뉴욕〉(1949), 〈키스 미 케이트〉(1953) 등이 있다.

앤 백스터
ANNE BAXTER
1923~1985

〈이브의 모든 것〉(1950)에서 이브 해링턴 역을 맡았다. 〈면도날〉(1946)로 아카데미 여우조연상을 받았다.

앤서니 홉킨스
ANTHONY HOPKINS
1937~

웨일즈 출신 배우. 〈양들의 침묵〉(1992)에서 인육을 먹는 연쇄 살인마 한니발 렉터 박사를 실감나게 연기해 아카데미 남우 주연상을 수상했다. 가장 위대한 배우 중 한 명으로 여겨진다.

앤 소던
ANN SOTHERN
1909~2001

거의 60년 동안 무대, 라디오, 영화, 텔레비전에서 활동한 미국의 배우. 〈쇼 오브 쇼〉(1929), 〈풋라이트 퍼레이드〉 (1933) 등에 출연했고 주로 코미디와 뮤지컬 장르에서 인기를 끌었다.

앨리 맥그로
ELIZABETH ALICE
MACGRAW
1939~

〈러브 스토리〉(1970)의 여주인공 제니 역으로 아카데미 여우주연상을 수상했다.

앨리스 페이
ALICE FAYE
1915~1998

1930년대와 1940년대 20세기 폭스사의 뮤지컬 스타였다.

**에드먼드
오브라이언**
EDMOND O'BRIEN
1915~1985

〈맨발의 콘테샤〉(1954)로 아카데미 남우조연상을 받았다.

에바 가드너
AVA GARDNER
1922~1990

1940~1950년대에 뛰어난 미모와 연기력으로 큰 인기를 누렸다. 대표작인 〈모감보〉(1953)로 아카데미 여우주연상 후보로 올랐으며, 강렬한 카리스마와 매력으로 시대를 대표하는 배우로 자리잡았다. 〈쇼 보트〉(1951)에서 줄리 라번 역을 맡았다.

엘리너 파월
ELEANOR POWELL
1912~1982

할리우드의 전설적인 댄서이자 배우로 1930년대와 40년대에 MGM의 많은 뮤지컬 영화에서 활약했으며 '세계 최고의 여성 탭 댄서'로 불렸다. 프레드 아스테어와 함께 〈1940년의 브로드웨이 멜로디〉(1940)에 출연했다.

엘리자베스 테일러
ELIZABETH TAYLOR
1932~2011

영국 출신의 배우로 〈클레오파트라〉(1963)로 유명하고 제임스 딘과 함께 〈자이언트〉(1956)에 출연했다. 아름다운 외모와 강렬한 연기력으로 많은 팬을 보유했고 아카데미 여우주연상을 두 차례 수상했다.

엠마 톰슨
EMMA THOMPSON
1959~

〈남아 있는 나날〉(1993)에서 엠마 톰슨이 역을 맡은 하녀장 샐리 켄튼은 안소니 홉킨스가 역을 맡은 집사장 스티븐스를 짝사랑한다.

오드리 햅번
AUDREY HEPBURN
1929~1993

영국 출신의 영화배우로 〈로마의 휴일〉(1953)로 오스카상, 골든글로브상, BAFTA상을 석권했다. 대표작으로 〈티파니에서 아침을〉(1961), 〈마이 페어 레이디〉(1964) 등이 있으며, 프레드 아스테어와 함께 〈파리의 연인〉(1957)에 출연했다.

오마 샤리프
OMAR SHARIF
1932~2015

이집트 출신 배우로 〈아라비아의 로맨스〉(1962)와 〈닥터 지바고〉(1965)로 1960년대 우상으로 군림했다.

우나 머켈
UNA MERKEL
1903~1985

〈42번가〉(1933)에서 루비 킬러가 연기한 페기와 함께 코러스단에 뽑히는 로레인 플레밍 역을 맡았다.

월터 브레넌
WALTER BRENNAN
1894~1974

1925년 데뷔 이후 50년간 230편의 작품에 단역과 조연으로 출연했으며 〈컴 앤 겟 잇〉(1936), 〈켄터키〉(1938), 〈서부의 사나이〉(1940)로 세 차례 아카데미 남우조연상을 받았다.

윌리엄 파월
WILLIAM POWELL
1892~1984

〈그림자 없는 남자〉(1934)를 시작으로 이어지는 총 여섯 편의 〈씬 맨〉 시리즈에서 주연을 맡았다.

율 브리너
YUL BRYNNER
1920~1985

러시아 출신으로 1951년부터 공연한 무대 뮤지컬과 영화 〈왕과 나〉(1956)를 통해 토니상과 아카데미 남우주연상을 받았다. 왕 역을 위해 깎은 머리로 유명해졌고 이후로도 오랫동안 트레이드마크로 유지했다.

잉그리드 버그만
INGRID BERGMAN
1915~1982

〈카사블랑카〉(1942)에서 레지스탕스 지도자의 부인 일사 룬드 역을 맡았다. 아카데미 여우주연상을 세 차례 받았고, 미국 영화연구소는 버그만을 가장 위대한 여자 배우 4위로 선정하였다.

잔느 이글스
JEANNE EAGELS
1890~1929

〈레터〉(1929)로 사후 아카데미상 여우주연상 후보에 올랐다.

재닛 게이너
JANET GAYNOR
1906~1984

〈제7의 천국〉(1929), 〈선라이즈〉(1929), 〈스트리트 엔젤〉(1929) 세 편의 영화로 최초의 아카데미 여우주연상 수상자가 되었다.

재키 쿠퍼
JACKIE COOPER
1922~2011

아역 배우 출신 할리우드 배우이자 감독. 〈스키피〉(1931)에서 주인공을 맡아 9세의 나이로 아카데미 남우주연상 후보로 올랐고, 〈슈퍼맨〉 시리즈에서 페리 화이트 편집장 역을 연기했다.

제인 파웰
JANE POWELL
1929~2021

미국의 뮤지컬 영화 배우로 소프라노 음색과 밝은 이미지로 사랑받았다. 대표작으로는 하워드 킬과 함께 출연한 〈7인의 신부〉(1954)가 있으며 밀리 폰테페 역을 맡았다.

제임스 딘
JAMES DEAN
1931~1955

〈이유 없는 반항〉(1955)에서 짐 스타크 역을 맡은 이래 청소년기의 환멸과 소외를 묘사하는 문화적 상징으로 자리 잡았다. 〈에덴의 동쪽〉(1955)을 통해 아카데미상 최초로 사후에 남우주연상을 받았다.

제임스 메이슨 JAMES MASON *1909~1984*	영국 출신 배우로 섬세한 연기로 유명했다. 〈스타 탄생〉(1954), 〈북북서로 진로를 돌려라〉(1959)에서 인상적인 연기를 선보이며 명배우로 자리 잡았고 영국 아카데미상(BAFTA)과 골든글로브상을 수상했다.
제임스 스튜어트 JAMES STEWART *1908~1997*	미국의 전설적인 배우로 알프레드 히치콕 감독과의 협업으로 유명하다. 대표작으로는 〈멋진 인생〉(1946), 〈필라델피아 스토리〉(1940) 등이 있으며, 〈필라델피아 스토리〉(1940)로 아카데미 남우주연상을 받았다.
조 스피넬 JOE SPINELL *1936~1989*	〈대부 2〉(1974)에서 윌리 치치 역을 맡았다.
조디 포스터 JODIE FOSTER *1962~*	대표작으로 13세에 출연한 〈택시 드라이버〉(1976), 앤서니 홉킨스와 함께 출연한 〈양들의 침묵〉(1991), 〈콘택트〉(1997) 등이 있다. 〈피고인〉(1988)과 〈양들의 침묵〉(1991)으로 아카데미 여우주연상을 두 차례 받았다.
조앤 블론델 JOAN BLONDELL *1906~1979*	〈풋라이트 퍼레이드〉(1933)에서 비서 낸 프레스콧 역을 맡았다.
조앤 크로퍼드 JOAN CRAWFORD *1904~1977*	1920~50년대 할리우드를 대표하는 배우 중 한 명으로 강렬한 연기와 존재감으로 유명했다. 〈그랜드 호텔〉(1932)에서 속기사 역을 맡았고 〈밀드레드 피어스〉(1945)로 아카데미 여우주연상을 수상했다.
조지 머피 GEORGE MURPHY *1902~1992*	〈1940년 브로드웨이 멜로디〉(1940)에서 프레드 아스테어가 연기한 킹 쇼의 친구 조니 브렛 역을 맡았다. 극 중에서 조니는 킹보다 춤 실력이 뛰어나지만 클레어(엘리너 파월 분)의 파트너가 될 기회를 킹에게 뺏긴다.

248

존 베리모어
JOHN BARRYMORE
1882~1942

무성 영화 스타였으며 할리우드 역사상 최고의 배우 중 한 명으로 꼽힌다. 〈그랜드 호텔〉(1932), 〈뉴욕행 열차 20세기〉(1934) 등 많은 작품에 출연했고, 요란하게 파티를 즐기는 술고래로 유명했다. 드루 배리모어의 할아버지이기도 하다.

존 웨인
JOHN WAYNE
1907~1979

1920년대 무성 영화로 처음 선보인 후 1940년대부터 1970년대에 걸쳐 주된 스타로 자리매김했다. 서부극과 전쟁 영화에 자주 출연했다. 〈황색 리본을 한 여자〉(1949)에서 존 웨인이 연기한 브레틀리 대위는 전역을 불과 일주일 앞두고 사령관의 가족을 호위하는 임무를 맡는다.

주디 갈랜드
JUDY GARLAND
1922~1969

14세에 데뷔해 여러 작품에 출연했고, 강렬한 연기와 노래로 사랑받았다. 〈오즈의 마법사〉(1939)에서 도로시 역으로 큰 성공을 거두었고 'Over the Rainbow'를 통해 시대를 초월한 아이콘이 되었다.

준 앨리슨
JUNE ALLYSON
1917~2006

〈굿 뉴스〉(1947)에서 톰 말로우와 사랑에 빠지는 비정규직 사서 코니 레인 역을 맡았다.

줄리 뉴마
JULIE NEWMAR
1933~

배우, 댄서, 가수로 〈7인의 신부〉(1954), 〈에이리언 대습격〉(1987) 등에 출연했다.

줄리 앤드루스
JULIE ANDREWS
1935~

영국의 전설적인 배우 겸 가수로 〈사운드 오브 뮤직〉(1969)에서 폰 트랩 대령의 집안에 가정교사로 들어간 견습 수녀 마리아 역을 맡았다.

줄리 크리스티
JULIE CHRISTIE
1941~

〈닥터 지바고〉(1965)에서 여주인공 라라 안티포바 역을 맡았다. 〈달링〉(1965)으로 아카데미 여우주연상을 받았다.

줄리아 로버츠 JULIA ROBERTS *1967~*	〈귀여운 여인〉(1990)으로 순식간에 유명해졌고, 〈내 남자 친구의 결혼식〉(1997), 〈노팅힐〉(1998) 등의 연이은 성공으로 21세기 초반에는 역사상 가장 유명한 배우로 불리기도 했다. 〈에린 브로코비치〉(2000)로 아카데미 여우주연상을 받았다.
진 넬슨 GENE NELSON *1920~1996*	어린 시절 프레드 아스테어를 보고 댄서가 되겠다는 꿈을 키운 진 넬슨은 배우이자 댄서로 〈둘이서 차를〉(1950), 〈오클라호마〉(1955) 등 많은 영화에 출연했고, 1960년대부터는 감독으로도 활동했다.
진 시버그 JEAN SEBERG *1938~1979*	〈네 멋대로 해라〉(1960)에서의 연기로 프랑스 누벨바그의 상징으로 여겨졌다.
진 아서 JEAN ARTHUR *1900~1991*	1920년대에서 1950년대 초까지 스크루볼 코미디 연기로 호평을 받았다. 〈스미스 씨 워싱턴에 가다〉(1939)에서 부패한 권력에 도전하는 상원의원의 비서 클라리사 산더스 역을 맡아 술에 취한 열연을 선보였다.
진 켈리 GENE KELLY *1912~1996*	배우 및 감독, 안무가로 〈사랑은 비를 타고〉(1952)의 돈 락우드 역으로 유명하다. 〈춤추는 대뉴욕〉(1949), 〈파리의 미국인〉(1951) 등 수많은 영화에 출연했다. 아카데미 명예상과 케네디 센터상을 수상했다. 프레드 아스테어와 종종 비교된다.
진 할로우 JEAN HARLOW *1911~1937*	마릴린 먼로와 함께 대표적인 백금색 머리 배우 중 한 명으로 '블론드 밤쉘'로 불리기도 했다. 〈플래티넘 블론드〉(1931)에 출연했고 1999년 미국영화연구소 선정 50대 여자 배우로 선정되었다.
진 헤이건 JEAN HAGEN *1923~1977*	〈사랑은 비를 타고〉(1952)에서 리나 라몬트 역으로 아카데미 여우조연상 후보에 올랐다.

진저 로저스 GINGER ROGERS *1911~1995*	미국의 배우이자 가수, 무용가. 〈키티 포일〉(1940)로 아카데미 여우주연상을 수상했다. 〈42번가〉(1933)와 〈1933년의 황금광들〉(1933)에 출연했고, 〈게이 디보시〉(1934), 〈톱 햇〉(1935) 등으로 큰 성공을 얻었다.
찰리 채플린 CHARLIE CHAPLIN *1895~1976*	영국의 배우로 영화 역사상 가장 위대한 코미디언이자 중요한 인물 중 한 명으로 꼽힌다. 〈키드〉(1921), 〈모던 타임스〉(1936), 〈위대한 독재자〉(1940) 등 많은 작품을 남겼다.
찰스 브론슨 CHARLES BRONSON *1921~2003*	터프가이 이미지로 유명한 배우로 1971년에는 세계에서 가장 인기 있는 배우로 선정되기도 했다. 〈황야의 7인〉(1960)에서 베르나르도 오라일리 역을 맡았다.
찰턴 헤스턴 CHARLTON HESTON *1923~2008*	〈십계〉(1956)에서 모세 역을 맡았다. 또한 11개의 아카데미상을 휩쓴 〈벤허〉(1959)에서 주인공 역을 맡아 남우주연상을 수상했다.
치치와 총 CHEECH & CHONG	치치 매린(Cheech Marin, 1943~)과 토미 총(Tommy Chong, 1938~) 두 사람으로 이루어진 코미디 듀오
캐롤 롬바드 CAROLE LOMBARD *1908~1942*	스크류볼 코미디 장르의 대가 중 한 명으로, 〈사느냐 죽느냐〉(1942) 등 많은 작품을 남겼다.
캐리 그랜트 CARY GRANT *1904~1986*	알프레드 히치콕, 하워드 혹스 등 수많은 감독과 활동했으며 미국영화연구소는 그를 최고의 남자 배우 2위에 선정했다. 주요 작품으로는 〈강가딘〉(1939), 〈필라델피아 스토리〉(1940), 〈아세닉 앤드 올드 레이스〉(1944), 〈북북서로 진로를 돌려라〉(1959) 등이 있다.
캐서린 헵번 KATHARINE HEPBURN *1907~2003*	영화에 데뷔하기 전 브로드웨이에서 성공을 거두었고 〈작은 아써들〉(1933)로 베니치아 국제영화제 여우주연상을 수상했고, 〈필라델피아 스토리〉(1940)와 〈아프리카의 여왕〉(1951)으로 성공했다. 미국영화연구소는 캐서린 헵번을 위대한 여자 배우 1위로 선정했다.

캐서린 그레이슨
KATHRYN GRAYSON
1922~2010

오페라 가수이자 배우로, 프랭크 시나트라, 진 켈리와 함께한 영화 〈닻을 올리고〉(1945) 등 많은 작품으로 1940~1950년대를 풍미했다.

케이트 캡쇼
KATE CAPSHAW
1953~

〈인디아나 존스와 마궁의 사원〉(1984)에서 가수 윌리 스콧 역을 맡았다.

콜 포터
COLE PORTER
1891~1964

작곡가로 1930년대부터 브로드웨이와 할리우드 영화에서 성공을 거두었다. 셰익스피어의 희극 《말괄량이 길들이기》를 기초로 한 뮤지컬 〈Kiss Me Kate〉(1953)로 제1회 토니상 최우수 뮤지컬상을 수상했다.

클라라 보우
CLARA BOW
1905~1965

첫 아카데미 작품상 수상작인 〈날개〉(1927)에서 이웃집 잭을 짝사랑하는 메리 역을 맡았다.

클라크 게이블
WILLIAM CLARK
GABLE
1901~1960

전성기 때 '할리우드의 제왕'이라 불렸다. 〈어느 날 밤에 생긴 일〉(1934)로 아카데미 남우주연상을 받았고, 이후에도 〈바람과 함께 사라지다〉(1935) 등으로 큰 인기를 이어갔다.

클린트 이스트우드
CLINT EASTWOOD
1930~

'스파게티 웨스턴' 무법자 3부작으로 1960년대에 성공을 거두었고, 1970년대와 1980년대에 걸쳐 반영웅 형사 역할을 연기한 5편의 〈더티 해리〉로 국제적인 명성을 얻었다. 〈용서받지 못한 자〉(1992)와 〈밀리언 달러 베이비〉(2004)를 직접 감독해 아카데미 최우수 감독상과 작품상을 받기도 했다.

킴 베이싱어
KIM BASINGER
1953~

대표작으로 〈배트맨〉(1989), 〈8마일〉(2002) 등이 있고 〈LA 컨피덴셜〉(1997)로 아카데미상 여우조연상을 수상하였다.

테다 바라
THEDA BARA
1885~1955

19세기 무성 영화 시대의 유명한 배우로, 헐리우드 초기의 섹스 심벌이었다.

토미 튠
TOMMY TUNE
1939~

댄서이자 안무가로, 토니상을 10차례 수상했다.

폴 뉴먼
PAUL NEWMAN
1925~2008

50년대 미국의 청년문화를 상징하는 배우 중 한 명이다. 도시인의 풍모가 강한 냉소적이고 이지적인 반항아의 이미지를 구축했다. 〈뜨거운 양철지붕 위의 고양이〉(1958), 〈내일을 향해 쏴라〉(1969), 〈컬러 오브 머니〉(1986)를 비롯해 수많은 작품을 남겼다.

폴 헨리드
PAUL HENREID
1908~1992

오스트리아의 배우로 〈카사블랑카〉(1942)에서 잉그리드 버그만이 연기한 일자의 남편 빅터 라즐로를 역을 맡았고, 〈나우 보이저〉(1942)에서는 주인공 샬럿과 사랑에 빠지는 제리 두란스 역을 맡았다.

프랑코 네로
FRANCO NERO
1941~

이탈리아 출신의 배우로 강렬한 존재감과 카리스마로 잘 알려져 있다. 대표작으로 〈장고〉(1966)가 있으며 이 작품을 통해 세계적인 명성을 얻었다. 〈카멜롯〉(1967)에서 란슬롯 역을 맡았다.

프랭크 모건
FRANK MORGAN
1890~1949

1930년대와 40년대 수많은 유성 영화에 출연했고 〈오즈의 마법사〉(1939)에서 마법사 역을 맡았다.

프랭크 시내트라
FRANK SINATRA
1915~1998

가수이자 음반 아티스트로서, 라디오와 영화와 텔레비전 모두에서, 사실상 20세기의 모든 연예 매체에서 중요한 인물 중 한 사람이다. 1940년대부터 부드러운 크루닝 창법을 내세운 스탠더드 팝 음악을 구현했고, 20세기 미국 대중 음악을 대표하는 아티스트 중 한 명으로 꼽힌다.

프레드 아스테어 FRED ASTAIRE *1899~1987*	미국의 배우이자 무용가. 76년 동안 브로드웨이와 영화에서 활동하였으며, 31편의 뮤지컬 영화에 출연하였다. 우아한 춤과 세련된 스타일로 뮤지컬 영화의 상징이 되었다. 대표작으로 〈톱 햇〉(1935), 〈스윙 타임〉(1936), 〈1940년의 브로드웨이 멜로디〉(1940) 등이 있으며 진저 로저스와의 호흡이 특히 유명하다.
프레드릭 마치 FREDRIC MARCH *1897~1975*	〈지킬 박사와 하이드 씨〉(1931)와 〈우리 생애 최고의 해〉(1946)로 두 번 아카데미 남우주연상을 받았다. 〈스타 탄생〉(1937)년에서 알코올 중독으로 쇠퇴하는 헐리우드 스타 노먼 역을 맡았다.
피터 로어 PETER LORRE *1904~1964*	〈카사블랑카〉(1942)에서 돈을 받고 비자를 파는 우가테 역을 맡았다.
피터 로포드 PETER LAWFORD *1923~1984*	1920년대 미국의 캠퍼스를 배경으로 한 〈굿 뉴스〉(1947)에서 대학의 미식축구 선수 톰 말로우 역을 맡았다.
하워드 킬 HOWARD KEEL *1919~2004*	〈7인의 신부〉(1954)에서 집안의 장남 아담 폰티피 역을 맡았다.
해리슨 포드 HARRISON FORD *1942~*	영화 문화의 아이콘으로 여겨지며, 특히 1980년대와 1990년대에 많은 흥행에 성공했다. 대표작으로 〈스타워즈〉 시리즈와 〈인디아나 존스〉 시리즈가 있다.
험프리 보가트 HUMPHREY BOGART *1899~1957*	〈카사블랑카〉(1942)에서 난민들을 위해 술집을 운영하는 릭 블레인 역을 맡았다. 미국영화연구소는 험프리 보가트를 위대한 남자배우 1위로 선정했다.

호세 이투르비   피아니스트이자 배우
JOSÉ ITURBI
1895~1980

W. C. 필즈   보드빌 베테랑으로 무성 영화를 거쳐 할리우드 황금기를
W. C. FIELDS   함께했다. 딸기코 술꾼으로 영화를 찍는 동안에도 계속 술을
1880~1946   마셔대 제작사는 사립탐정까지 고용해 필즈를 감시했다고
전해진다.

#25 ——————— 레퍼런스 *Reference*

〈1933년의 황금광들〉 Gold Diggers of 1933, 1933

머빈 르로이 감독의 프리코드(헤이즈 코드 이전) 뮤지컬 영화. 이 영화의 넘버는 버스비 버클리가 연출하고 안무도 맡았다. 워렌 윌리엄, 조안 블론델, 루비 킬러, 진저 로저스 등이 출연했다.

〈1935년의 황금광들〉 Gold Diggers of 1935, 1935

워너 브러더스의 〈황금광들〉 시리즈 네 번째 작품. 버스비 버클리 감독, 딕 포웰과 아돌프 만주가 주연을 맡았다.

〈1938년의 브로드웨이 멜로디〉 Broadway Melody of 1938, 1937

MGM이 제작하고 로이 델 루스가 감독한 〈브로드웨이 멜로디〉 시리즈 세 번째 작품. 로버트 테일러와 엘리너 파월이 주연을 맡았다. 당시 10대였던 주디 갈랜드는 이 영화를 통해 하룻밤 사이에 스타덤에 올라 〈오즈의 마법사〉(1939)에서 도로시 역으로 캐스팅되었다.

〈1940년의 브로드웨이 멜로디〉 Broadway Melody of 1940, 1940

MGM이 제작한 〈브로드웨이 멜로디〉 시리즈의 마지막 작품. 당시 최고의 뮤지컬 영화 댄서로 여겨졌던 프레드 아스테어와 엘리너 파월이 함께 출연한 유일한 영화다.

〈39계단〉 The 39 Steps, 1935

알프레드 히치콕 감독의 스릴러 영화로, 존 버컨의 동명 소설이 원작이다. 로버트 도 넷과 매들린 캐럴이 출연하였다.

〈42번가〉 42nd Street, 1933

로이드 베이컨이 감독을, 버스비 버클리가 뮤지컬 넘버의 안무와 연출을 맡았고, 루비 킬러와 진저 로저스가 출연했다. 아카데미 최우수 작품상 후보에 올랐고, 가장 성공적인 뮤지컬 영화 중 하나로 꼽히며, 문화적 역사적 중요성을 인정받아 1998년 미국 국립영화등록부에 보존 대상으로 선정되었다.

〈7년 만의 외출〉 The Seven Year Itch, 1955

빌리 와일더 감독, 톰 이웰과 마릴린 먼로가 주연을 맡았다. 마릴린 먼로의 지하철 환풍구 신으로 유명하다.

〈7인의 신부〉 Seven Brides for Seven Brothers, 1954

로마 신화 중 '사비니 여인들의 납치'를 재해석한 작품으로, 아카데미 작품상 등 다섯 개 부문 후보에 올랐고 음악상을 수상했다. 스탠리 도넌이 감독하고 제인 파월과 하 워드 킬 등이 출연했다.

〈가스등〉 Gaslight, 1944

조지 큐커가 감독을 맡았으며, 패트릭 해밀턴의 동명 희곡이 영화의 원작이다. 피해 자가 자신이 제정신인지 의심하도록 조작하는 심리적 학대를 가리키는 심리학 용어 '가스라이팅'이 이 작품에서 유래하였다.

〈강가딘〉 Gunga Din, 1939

러디어드 키플링의 시 '건가 딘(Gunga Din)'을 모티프로 한 영화. 조지 스티븐스가 감독하고 케리 그랜트가 주연으로 출연했다. 스티븐 스필버그 감독은 이 영화가 〈인 디아나 존스〉에 많은 영감을 주었고 실제로 많은 요소가 영화에 포함되었다고 밝 혔다.

〈걸 크레이지〉 Girl Crazy, 1943

노먼 터로그, 버스비 버클리 감독의 뮤지컬 코미디 영화. 주디 갈랜드와 미키 루니가
주연으로 함께 출연한 9편의 영화 중 마지막 작품이다.

〈게이 디보시〉 The Gay Divorcee, 1934

〈플라잉 다운 투 리오〉(1933)에 이어 프레드 아스테어와 진저 로저스가 함께 주연한
10편의 영화 중 두 번째 작품이다. 아카데미 작품상 후보에 지명되었다.

〈고양이〉 What's New, Pussycat?, 1965

클라이브 도너가 감독하고 우디 앨런이 처음으로 각본을 쓴 로맨틱 코메디 영화로 피
터 셀러스, 피터 오툴, 우디 앨런 등이 출연했다. 극 중에서 주인공 마이클은 모든 여
성을 '푸시캣'이라고 부른다.

〈공공의 적〉 Public Enemies, 1996

마크 L. 레스터가 감독하고 테레사 러셀, 에릭 로버츠, 엘리사 밀라노가 주연을 맡았
다. 1930년대 인물인 마 바커(Ma Barker)와 범죄자 아들들을 중심으로 한 이야기다.

〈굿 뉴스〉 Good News, 1947

1927년 동명의 뮤지컬을 기반으로 한 MGM의 뮤지컬 영화로 찰스 월터스가 감독하
고 준 앨리슨과 피터 로포드가 출연했다. 1930년 동명의 영화에 이어 무대 뮤지컬의
두 번째가 각색작이다.

〈굿바이 미스터 칩스〉 Goodbye, Mr. Chips, 1939

제임스 힐턴의 동명 소설이 원작이다. 로버트 도냇이 주인공 칩스 씨 역을 맡아 아카
데미 남우주연상을 받았다. 1939년에 제작된 오리지널 영화와 달리, 1969년 리메이
크 버전에 나오는 학교는 남녀공학이다.

〈귀여운 여인〉 Pretty Woman, 1990

리처드 기어와 줄리아 로버츠가 주연한 영화. 로맨틱 코미디 영화로는 미국 역사상
가장 많은 티켓 판매를 기록했다.

〈그랜드 호텔〉 Grand Hotel, 1932

에드먼드 굴딩 감독의 드라마 영화로 그레타 가르보가 주연을 맡았다. 독일의 그랜드 호텔을 배경으로 호텔에 투숙한 사람들과 호텔 직원들의 이야기를 그렸다. 아카데미 작품상을 수상했다.

〈그림자 없는 남자〉 The Thin Man, 1934

대실 해미트의 장편 소설 《그림자 없는 남자》를 영화화한 범죄 코미디 영화. W. S. 밴 다이크가 감독을 맡았으며, 윌리엄 파월과 머나 로이가 각각 탐정과 그의 아내 역을 맡았다. 저예산으로 제작됐지만 흥행에 크게 성공해 이후로도 후속작이 연달아 나왔다.

〈꿈의 구장〉 Field of Dreams, 1989

필 올든 로빈슨이 각본을 쓰고 감독한 스포츠 판타지 드라마 영화로 캐나다의 소설가 W. P. 킨셀라의 소설 《Shoeless Joe》를 원작으로 한다. 케빈 코스트너가 주연을 맡았다.

〈나는 와일드 빌 히콕을 죽였다〉 I Killed Wild Bill Hickok, 1956

리차드 탈매지가 감독한 서부 영화로, '와일드 빌 히콕'이라는 이름으로 더 알려진 서부 개척 시대의 영웅 제임스 버틀러 히콕에 대한 이야기다. 조니 카펜터와 버지니아 깁슨 등이 주연을 맡았다.

〈나우 보이저〉 Now, Voyager, 1942

베티 데이비스, 폴 헨리드, 클로드 레인스가 주연을 맡고 어빙 래퍼가 감독한 로맨스 드라마 영화. 올리브 히긴스 프라우티의 동명 소설을 원작으로 한다. 미국영화연구소는 이 영화를 영화계 최고의 러브스토리 100편 중 하나로 선정했다.

〈날개〉 Wings, 1927

아카데미 시상식 최초의 작품상 수상작. 윌리엄 A. 웰먼 감독, 클라라 보우, 찰스 버디 로저스가 주연을 맡았다.

〈남아 있는 나날〉 The Remains of the Day, 1993

가즈오 이시구로의 동명 소설을 원작으로 한다. 제임스 아이보리 감독이 연출했고 앤서니 홉킨스, 엠마 톰슨이 주연을 맡았다. 아카데미 작품상 후보에 올랐다.

〈남태평양〉 South Pacific, 1958

로저스와 해머스타인의 1949년 동명 뮤지컬을 원작으로 한 뮤지컬 영화로 제임스 A. 미치너의 소설집 《남태평양 이야기》(1947)에 기반을 두고 있다. 조슈아 로건이 감독하고 로사노 브라지, 미치 게이너 등이 출연했다.

〈내 사랑 시카고〉 Pennies from Heaven, 1981

1978년 BBC 텔레비전 드라마를 원작으로 허버트 로스가 감독한 뮤지컬 영화. 배경을 런던과 딘 숲에서 대공황 시대의 시카고와 시골 일리노이로 변경했다. 스티브 마틴, 버나데트 피터스 등이 주연을 맡았다.

〈뉴욕의 벨〉 The Belle of New York, 1952

1900년경 뉴욕을 배경으로 한 MGM 뮤지컬 코미디 영화로 프레드 아스테어와 베라 엘런이 주연으로 출연했다.

〈니노치카〉 Ninotchka, 1939

에른스트 루비치가 MGM을 위해 감독 및 제작한 로맨틱 코미디 영화로 그레타 가르보와 멜빈 더글라스가 주연을 맡았다. 2011년 타임지는 이 영화를 '역대 최고의 영화' 100편에 포함시켰다.

〈다니케이의 우유 배달부〉 The Kid from Brooklyn, 1946

노먼 Z. 맥레오드가 감독한 뮤지컬 코미디 영화로 대니 케이, 버지니아 메이요, 베라 엘런 등이 출연했다. 해럴드 로이드가 주연한 〈밀키 웨이〉(1936)를 리메이크한 작품으로 우유 배달부가 세계 복싱 챔피언이 되는 이야기다.

〈닥터 지바고〉 Doctor Zhivago, 1965

보리스 파스테르나크의 동명 소설을 바탕으로 데이비드 린 감독이 연출한 미국과 이탈리아 합작 영화. 러시아 혁명과 그 직후 내전이라는 역사적 격변기 속에서 주인공들이 겪는 사랑과 갈등을 그린다. 아름다운 시네마토그래피와 모리스 자르의 주제곡 '라라의 테마'로 유명하다.

〈닻을 올리고〉 Anchors Aweigh, 1945

조지 시드니가 감독하고 프랭크 시나트라, 캐서린 그레이슨, 진 켈리가 주연을 맡은 뮤지컬 코미디 영화. 할리우드에서 4일간의 휴가를 보내는 두 선원에 대한 영화다. 아카데미 최우수 음악상을 받았다.

〈대부〉 The Godfather, 1972

마리오 푸조의 동명 소설을 바탕으로 프랜시스 코폴라 감독이 만든 영화로 말론 브란도와 알 파치노 등이 출연했다. 마피아 세계에서의 배신과 사랑을 그려냈으며 전 세계 평론가들의 극찬을 받았다. 이후 속편 〈대부 2〉(1974)와 〈대부 3〉(1990)가 제작되었다.

〈대부 2〉 The Godfather Part 2, 1974

〈대부〉(1972)의 속편으로 프랜시스 코폴라가 감독을 맡고 알 파치노, 로버트 드니로 등이 출연했다. 가족을 지키기 위해 냉혹하고 잔인해져야 했던 두 아버지를 대조시키며 전편 못지않은 흥행에 성공했다.

〈대야망〉 The Blue Max, 1966

존 길러민이 감독하고 조지 페퍼드, 제임스 메이슨 등이 출연한 전쟁 영화로 제1차 세계대전 중 서부전선의 독일 전투기 조종사에 관한 영화다. 시네마스코프로 촬영된 마지막 영화 중 하나다.

〈대탈주〉 The Great Escape, 1963

제2차 세계대전 중 독일군에 붙잡힌 연합군의 포로 수용소 탈출기를 그린 영화로 존 스터지스가 감독을 맡고 스티브 매퀸, 찰스 브론슨 등이 출연했다.

〈댄스, 바보들, 댄스〉 Dance, Fools, Dance, 1931

MGM에서 제작한 영화로 경제 대공황과 관련된 사회적 주제를 다룬다. 조앤 크로포드의 강렬한 연기와 떠오르는 신예 클라크 게이블의 연기가 인상적이다.

〈더 쇼 오브 쇼〉 The Show of Shows, 1929

존 G. 아돌피가 감독하고 워너 브라더스가 배급한 영화. 원래 올 컬러 토킹 무비로 기획되었지만 마지막 21분 분량은 흑백으로 제작되었다. 당시 무성 영화에서 인기를 끌었던 많은 배우 중 워너에서 일하던 거의 모든 스타가 등장했다.

〈데스 위시〉 Death Wish, 1974

마이클 위너가 감독한 자경단 액션 영화로 브라이언 가필드의 동명 소설을 원작으로 한 〈데스 위시〉 시리즈의 첫 번째 영화다. 주인공인 외과의사 폴 커시 역은 찰스 브론슨이 맡았고 1984년 리메이크 작에서는 브루스 윌리스가 그 역을 연기했다.

〈두 도시 이야기〉 A Tale of Two Cities, 1935

런던과 파리를 배경으로 하는 찰스 디킨스의 역사 소설 《두 도시 이야기》(1859)를 기반으로 만든 영화. 잭 콘웨이가 감독하고 로널드 콜먼 등이 주연으로 출연하였다. 로널드 콜먼은 이 영화에서 그의 경력 중 가장 뛰어난 연기를 펼쳤다고 평가받는다.

〈둘이서 차를〉 Tea for Two, 1950

도리스 데이와 고든 맥레이가 주연을 맡고 데이비드 버틀러가 감독한 뮤지컬 로맨틱 코미디 영화. 도리스 데이가 주연을 맡은 첫 영화였으며 영화 속에서 춤을 춘 첫 영화이기도 했다.

〈떠오르는 태양〉 Rising Sun, 1993

필립 카우프만 감독의 경찰 범죄 스릴러 영화로 숀 코너리와 웨슬리 스나입스 등이 출연했다. 마이클 크라이튼의 1992년 동명 소설을 원작으로 했다.

〈뜨거운 것이 좋아〉 Some Like It Hot, 1959

빌리 와일더 감독, 마릴린 먼로 주연의 영화로 흥행에 크게 성공했을 뿐만 아니라 골든글로브 작품상, 여우주연상, 남우주연상 및 아카데미 의상상을 수상했다. 미국 영화연구소는 이 영화를 100대 영화 중 한 편으로 선정했다.

〈러브 스토리〉 Love Story, 1970

에리히 시걸의 베스트셀러 동명 소설을 영화화한 로맨틱 드라마 영화. 아서 힐러가 감독하고 알리 맥그로, 라이언 오닐이 주연을 맡았다. 미국영화연구소는 이 영화를 역대 가장 낭만적인 영화 9위에 선정했고 개봉 당시 역대 최고 수익을 올렸다.

〈러브 어페어〉 Love Affair, 1939

레오 맥케리가 감독하고 찰스 보이어와 아이린 던이 공동 주연을 맡은 로맨스 영화. 당시 할리우드 검열을 피하기 위해 재구성되었고 배우들의 즉흥 연기에 의존해야 했다. 아카데미 최우수 작품상 등 5개 부분에 후보로 선정되었고, 이후 1957년과 1994년에 두 차례 리메이크되었다.

〈렛츠 댄스〉 Let's Dance, 1950

제2차 세계대전을 배경으로 한 뮤지컬 드라마 영화로 노먼 Z. 맥클라우드가 감독하고 베티 허튼, 프레드 아스테어, 롤랜드 영이 출연했다. MGM에서 제작한 프레드 아스테어와 주디 갈랜드 콤비의 〈이스터 퍼레이드〉(1948)가 성공을 거두자 파라마운트도 베티 허튼과 프레드 아스테어 콤비를 내세웠으나 영화는 실망스럽다는 평을 받았다.

〈로드 투 차이나〉 High Road to China, 1983

1920년대를 배경으로 한 모험 영화로 브라이언 G. 허튼이 감독하고 톰 셀릭과 베스 암스트롱 등이 출연했다.

〈로베르타〉 Roberta, 1935

RKO가 배급하고 윌리엄 A. 세이터가 감독한 뮤지컬 영화로 아이린 던, 프레드 아스테어, 진저 로저스가 주연을 맡았다. 아스테어와 로저스 콤비의 세 번째 영화다.

〈리버티 밸런스를 쏜 사나이〉 The Man Who Shot Liberty Valance, 1962

존 포드가 감독하고 존 웨인과 제임스 스튜어트가 주연을 맡은 서부 영화. 도로시 M. 존슨이 쓴 1953년 단편 소설을 각색했다. 존 포드의 이전 서부극들과는 대조적으로 흑백으로 촬영되었다.

〈리오 브라보〉 Rio Bravo, 1959

하워드 호크스가 감독하고 존 웨인, 딘 마틴 등이 출연한 서부 영화로 B. H. 맥캠벨의 동명 소설을 원작으로 한다. 호크스 감독의 최고 작품 중 하나로 여겨지며, 미국 서부작가협회는 주제곡 'My Rifle, My Pony, and Me'를 역대 서부음악 100선 중 하나로 선정했다.

〈리타 길들이기〉 Educating Rita, 1983

영국에서 제작된 루이스 길버트 감독의 코미디 드라마 영화. 1980년에 윌리 러셀이 지은 동명 희곡에 기반을 둔다. 마이클 케인 등이 주연으로 출연했다.

〈리틀 미스 마커〉 Little Miss Marker, 1934

데이먼 러니 언의 동명 소설을 원작으로 알렉산더 홀이 감독한 코미디 드라마 영화. 셜리 템플과 아돌프 멘주가 주연을 맡았다. 셜리 템플이 주연을 맡은 첫 영화였고 메이저 스타로 자리매김하는 데 중요한 역할을 했다.

〈리틀 시저〉 Little Caesar, 1931

머빈 르로이 감독의 범죄 영화. 에드워드 G. 로빈슨이 주연을 맡았다. 본격적인 갱스터 영화 중 하나로 꼽힌다.

〈마이 페어 레이디〉 My Fair Lady, 1964

조지 버나드 쇼의 연극 〈피그말리온〉을 원작으로 하는 동명 뮤지컬을 영화화한 작품이다. 오드리 헵번의 매력 덕분에 성공을 거두었고, 렉스 해리슨은 이 영화로 아카데미 남우주연상을 수상했다.

〈말타의 매〉 The Maltese Falcon, 1941

존 휴스턴 감독이 각본을 쓰고 연출한 누아르 영화. 다시엘 해밋의 1830년 소설 《말티즈 팔콘》을 원작으로 한 1931년 동명의 영화를 리메이크한 작품이다.

〈망각의 여로〉 Spellbound, 1945

알프레드 히치콕이 감독하고 잉그리드 버그만, 그레고리 펙이 출연한 심리 스릴러 영화. 1945년 핼러윈에 첫 개봉된 후 비평가들로부터 호평을 받았고 흥행에서도 큰 성공을 거두었다. 아카데미 최우수 작품상을 비롯해 6개 부문의 후보로 올랐다.

〈맥린턱〉 McLintock!, 1963

앤드류 V. 맥라글렌이 감독하고 존 웨인과 모린 오하라가 주연을 맡은 서부 코미디 영화. 윌리엄 셰익스피어의 《말괄량이 길들이기》를 기반으로 제작되었다.

〈멋진 인생〉 It's a Wonderful Life, 1946

프랭크 카프라가 제작하고 감독한 크리스마스 드라마 영화로 1843년 찰스 디킨스의 중편 소설 《크리스마스 캐럴》을 기반으로 한다. 아카데미 최우수 작품상을 포함해 5개 부문 후보로 올랐다. 역대 최고의 크리스마스 영화 중 하나로 여겨진다.

〈메임〉 Mame, 1974

1966년 브로드웨이 뮤지컬 〈앤티 메임〉과 패트릭 데니스의 1955년 소설 《앤티 메임》을 원작으로 제작된 테크니컬러 뮤지컬 영화. 진 삭스가 감독했고 루실 볼이 주연을 맡았다. 루실의 마지막 장편 영화였지만 흥행에서 실패했을 뿐만 아니라 비평가들로부터 혹독한 평가를 받았다.

〈모간 크리크의 기적〉 The Miracle of Morgan's Creek, 1944

제2차 세계대전을 배경으로 한 프레스턴 스터지스 감독의 스쿠루볼 코미디 영화로 애다 브라켄과 베티 허튼이 주연을 맡았다. 헤이스 오피스의 반대에 부딪혔으나 오늘날까지도 비평가들의 찬사를 받고 있다. 아카데미 최우수 각본상 후보에 올랐었다.

〈모던 밀리〉 Thoroughly Modern Millie, 1967

조지 로이 힐이 감독하고 줄리 앤드루스가 주연을 맡은 뮤지컬 영화. 아카데미상 7개 부문과 골든글로브상 5개 부문에 후보로 올랐으며 흥행에서도 크게 성공했다. 2000년에 동명의 뮤지컬로 각색되었다.

〈뮤직 맨〉 The Music Man, 1962

메러디스 윌슨의 1957년 브로드웨이 뮤지컬을 원작으로 한 모튼 다코스타 감독의 영화. 1962년 최고 흥행작 중 하나였으며 아카데미에서 최우수 작품상을 포함해 6개 부문에서 후보로 올랐고, 최우수 음악상 등을 수상했다. 골든글로브에서는 뮤지컬·코미디 부문 최우수 영화상을 수상했다.

〈미래의 추적자〉 Time After Time, 1979

니콜라스 메이어 감독의 영화로 칼 알렉산더의 동명 소설을 원작으로 했다. H. G. 웰스가 타임머신을 타고 희대의 연쇄살인범 잭 더 리퍼를 쫓는 내용이다.

〈밀랍의 집〉 House of Wax, 1953

안드레 드 토스 감독의 공포, 범죄, 미스터리, 스릴러 영화로 〈밀납 박물관의 미스터리〉 (1933)의 리메이크 작품이다. 빈센트 프라이스와 프랭크 러브조이가 주연으로 출연했다.

〈바그다드의 도둑〉 The Thief of Bagdad, 1924

라울 월시가 감독하고 더글러스 페어뱅크스가 주연을 맡은 무성 모험 영화. 〈천일야화〉를 각색했다. 가장 위대한 무성 영화 중 하나로 여겨진다.

〈바람과 함께 사라지다〉 Gone with the Wind, 1939

마가렛 미첼의 동명 소설을 원작으로 한 서사적 역사 로맨스 영화. 빅터 플레밍이 감독하고 클라크 게이블, 비비안 리가 주인공을 맡았다. 미국 남북전쟁과 재건 시대를 배경으로 한다. 아카데미 작품상을 비롯해 총 8개 부문에서 수상했고, 역대 최고 흥행 영화로 등극했으며 25년 이상 그 기록을 유지했다.

〈바이 더 라이트 오브 더 실버 문〉 By the Light of the Silvery Moon, 1953

데이비드 버틀러가 감독하고 도리스 데이와 고든 맥레이가 주연을 맡은 뮤지컬 영화. 〈온 문라이트 베이〉(1951)의 속편이다.

〈배트맨〉 Batman: the Movie, 1966

레슬리 H. 마틴슨이 감독한 미국의 슈퍼히어로 영화. DC 코믹스에 등장하는 동명의 캐릭터와 이를 기반으로 한 텔레비전 시리즈를 바탕으로 제작된 첫 번째 장편 극장판이다. 배트맨은 애덤 웨스트가, 로빈은 버트 워드가 역을 맡아 연기했다.

〈백만장자와 결혼하는 법〉 How to Marry a Millionaire, 1953

장 네굴레스코가 감독한 로맨틱 코미디 영화로 베티 그레이블, 마릴린 먼로, 로렌 마콜이 세련된 모델 3인으로 출연한다. 이후 1961년 NBC를 통해 선보였으며 프라임타임 네트워크 텔레비전에서 상영된 최초의 컬러 및 시네마스코프 영화다.

〈백설 공주와 일곱 난쟁이〉 Snow White and the Seven Dwarfs, 1937

동화 《백설공주》를 원작으로 만들어진 월트 디즈니 컴퍼니 최초의 애니메이션 영화. 데이비드 핸드가 감독했고 RKO 라디오 픽처스를 통해 배급되었다. 세계 최초의 장편 애니메이션 영화.

〈백 투 더 퓨처〉 시리즈 Back to the Future, 1985~1990

1985년 첫 개봉을 시작으로 총 세 편에 걸쳐 제작된 로버트 저메키스 감독의 영화 시리즈. 들로리안을 타고 시간 여행을 하는 SF·어드벤처 영화로 이 영화를 통해 마이클 J. 폭스는 스타덤에 올랐다.

〈버논과 아이린 캐슬의 이야기〉 The Story of Vernon and Irene Castle, 1939

H. C. 포터가 감독한 전기 뮤지컬 코미디로 프레드 아스테어와 진저 로저스가 주연을 맡았다. 20세기 초 브로드웨이와 무성 영화에서 활약한 버논과 아이린 캐슬의 이야기인 《My Husband》와 《My Memories of Vernon Castle》을 원작으로 한다. 아스테어와 로저스 콤비의 마지막 영화이다.

〈버스 정류장〉 Bus Stop, 1956

20세기 폭스의 로맨틱 코미디 드라마 영화로 조슈아 로건이 감독을 맡고 마릴린 먼로와 돈 머레이 등이 출연했다. 윌리엄 인지의 1955년 동명 연극 1막을 기반으로 한다.

〈벤허〉 Ben-Hur, 1959

윌리엄 와일드가 감독하고 찰턴 헤스턴이 주연을 맡았다. 이 영화의 전차 경주 신은 당시 할리우드 기술과 연출의 정점을 보여주는 대표적인 장면으로 평가받는다. 아카데미 작품상, 감독상, 남우주연상 등 총 11개 상을 거머쥐었고, 오늘날까지도 서사 영화의 걸작으로 손꼽히고 있다.

〈벨이 울리고〉 Bells Are Ringing, 1960

빈센트 미넬리가 감독한 로맨틱 코미디 뮤지컬 영화로 주디 홀릴데이와 딘 마틴이 주연을 맡았다. 1959년에 공연된 동명의 브로드웨이 뮤지컬을 원작으로 했다.

〈보이 프렌드〉 The Boy Friend, 1971

영국의 뮤지컬 코미디 영화로 켄 러셀이 감독했고, 트위기, 크리스토퍼 게이블, 토미 튠 등이 주연을 맡았다. 1953년 동명의 뮤지컬을 원작으로 했다.

〈본 투 댄스〉 Born to Dance, 1936

로이 델 루스가 감독하고 엘리너 파웰, 제임스 스튜어트가 주연을 맡은 뮤지컬 영화다. 〈1936년의 브로드웨이 멜로디〉(1936)에서 성공적으로 데뷔한 엘리너 파웰의 후속작.

〈북북서로 진로를 돌려라〉 North by Northwest, 1959

알프레드 히치콕 감독의 미스터리 첩보 영화로 캐리 그랜트, 에바 마리 세인트, 제임스 메이슨이 출연했다. 1950년대 히치콕 감독 영화의 정석 중 하나로 여겨지며 미스터리 영화의 걸작으로 평가받는다.

〈브로드웨이의 연인들〉 Babes on Broadway, 1941

미키 루니와 주디 갈랜드가 주연을 맡고 버스비 버클리가 감독했다. 이 영화는 블랙페이스를 한 주연진이 공연하는 쇼로 끝난다.

〈브리가둔〉 A Lenda dos Beijos Perdidos, Brigadoon, 1954

MGM의 뮤지컬 영화로 빈센테 미넬리가 감독하고 진 켈리와 밴 존슨, 시드 샤리스가 주연을 맡았다. 동명의 1947년 브로드웨이 뮤지컬을 원작으로 시네마스코프와 컬러로 제작되었다.

〈비버리 힐스 캅〉 Beverly Hills Cop, 1984

마틴 브레스트 감독의 액션 코미디 영화로 에디 머피가 주연을 맡았다. 이 영화를 통해 에디 머피는 국제적인 스타덤에 올랐고 People's Choice Award에서 '가장 좋아하는 영화'에 뽑혔다. 이후 세 편의 속편이 개봉되었다.

〈사관과 신사〉 An Officer and a Gentleman, 1982

테일러 핵포드가 감독하고 리차드 기어와 데브라 윙거, 루이스 고셋 주니어가 출연한 로맨틱 드라마 영화. 비평가들에게서 호평을 받았으며 흥행에서 대성공을 거두었다. 고셋은 이 영화로 골든글로브와 아카데미상을 수상한 최초의 아프리카게 미국인 배우가 되었다.

〈사랑 게임〉 For Love or Money, 1993

배리 소넨펠드가 감독하고 마이클 J. 폭스와 가브리엘 앤워가 주연을 맡은 로맨틱 코미디 영화다.

〈사랑은 비를 타고〉 Singin' in the Rain, 1952

진 켈리가 감독과 주연을 맡고 MGM이 배급한 뮤지컬 코미디로 도널드 오코너와 데비 레이놀즈가 함께 출연했다. 미국영화연구소가 선정한 100대 영화 중 5위를 차지했고 25대 뮤지컬 영화 중에서는 1위를 차지했다.

〈사랑은 앤디 하디를 찾아서〉 Love Finds Andy Hardy, 1938

주디 갈랜드가 앤디 하디의 이웃인 벳시 부스 역을 맡았다. 앤디는 폴라(라나 터너 분)를 좋아하고 여러 소녀와 얽히지만 결국 자신에게 따뜻한 조언을 아끼지 않는 벳시의 관심이 진심임을 깨닫게 된다.

〈사랑의 비약〉 Bell, Book and Candle, 1958

초자연적 소재를 다룬 로맨틱 코미디 영화로, 존 반 드루텐이 쓴 1950년 브로드웨이 동명 연극을 원작으로 리차드 퀸이 감독하고 제임스 스튜어트와 킴 노박 등이 출연했다. 이 영화에서 킴 노박은 이웃에게 주문을 거는 마녀를 연기한다.

〈사랑의 승리〉 Dark Victory, 1939

에드먼드 굴딩이 감독하고 베티 데이비스가 주연을 맡은 멜로 드라마 영화로 조지 브렌트, 험프리 보가트, 로널드 레이건 등이 출연했다.

〈사랑의 은하수〉 Somewhere in Time, 1980

슈퍼맨으로 유명한 배우 크리스토퍼 리브와 제인 시모어가 주연한 로맨스 영화다.

〈사이코〉 Psycho, 1960

알프레드 히치콕 감독의 대표작 중 하나로 영화사를 통틀어 가장 유명한 영화 중 하나이자 가장 영향력 있는 공포영화다. 당시로서는 파격적이었던 샤워실 살인 신과 그 장면의 음향 효과로 유명하며, 이 영화로 주인공 마리온 역의 재닛 리는 골든글로브 여우조연상을 수상했다.

〈삼총사〉 The Three Musketeers, 1993

알렉상드로 뒤마의 소설을 원작으로 월트 디즈니 픽처스에서 제작한 액션 어드벤처로 정의와 우정을 다룬다. 스티븐 헤렉이 감독하고 달타냥 역에 크리스 오도넬이, 삼총사 역에는 찰리 신, 키퍼 서덜랜드, 올리버 플랫이 출연했다.

〈상류사회〉 High Society, 1956

〈필라델피아 스토리〉(1940)의 리메이크로 그레이스 켈리, 프랭크 시내트라, 빙 크로

스비가 주연을 맡았다. 원작에 음악과 뮤지컬 요소가 추가되었다.

〈새와 꿀벌〉 The Birds and the Bees, 1956
노먼 타우로그 감독의 코미디 영화로 프레스턴 스터지스 감독의 〈레이디 이브〉
(1941)를 리메이크한 작품이다.

〈샤도우랜드〉 Shadowlands, 1993
안소니 홉킨스와 데브라 윙거가 주연을 맡은 영국의 전기 드라마 영화. 학자 C. S. 루이
스와 시인 조이 데이비드먼의 관계를 다룬다. BAFTA 최우수 영국 영화상을 받았다.

〈서부 개척사〉 How the West Was Won, 1962
서부 서사 영화로 헨리 해서웨이, 존 포드, 조지 마샬이 감독하고 그레고리 펙, 리 J.
콥, 제임스 스튜어트, 존 웨인, 캐럴 베이커, 헨리 폰다 등 많은 영화계 아이콘과 신인
들이 출연했다. 할리우드 최고의 서사시 중 하나로 여겨지며 아카데미 최우수 스토
리상 등을 수상했다.

〈선셋 대로〉 Sunset Boulevard, 1950
빌리 와일더가 감독을 맡은 누아르 영화로 무성 영화 시대의 영화계 이면을 다루는
걸작이다. 글로리아 스완슨은 이 영화로 골든글로브 여우주연상을 수상했다. 아카데
미 각본상, 미술상, 음악상을 수상했고, 미국영화연구소는 이 영화를 100대 영화에
선정했다.

〈성조기의 행진〉 Yankee Doodle Dandy, 1942
뮤지컬 드라마 영화로 '브로드웨이를 소유한 남자'로 알려진 조지 M. 코핸에 관한 전
기 영화다. 마이클 커티즈가 감독하고 제임스 케그니, 조안 레슬리 등이 출연했다. 미
국영화연구소는 이 영화를 역대 100대 영화 목록에 포함했다.

〈셜록 주니어〉 Sherlock Jr., 1924
액션 코미디 영화로 버스터 키튼이 감독하고 출연했으며 캐서린 맥과이어, 조 키튼
등이 출연했다. 무성 영화 시대를 대표하는 코미디 영화로 평가받고 있다.

〈세 명의 선원과 한 소녀〉 Three Sailors and a Girl, 1950

워너 브라더스가 제작한 테크니컬러 뮤지컬 영화로 로이 델 루스가 감독하고 제인 파웰과 고든 맥레이가 주연을 맡았다. 조지 S. 카우프먼의 희곡 《버터 앤 에그 맨》이 원작이다.

〈세인트루이스에서 만나요〉 Meet Me in St. Louis, 1944

세인트루이스 세계 박람회가 열린 1940년의 세인트루이스를 배경으로 하는 빈센트 미넬리 감독의 뮤지컬 영화. 주디 갈랜드와 마가렛 오브라이언이 출연했다.

〈송 오브 더 씬 맨〉 Song of the Thin Man, 1947

에드워드 버젤이 감독한 살인 미스터리 코미디 영화. 〈씬 맨〉 시리즈의 여섯 번째이자 마지막 작품으로 윌리엄 파웰과 미르나 로이가 주연을 맡았다.

〈쇼 보트〉 Show Boat, 1929

에드나 페버의 동명 소설을 원작으로 한 로맨틱 드라마 영화. 초기 유성 시대 대부분의 영화와 마찬가지로 아직 유성으로 전환되지 않은 영화관들을 위해 무성 버전이 만들어졌다. 해리 A. 폴라드가 감독하고 로라 라 플란테와 조셉 쉴드 크라우트가 출연했다.

〈쇼처럼 즐거운 인생은 없다〉 There's No Business Like Show Business, 1954

월터 랭이 감독을 맡고 에델 머먼, 도널드 오코너, 마릴린 먼로 등이 출연했다. 이 영화에서 마릴린 먼로는 성공적인 무대 공연자 빅토리아 파커 역을 맡았다.

〈수색자〉 The Searchers, 1956

테크니컬러 웨스턴 영화로 텍사스-원주민 전쟁을 무대로 하는 앨런 르 메이의 1954년 소설을 원작으로 존 포드가 감독했다. 존 웨인과 나탈리 우드가 출연한다. 미국영화연구소는 이 영화를 가장 위대한 미국 서부 영화로 지정했고 가장 위대한 미국 영화 12위에 선정했다.

〈수집가〉 The Collector, 1965

윌리엄 와일러가 감독하고 테런스 스탬프와 사만다 에거가 출연한 심리 공포 영화. 존 파울스의 소설을 원작으로 했다. 와일러는 〈사운드 오브 뮤직〉(1965) 출연을 거부하고 이 영화를 감독했다. 칸 영화제 남우주연상과 여우주연상을 수상했다.

〈술과 장미의 나날〉 Days of Wine and Roses, 1962

블레이크 에드워즈가 감독하고 잭 레몬, 리 레믹 등이 출연한 로맨틱 드라마 영화. 알코올 중독에 빠진 뒤 중독에서 헤어 나오려고 애쓰는 평범한 부부의 이야기를 다룬다.

〈숲속으로〉 Into the Woods, 2014

롭 마셜이 감독을 맡은 판타지 뮤지컬 영화로 동명의 브로드웨이 뮤지컬을 각색했다. 월트 디즈니 픽처스가 제작한 이 영화에는 메릴 스트립, 에밀리 블런트, 제임스 코든 등이 출연한다. 그림 형제의 동화 《빨간 두건》, 《신데렐라》 등에서 영감을 받았다.

〈쉘 위 댄스〉 Shall We Dance, 1937

프레드 아스테어와 진저 로저스가 함께 출연한 10편 중 7번째 작품이다. 조지 거슈윈이 음악을 맡았고 아이라 거슈윈이 가사를 썼다. 두 번째 할리우드 뮤지컬이다.

〈쉬즈 백 온 브로드웨이〉 She's Back on Broadway, 1953

버지니아 메이요가 마지막으로 주연을 맡은 뮤지컬 영화로 목소리는 보니 루 윌리엄스가 더빙했다. 고든 더글러스가 감독했다.

〈스몰 타운 걸〉 Small Town Girl, 1953

라슬로 카르도스가 감독하고 제인 파웰, 팔리 그랜저, 앤 밀러 등이 출연한 뮤지컬 영화로 버스비 버클리가 여러 댄스 넘버를 안무했다.

〈스미스 씨, 워싱턴에 가다〉 Mr. Smith Goes to Washington, 1939

프랭크 카프라가 감독하고 진 아서와 제임스 스튜어트가 주연을 맡은 정치 풍자 영화. 처음 개봉되었을 때 워싱턴의 명예를 훼손했다며 거센 논란이 일었지만 흥행에서 크게 성공했고 제임스 스튜어트를 일약 스타로 만들었다.

〈스윙 타임〉 Swimg Time, 1936

프레드 아스테어와 진저 로저스가 주연을 맡은 6번째 뮤지컬 영화. RKO의 조지 스티븐스가 감독을 맡았다. 2007년 미국영화연구소에 의해 100대 영화에 선정되었고, 아카데미 주제가상을 받았다.

〈스타 리프트〉 Starlift, 1951

워너 브라더스에서 개봉한 뮤지컬 영화로 도리스 데이, 고든 맥레이, 버지니아 메이요 등이 출연했다. 한국 전쟁을 소재로 한 영화로 한국 전쟁 초기에 만들어졌다.

〈스타 탄생〉 A Star Is Born, 1954

조지 큐커가 감독하고 주디 갈랜드와 제임스 메이슨이 주연을 맡은 뮤지컬 영화. 1937년 원작 영화를 각색한 것이며 4편의 리메이크판 중 두 번째에 해당된다. 이 영화로 주디 갈랜드는 아카데미 여우주연상 후보에 올랐다.

〈스타 탄생〉 A Star Is Born, 1976

바브라 스트라이샌드가 주연을 맡고 프랭크 피어슨이 감독했다. 1937년에 개봉한 동명의 영화를 리메이크한 영화로, 2018년에 레이디 가가와 브래들리 쿠퍼 주연으로 다시 한번 리메이크되었다.

〈스타 트렉〉 시리즈 Star Trek, 1966~

진 로든베리가 제작한 SF 시리즈로 우주 탐험선 엔터프라이즈 호와 선원들의 모험을 그린다. 1966년 TV 드라마로 시작해 여러 영화, TV 시리즈, 애니메이션, 소설로 확장되었다. '우주 최후의 개척자'라는 철학 아래 인류애와 과학적 탐구를 중심 주제로 다룬다.

〈스타워즈 에피소드 5 : 제국의 역습〉
Star Wars Episode V: The Empire Strikes Back, 1980

스타워즈 시리즈의 두 번째 영화로 은하 제국의 반격과 루크 스카이워커의 제다이 수련을 중심으로 이야기가 펼쳐진다. 시각 효과와 스토리로 극찬을 받으며 영화 역사상 최고의 속편 중 하나로 평가받는다.

〈스타워즈〉 Star Wars, 1977

조지 루카스가 감독한 SF 영화로 은하 제국에 맞서 싸우는 반란군과 루크 스카이워
커의 모험을 그린다. 다스 베이더, 레아 공주, 한 솔로와 같은 캐릭터와 혁신적인 특수
효과, 존 윌리엄스의 음악으로 큰 성공을 거두며 전 세계적으로 사랑받는 시리즈의
시작이 되었다.

〈스탠드 업 앤 치어〉 Stand Up and Cheer!, 1934

해밀턴 맥패든이 감독하고 워너 백스터, 매지 에반스 실비아, 셜리 템플 등이 출연한
프리코드 뮤지컬 영화. 이 영화를 계기로 셜리 템플은 10편의 영화에 출연했고 4개의
영화에서 주연을 맡게 된다.

〈스테이지 도어〉 Stage Door, 1937

그레고리 라 카바 감독, 캐서린 헵번과 진저 로저스, 아돌프 멘주 주연. 동명의 연극
을 각색한 이 영화는 뉴욕의 하숙집에서 함께 사는 야심찬 여자 배우들의 이야기를
다룬다.

〈스트라이크 업 더 밴드〉 Strike Up The Band, 1940

MGM의 뮤지컬 코미디 영화로 버스비 버클리가 감독하고 미키 루니와 주디 갈랜드
가 출연했다.

〈시민 케인〉 Citizen Kane, 1941

오슨 웰스 감독의 영화 데뷔작으로 역사상 최고의 영화로 손꼽힌다. 영국영화협회가
10년마다 선정하는 역대 최고 영화 순위 1위에 다섯 번 올랐으며 미국영화연구소 선
정 100대 영화에서도 1위에 올랐다.

〈시애틀의 잠 못 이루는 밤〉 Sleepless in Seattle, 1993

노라 에프론이 감독하고 톰 행크스와 멕 라이언이 주연을 맡은 로맨틱 코미디 영화.
레오 맥케리 감독의 〈러브 어페어〉(1939)를 리메이크한 〈러브 어페어〉(1957)에서
영감을 받았다. 흥행 역사상 가장 성공적인 로맨틱 코미디 영화 중 하나이다.

〈신사는 금발을 좋아해〉 Gentlemen Prefer Blondes, 1953

하워드 혹스 감독, 마릴린 먼로와 제인 러셀 주연의 코미디 뮤지컬 영화. 아니타 루스의 동명 소설과 이를 각색한 브로드웨이 뮤지컬이 원작이다. 다이아몬드를 사랑하는 로렐라이(마릴린 먼로 분)는 부유한 남자들로부터 목걸이와 팔찌를 선물로 받고, 분홍색 드레스를 입고 공연에서 '다이아몬드는 여자의 가장 좋은 친구'라는 노래를 부른다.

〈십계〉 The Ten Commandments, 1956

세실 B. 드밀이 제작, 감독, 내레이션을 맡은 종교 서사 영화로 테크니컬러로 촬영되었다. 찰턴 헤스턴이 모세 역을 맡았고 율 브리너 등이 출연했다. 미국영화연구소는 이 영화를 역대 10대 영화 중 하나로 선정했다.

〈썸머 스톡〉 Summer Stock, 1950

MGM이 제작한 테크니컬러 뮤지컬 영화로 찰스 월터스가 감독하고 주디 갈랜드와 진 켈리가 출연했다. 이 영화는 갈랜드가 MGM과 함께한 마지막 영화였고, 진 켈리와 콤비로 출연한 마지막 영화이기도 했다.

〈썸머 홀리데이〉 Summer Holiday, 1963

가수 클리프 리차드가 주연을 맡은 영국의 시네마스코프 및 테크니컬러 뮤지컬 영화이다. 피터 예이츠의 감독 데뷔작이기도 하다. 로리 피터스, 데이비드 코소프 등이 출연했다.

〈쓰리 리틀 걸스 인 블루〉 Three Little Girls in Blue, 1946

H. 브루스 험버스트 감독의 뮤지컬 영화로 세 자매가 뉴욕으로 가서 사랑과 재산을 찾아가는 이야기이다. 준 하버, 비비안 블레인, 베라 엘렌이 주연을 맡았다.

〈씬 맨〉 시리즈 The Thin Man, 1934~1947

대쉬엘 해밋의 동명 소설을 원작으로 한 시리즈로 6편의 영화를 포함한다. 〈그림자 없는 남자〉(1934)를 시작으로 〈애프터 더 씬 맨〉(1936), 〈어나더 씬 맨〉(1939), 〈새도우 오브 더 씬 맨〉(1941), 〈씬 맨 집으로 가다〉(1945), 〈송 오브 더 씬 맨〉(1947)이 있다.

〈아가씨와 건달들〉 Guys and Dolls, 1955

에이브 버로스의 동명 뮤지컬을 원작으로 한 작품으로, 말론 브란도와 진 시먼스, 프랭크 시나트라가 주연으로 출연했다.

〈아세닉 앤드 올드 레이스〉 Arsenic and Old Lace, 1944

프랑크 카프라 감독의 코미디, 범죄, 스릴러 영화. 캐리 그랜트 등이 주연을 맡았다.

〈아이 러브 멜빈〉 I Love Melvin, 1953

테크니컬러 뮤지컬 코미디 영화로 돈 웨이스가 감독하고 도날드 오코너와 데비 레이놀즈, 우나 메르켈 등이 출연했다. 〈사랑은 비를 타고〉(1952)에 출연했던 도날드 오코너와 데비 레이놀즈가 다시 함께 출연했지만 흥행에 참패했다.

〈아테나〉 Athena, 1954

리차드 소프가 감독하고 제인 파웰, 에드먼드 퍼덤, 데비 레이놀즈, 버지니아 깁슨 등이 출연한 로맨틱 뮤지컬 코미디 영화. 제인 파웰은 흡연을 반대하고 채식주의자이며 금주주의자로 점성술과 수비학을 따르는 집안의 일곱 자매 중 가장 활기차고 개성 강한 장녀 역을 맡았다.

〈아프리카의 여왕〉 The African Queen, 1951

존 휴스턴이 감독과 공동각본을 맡았고 험프리 보가트와 캐서린 헵번이 주연을 맡았다. 1994년 미국 국립영화등기부에 등재되었으며, 이 영화를 통해 험프리 보가트는 아카데미 남우주연상을 수상했다.

〈애니여, 총을 잡아라〉 Annie Get Your Gun, 1950

버팔로 빌의 서부극에 출연한 명사수 애니 오클리의 삶을 그린 영화다. 조지 시드니가 감독을 맡고 시드니 셸던이 각본을 썼다. 원래 주연을 맡았던 주디 갈랜드가 감독과의 문제로 한 달 만에 해고된 뒤 주연을 맡게 된 베티 허튼은 이 영화로 골든글로브 여우주연상 후보로 지명되었다.

〈애프터 더 씬 맨〉 After the Thin Man, 1936

W. S. 반 다이크가 감독한 살인 미스터리 코미디 영화로 윌리엄 파웰, 미르나 로이, 제임스 스튜어트가 출연했다. 윌리엄 파웰과 미르나 로이가 영화의 주인공인 닉과 로라 찰스 역을 맡았다. 〈씬 맨〉 시리즈의 두 번째 영화.

〈앤디 하디 고향에 오다〉 Andy Hardy Comes Home, 1958

앤디 하디 시리즈의 16번째이자 마지막 영화로 미키 루니가 주인공 역을 맡았다. 이전 영화가 나온 지 12년 후에 제작되었고 앤디 하디 시리즈를 되살리려는 의도였으나 흥행에 실패했다.

〈앤디 하디〉 시리즈 Andy Hardy Series, 1937~1958

〈패밀리 어페어〉(1937)를 시작으로 1958년까지 제작된 가족 코미디 영화 연작. 소도시 법관의 아들 앤디 하디(미키 루니 분)의 성장과 사랑, 일상을 다룬다. 총 16편으로 제작되었으며 따뜻하고 유쾌한 분위기로 미국 대공황과 전쟁 시기에 관객들의 큰 사랑을 받았다.

〈앨리스는 이제 여기 살지 않는다〉 Alice Doesn't Live Here Anymore, 1974

미국의 로맨틱 코미디 영화. 마틴 스코세이지가 감독을 맡았다. 1974년에 영국 아카데미 작품상과 각본상을 수상했다.

〈양들의 침묵〉 The Silence of the Lambs, 1991

조너선 드미 감독이 연출하고 조디 포스터와 안소니 홉킨스가 주연을 맡은 1991년작 스릴러 영화. 세계적으로 큰 히트를 기록했으며 베를린국제영화제에서 은곰상과 감독상, 아카데미에서는 감독상, 작품상 등 5개 부문에서 수상했다.

〈어나더 씬 맨〉 Another Thin Man, 1939

W. S. 반 다이크가 감독한 탐정 영화로 〈씬 맨〉 시리즈 6부작 중 세 번째 작품이다. 윌리엄 파웰과 미르나 로이가 다시 영화의 주인공인 닉과 로라 찰스 역을 맡았다.

〈어느 박람회장에서 생긴 일〉 State Fair, 1945

월터 랭이 감독하고 제인 크레인, 다나 앤드류스 등이 출연한 테크니컬러 뮤지컬 영화. 재닛 게이너와 윌 로저스가 주연을 맡은 동명의 1933년 영화를 뮤지컬로 각색한 것이다. 'It Might as Well as Spring'으로 아카데미 최우수 오리지널 노래상을 수상했다.

〈에덴의 동쪽〉 East of Eden, 1955

존 스타인벡의 1952년 동명 소설의 마지막 부분을 원작으로 하고 엘리아 카잔이 감독한 영화. 제임스 딘이 주연을 맡은 세 편의 영화 중 생전에 개봉된 유일한 영화다.

〈여인네들〉 Dames, 1934

버스비 버클리가 안무를 맡고 딕 파월, 루비 킬러, 조앤 블론델이 주연을 맡은 뮤지컬 코미디 영화. 버스비 버클리가 선보이는 대규모 뮤지컬 장면들이 영화의 백미를 이룬다.

〈여행 가방〉 Saratoga Trunk, 1945

샘 우드가 감독하고 게리 쿠퍼와 잉그리드 버그먼이 주연을 맡았다. 제목은 그 당시 실제 유행했던 여행 가방의 한 종류와 뉴욕주에 있는 사라토가 간선을 모두 가리키는 중의적 의미로 쓰였다.

〈역마차〉 Stagecoach, 1939

어니스트 헤이콕스가 1937년에 발표한 단편 소설 〈로즈버드로 가는 길〉을 원작으로 존 포드가 감독한 서부 영화. 존 웨인과 클레어 트레버가 주연을 맡았다. 할리우드 영화 최초로 애리조나주 모뉴먼트밸리에서 촬영했다.

〈오명〉 Notorious, 1946

알프레드 히치콕 감독의 첩보 영화로 캐리 그랜트와 잉그리드 버그만이 주연을 맡았다. 제2차 세계대전이 끝나던 시기에 제작되었다.

〈오즈의 마법사〉 The Wizard of Oz, 1939

MGM에서 제작한 뮤지컬 판타지 영화. L. 프랭크 바움의 1900년 동명 소설을 원작으로 하며, 빅터 플레밍이 감독하고 주디 갈랜드 등이 주연을 맡았다. 유네스크 세계기록유산에 등재된 몇 안 되는 영화 중 하나이기도 하다.

〈오클라호마〉 Oklahoma!, 1955

프레드 진네만 감독의 뮤지컬 서부 영화. 고든 맥라, 글로리아 그레이엄이 주연을 맡았다. 1943년의 동명의 뮤지컬에 기반을 둔다. Todd-AO사의 70mm 와이드스크린 공정으로 촬영한 최초의 장편 영화였다.

〈오페라의 유령〉 The Phantom of the Opera, 1925

루퍼트 줄리안 감독의 무성 공포 영화로 론 채니가 팬텀 역을, 메리 필빈이 크리스틴 역을 맡았다. 론 채니가 스스로 고안한 무시무시한 메이크업으로 유명하며 그의 연기는 공포 연기의 벤치마크 중 하나로 여겨진다. '죽기 전에 꼭 봐야 할 영화' 1001편에 등재되어 있다.

〈온 문라이트 베이〉 On Moonlight Bay, 1951

도리스 데이와 고든 맥레이가 주연을 맡고 로이 델 루스가 감독한 뮤지컬 영화로, 20세기 초 윈필드 가족의 이야기를 다룬다. 속편인 〈바이 더 라이트 오브 더 실버 문〉이 1953년에 제작되었다.

〈올리버〉 Oliver!, 1968

영국의 뮤지컬 영화로 찰스 디킨스의 소설 《올리버 트위스트》를 바탕으로 한 뮤지컬을 영화화했다. 아카데미 작품상을 비롯해 다수의 상을 수상했다.

〈우리들의 낙원〉 You Can't Take It with You, 1938

프랭크 카프라가 감독하고 진 아서, 라이오넬 배리모어, 제임스 스튜어트 등이 출연한 로맨틱 코미디 영화. 동명의 희곡을 각색한 것으로 아카데미 작품상과 감독상을 수상했다.

〈워킹 걸〉 Working Girl, 1988

해리슨 포드, 시고니 위버, 멜러니 그리피스 등이 출연한 영화로, 아카데미에서 총 6개 부문에 후보로 오른 것은 물론, 골든글로브에서는 뮤지컬·코미디 부문 작품상, 여우주연상, 여우조연상 등을 수상했다.

〈원 터치 오브 비너스〉 One Touch of Venus, 1948

윌리엄 A. 사이터가 감독한 로맨틱 코미디 영화로 마네킹으로 만들어진 비너스 여신상이 갑자기 살아 움직이면서 벌어지는 이야기를 그린다. 아바 가드너가 비너스 역을 맡았다.

〈웨스트사이드 스토리〉 West Side Story, 1961

셰익스피어의 《로미오와 줄리엣》의 내용을 현대로 가져온 동명의 뮤지컬을 영화로 옮긴 뮤지컬 드라마 영화. 로버트 와이즈가 감독과 제작을 맡았고 나탈리 우드, 리처드 베이머, 러스 탬블린 등이 출연했다. 뮤지컬 영화로서 최고의 성공을 거두었고 아카데미에서 작품상을 비롯해 10개 부문에서 수상했다. 미국영화연구소는 이 영화를 100대 영화에 선정했다.

〈위대한 유산〉 Great Expectations, 1946

영국의 드라마 영화로 찰스 디킨스의 1861년 소설을 원작으로 데이비드 린이 감독하고 존 밀스와 발레리 홉슨이 주연을 맡았다. 데이비드 린 감독의 최고 작품 중 하나로 여겨진다.

〈위스키 전쟁〉 The Hallelujah Trail, 1965

존 스터지스가 감독하고 버트 랭커스터, 리 레믹 등이 주연을 맡은 미국의 서부 서사시 모큐멘터리 영화. 빌 굴릭이 1963년에 쓴 동명의 책을 원작으로 한다. 장대한 서부영화 패러디로 서사적 웅장함과 올스타 캐스트가 어우러져 있다.

〈위험한 청춘〉 Risky Business, 1983

10대 성장 코미디 영화로 톰 크루즈가 주연을 맡았다.

〈이브의 모든 것〉 All About Eve, 1950

메리 오어의 1946년 단편 소설 〈The Wisdom of Eve〉를 원작으로 조셉 L. 맨키비츠가 각본을 쓰고 감독을 맡았다. 베티 데이비스가 마고 채닝 역을, 앤 백스터가 이브 해링턴 역을 맡았다. 개봉 당시 비평가들의 극찬을 받았으며, 모든 시대를 걸쳐 최고의 영화 중 하나로 여겨진다.

〈이상한 나라의 앨리스〉 Alice in Wonderland, 1933

루이스 캐럴의 소설을 원작으로 한 판타지 영화. 하먼-아이징 스튜디오에서 애니메이션으로 제작한 시퀀스들을 제외하고는 모두 실사이다. 이후 월트 디즈니가 이 영화를 보고 영감을 받아 1951년에 애니메이션으로 각색했다.

〈이유 없는 반항〉 Rebel Without a Cause, 1955

워너 브라더스의 청춘 로맨스 드라마 영화로 니콜라스 레이가 감독하고 제임스 딘과 나탈리 우드가 주연을 맡았다. 제임스 딘이 교통사고로 사망한 지 한 달 뒤에 개봉되었다.

〈이중 배상〉 Double Indemnity, 1944

빌리 와일더가 감독한 필름 누아르로 프레드 맥머레이, 바바라 스탠윅, 에드워드 G. 로빈슨 등이 출연했다. 필름 누아르의 기준을 정립했으며 역대 최고의 영화 중 하나로 여겨진다.

〈이창〉 Rear Window, 1954

알프레드 히치콕이 감독하고 제임스 스튜어트, 그레이스 켈리가 주연을 맡은 미스터리 스릴러 영화. 히치콕이 만든 영화 중 가장 뛰어난 영화라는 평을 받는다. 아카데미상 4개 부문 후보로 지명되었고, 미국영화연구소에 의해 위대한 100대 영화에 지정되었다.

〈인디아나 존스와 마궁의 사원〉 Indiana Jones and the Temple of Doom, 1984

다섯 편의 〈인디아나 존스〉 영화 시리즈 중 두 번째로, 〈레이더스〉(1981)의 프리퀄이다. 1984년 개봉했고 스티븐 스필버그 감독이 연출을 맡았다.

〈인형의 계곡〉 Valley of the Dolls, 1967

재클린 수잔의 동명 소설을 원작으로 한 영화. 마크 롭슨이 감독했고 바바라 파킨스와 패티 듀크 등이 출연했다. 엔터테인먼트 업계에서 경력을 쌓기 위해 고군분투하는 여성들의 이야기. 혹평을 받았지만 흥행에서는 크게 성공했다.

〈잃어버린 주말〉 The Lost Weekend, 1945

빌리 와일더가 감독하고 레이 밀랜드와 제인 와이먼이 주연을 맡은 필름 누아르. 알코올 중독 작가에 대한 찰스 R. 잭슨의 1944년 소설을 원작으로 했다. 아카데미 최우수 작품상을 포함 4개 부분에서 수상했고 제1회 칸 영화제에서 그랑프리를 공동 수상했다.

〈잃어버린 지평선〉 Lost Horizon, 1937

프랭크 카프라가 감독한 모험 판타지 영화. 제임스 힐튼의 1933년 동명 소설을 원작으로 했다. 로널드 콜먼과 제인 와이엇 에드워드 등이 출연했다.

〈자매와 수병〉 Two Girls And A Sailor, 1944

준 앨리슨이 주연을 맡은 뮤지컬 영화다.

〈자유의 댄스〉 Footloose, 1984

케빈 베이컨이 출연해 박스 오피스에서 크게 성공했고 1984년 전체 흥행 7위를 차지했다.

〈자이언트〉 Giant, 1956

조지 스티븐스 감독의 서부 서사 영화로 에드나 페버의 1952년 소설을 원작으로 한다. 엘리자베스 테일러, 록 허드슨, 제임스 딘이 주연을 맡았다. 제임스 딘이 주연을 맡은 세 편의 영화 중 마지막 작품으로 그는 영화가 개봉되기 전 교통사고로 사망했다.

〈잠자는 숲속의 미녀〉 The Sleeping Beauty, 1959

월트 디즈니 프로덕션에서 제작한 애니메이션 뮤지컬 영화로 샤를 페로의 1697년 동화를 원작으로 했다. 10년에 걸쳐 제작되었을 뿐만 아니라 당시 600만 달러의 제작비가 소요된 디즈니에서 가장 비싼 애니메이션 장편 영화였다. 첫 개봉에서는 흥행에 참패했으나 이후 디즈니의 장편 영화 중 예술적으로 가장 많은 찬사를 받는 영화가 되었다.

〈전함 포템킨〉 The Battleship Potemkin, 1925

소련의 무성 영화로 1905년 혁명 20주년을 기념해 만들어진 사회주의 혁명 선전 영화다. 몽타주 기법에 기본을 둔 유명한 영화이지만 해외 공개 시 검열을 받아 많은 장면이 삭제되는 어려움을 겪었다. 쇼스타코비치의 교향곡이 음악으로 사용되었다.

〈졸업〉 The Graduate, 1967

찰스 웨브의 1963년 동명 소설을 기반으로 하고, 1960년대 최고의 미국 영화 중 하나로 손꼽힌다. 당시 박스 오피스와 OST 흥행 및 평론에서 엄청난 성공을 거두었다.

〈죽음의 카운트다운〉 D.O.A., 1950

루돌프 마테가 감독하고 에드먼드 오브라이언과 파멜라 브리튼이 주연을 맡은 필름 누아르. 누아르 영화의 고전으로 여겨진다.

〈즐거운 여름〉 In the Good Old Summertime, 1949

테크니컬러 뮤지컬 영화로 로버트 Z. 레너드가 감독하고 주디 갈랜드, 밴 존슨 등이 출연했다. 이 영화의 줄거리는 톰 행크스와 멕 라이언이 주연한 〈유브 갓 메일〉 (1998)로 부활했다.

〈지지〉 Gigi, 1958

미국의 로맨틱 코미디 뮤지컬 영화로, 콜레트의 1944년 단편 소설을 원작으로 빈센트 미넬리가 감독하고 레슬리 캐런, 모리스 슈발리에 등이 출연했다. 아카데미 시상식에서 최우수 작품상과 최우수 감독상을 비롯해 총 9개 부문에 후보로 올랐다.

〈짧은 세 단어〉 Three Little Words, 1950

리처드 소프가 감독한 뮤지컬 전기 영화로 인기 작사가 버트 칼마와 작곡가 해리 루비의 실화를 바탕으로 했다. 프레드 아스테어가 버트 칼마를, 레드 스켈턴이 해리 루비를 연기했고 베라 엘렌이 버트 칼마의 아내 역을 맡았다.

〈차이나 신드롬〉 The China Syndrome, 1979

제임스 브리지스가 감독한 재난 스릴러 영화. 제인 폰다, 잭 레몬, 마이클 더글러스가 주연을 맡았다. '차이나 신드롬'은 원자로 구성 요소가 격리 구조를 뚫고 지하로 녹아 들어 중국까지 이어지는 핵붕괴의 가상적 결과를 설명하는 용어다.

〈천사들의 장난〉 The Trouble with Angels, 1966

수녀가 운영하는 여자 가톨릭 학교에서 벌어지는 두 소녀의 모험을 다룬 코미디 영화. 아이다 루피노가 감독하고 로절린드 러셀가 주인공 수녀원장 역을 맡았다. 헤일리 밀스, 비니 반스 등이 출연했다.

〈춘희〉 Camille, 1936

MGM에서 조지 큐커가 감독하고 그레타 가르보, 로버트 테일러, 라이오넬 베리모어가 주연을 맡았다. 알렉상드르 뒤마 피스의 1848년 소설을 원작으로 한다.

〈춤추는 대뉴욕〉 On the Town, 1940

스탠리 도넌과 진 켈리가 공동 감독한 뮤지컬 영화로 브로드웨이 뮤지컬을 원작으로 하고 있다. 당시로서는 이례적으로 실제 뉴욕 시에서 촬영해 1940년대 뉴욕의 모습을 실감 나게 담았다.

〈카멜롯〉 Camelot, 1967

조슈아 로건이 감독한 뮤지컬 판타지 영화로 리처드 해리스가 아서 왕 역을, 바네사 레드그레이브가 게네비어 역을, 프랑코 네로가 랜슬롯 역을 맡았다. 골든글로브 뮤지컬·코미디 부문에서 남우주연상, 주제가상, 음악상을 수상했다.

〈카사블랑카〉 Casablanca, 1942

마이클 커티즈 감독, 험프리 보가트와 잉그리드 버그만 주연의 로맨틱 드라마 영화. 제2차 세계대전 때의 모로코의 카사블랑카를 배경으로 담았고, 주옥같은 대사들로 큰 인기를 얻었다. 아카데미 작품상, 감독상과 함께 각색상을 수상했다.

〈카이로의 붉은 장미〉 The Purple Rose of Cairo, 1985

우디 앨런이 각본을 쓰고 감독을 맡은 판타지 로맨틱 코미디 영화로 미아 패로, 제프 대니얼스, 대니 아이엘로가 주연을 맡았다. 영화의 세계를 떠나 현실 세계로 들어가는 톰 백스터라는 영화 캐릭터의 이야기다.

〈캉캉〉 Can-Can, 1960

미국의 뮤지컬 영화로 1956년에 뮤지컬 영화 〈왕과 나〉로 흥행에 성공한 월터 랭이 감독을 맡았고 프랭크 시나트라, 셜리 맥클레인 등이 주연을 맡았다. 19세기 말 프랑스 정부의 압력에도 불구하고 캉캉을 공연하는 한 무용수의 사랑 이야기를 다룬다.

〈캣 벌루〉 Cat Ballou, 1965

제인 폰다와 리 마빈이 주연한 서부 코미디 영화로 리 마빈은 1인 2역 연기로 아카데미 남우주연상을 수상했다. 엘리엇 실버스타인 감독이 로이 챈슬러의 1956년 소설 《The Ballad of Cat Ballou》를 각색해 영화화했다. 미국영화연구소에 의해 역대 최고 서부극 10위에 선정되었다.

〈컬러 퍼플〉 The Color Purple, 1985

스티븐 스필버그가 감독한 서사적 성장 드라마 영화. 앨리스 워커가 쓴 1982년 퓰리처 수상작 《컬러 퍼플》을 원작으로 했다. 셀리 해리스라는 젊은 아프리카계 미국 소녀가 겪은 잔인한 경험에 대한 이야기를 담고 있으며 우피 골드버그가 주연을 맡았다. 아카데미에서 11개 부문, 골든글로브에서 4개 부문 후보로 올랐다.

〈케어프리〉 Carefree, 1938

RKO의 마크 샌드리치가 감독하고 프레드 아스테어와 진저 로저스가 출연한 뮤지컬 코미디 영화. 두 사람이 RKO에서 함께한 영화 중 가장 짧으며 뮤지컬 넘버가 4개에 불과하다.

〈코러스 라인〉 A Chorus Line, 1985

1975년 브로드웨이에서 초연된 동명의 뮤지컬을 기반으로 한 영화로, 리처드 어텐버러가 감독했다. 흥행과 작품성 모두에서 원작 뮤지컬에 비해 기대에 미치지 못했다는 평을 받았다.

〈키스멧〉 Kismet, 1955

빈센트 미넬리가 감독한 뮤지컬 영화로 바그다드를 배경으로 한 화려한 이야기를 다룬다. 리브레토에서 영감을 받은 이 작품은 가난한 시인이 딸을 위해 꿈꾸는 삶을 이루는 과정을 그리며, 하워드 킬과 돌로레스 그레이가 주연을 맡았다.

〈키스 미 케이트〉 Kiss Me Kate, 1953

1948년의 브로드웨이 동명 뮤지컬을 원작으로 MGM이 영화화한 작품으로 셰익스피어의 희곡 《말괄량이 길들이기》에서 영감을 받았다. 당시 사용 가능한 가장 진보된 기술을 사용해 3D로 촬영되었다. 편광 3D로 제작된 할리우드 영화 중 가장 뛰어난 사례 중 하나로 여겨진다.

〈타워링〉 The Towering Inferno, 1974

존 기에르민이 감독하고 폴 뉴먼과 스티브 맥퀸이 주연을 맡은 재난영화. 샌프란시스코 초고층 빌딩의 화재를 다룬다.

〈타임머신〉 The Time Machine, 1960

H. G. 웰스의 1895년 동명 소설을 원작으로 한 포스트 아포칼립스 SF영화. 조지 팔이 감독하고 로드 테일러, 앨런 영 등이 출연했다. 빅토리아 시대의 영국을 배경으로 미래로 여행할 수 있는 기계를 만드는 발명가의 이야기를 다루며, 시간 여행자가 미래로 여행하며 세상이 빠르게 변하는 모습을 보여주는 타임랩스 효과로 아카데미 최우수 특수효과상을 수상했다.

〈탐욕〉 Greed, 1924

에리히 폰 슈트로하임이 감독한 무성 영화로, 프랭크 노리스의 소설 《맥티그》를 각색한 작품이다. 원래 러닝타임은 9시간에 달했으나 MGM의 요구로 2시간 40분으로 축소되면서 많은 장면이 유실되었다. 실험적이고 대담한 작품으로 그 가치를 인정받는다.

〈택시 드라이버〉 Taxi Driver, 1976

마틴 스코세이지가 연출하고 로버트 드 니로와 조디 포스터가 주연을 맡았다. 베트남 전쟁이 끝난 직후의 뉴욕시를 배경으로 하고 있다. 칸 영화제에서 황금종려상을 수상했다.

〈텐더 트랩〉 The Tender Trap, 1955

찰스 월터스가 감독한 시네미스코프 코미디 영화로 프랭크 시나트라, 데비 레이놀즈 등이 출연했다. 프랭크 시나트라가 부른 주제곡은 크게 인기를 모았다.

〈토퍼〉 Topper, 1937

노먼 Z. 맥레오드 감독이 제작한 코미디, 판타지 영화로 콘스탄스 베네트와 캐리 그랜트가 주연을 맡았다.

〈톱 햇〉 Top Hat, 1935

마크 샌드리치가 감독하고 어빙 벌린이 노래를 부른 뮤지컬 영화. 프레드 아스테어와 진저 로저스가 RKO에서 콤비를 이룬 9편의 영화 중 가장 성공했고 무용 비평가들로부터 두 사람이 함께 한 영화 중 가장 뛰어난 영화라는 평가를 받았다. 1935년 박스오피스 2위를 차지했다.

〈투 머치 하모니〉 Too Much Harmony, 1933

A. 에드워드 서덜랜드가 감독하고 빙 크로스비, 잭 오키, 리차드 스키츠 갤러거 등이 주연한 흑백 뮤지컬 영화.

〈투 윅스 위드 러브〉 Two Weeks with Love, 1950

MGM이 만든 로맨틱 뮤지컬 영화. 로이 롤랜드가 감독하고 제인 파웰과 리카르도 몬탈반 등이 출연했다. 데비 레이놀즈와 칼튼 카펜더가 함께 부른 '아바다바 허니문' 넘버가 유명하다.

〈티파니에서 아침을〉 Breakfast in Tiffany's, 1961

오드리 헵번이 매력적인 사교계 여성 홀리 골라이틀리 역을 맡았다. 주제가 '문 리버(Moon River)'가 유명하고, 2012년 미국 의회도서관에 의해 미국 국립영화등기부에 선정되었다.

〈파리의 미국인〉 An American in Paris, 1951

빈센트 미넬리가 감독하고 조지 거슈윈이 음악을 맡은 영화로 진 켈리와 레슬리 카롱 등이 출연했다. 아카데미 작품상, 각본상, 음악상 등을 휩쓸었고 미국영화연구소 선정 위대한 뮤지컬 영화 9위에 올랐다.

〈파리의 연인〉 Funny Face, 1957

1927년 브로드웨이에서 공연한 뮤지컬을 영화로 옮긴 것으로, 뮤지컬에 출연했던 프레드 아스테어가 영화에서도 주연을 맡았다. 오드리 헵번이 여주인공을 맡았고, 버지니아 깁슨은 패션 모델인 밥스 역을 연기했다.

〈파티〉 The Party, 1968

블레이크 에드워즈가 감독하고 피터 셀러스가 주연한 코미디 영화로, 영화 대부분이 즉흥 연기로 만들어졌다. 1960년대 미국 사회와 할리우드의 사치스러운 문화를 풍자한다.

〈팜 비치 스토리〉 The Palm Beach Story, 1942

프레스턴 스터지스가 각본을 쓰고 감독한 코미디 영화로 클로데트 콜버트, 조엘 맥크레아, 메리 애스터, 루디 밸디가 출연했다. 오프닝 장면을 위해 윌리엄 텔의 〈서곡〉을 빠른 템포로 변형했다.

〈팬텀 포〉 The Phantom Foe, 1920

버트럼 밀하우저가 감독한 모험 영화 시리즈. 14개 에피소드 중 일부 인쇄본이 조지 이스트먼 박물관 영화 콜렉션에 있고 15번째 에피소드는 의회도서관에 보관되어 있다.

〈퍼플 택시〉 Un Taxi Mauve, 1977

미셸 데옹의 동명 소설을 원작으로 이브 부아셋이 감독한 프랑스-아일랜드-이탈리아 합작 영화다. 아일랜드 베라 반도의 작은 마을에서 자발적으로 망명 생활을 하는 이들의 이야기를 다루며, 칸 영화제에 출품되었다.

〈페인트 유어 웨건〉 Paint Your Wagon, 1969

서부극 뮤지컬 영화로 조슈아 로건이 감독하고 리 마빈, 클린트 이스트우드 등이 출연했다. 골드 러시 시대 캘리포니아의 광산 캠프를 배경으로 한다.

〈페인팅 더 클라우드 위드 선샤인〉 Painting the Clouds with Sunshine, 1951

데이비드 버틀러가 감독하고 버지니아 메이요, 진 넬슨, 버지니아 깁슨 등이 출연했다. 에이버리 홉우드의 1919년 희곡 《황금광들》을 뮤지컬로 각색한 것으로 〈황금광들〉(1923), 〈브로드웨이의 황금광들〉(1929), 〈1933년의 황금광들〉(1933)년에 이어 네 번째 영화 각색이다.

〈평원의 사나이〉 The Plainsman, 1936

세실 B. 드밀이 감독한 서부 영화로 게리 쿠퍼와 진 아서가 주연을 맡았다. 미국 남북전쟁 이후 상황을 그리고 있다. 미국영화연구소에 의해 서부 영화 부문 베스트 10에 후보로 올랐고, 동명의 리메이크작이 1966년에 개봉되었다.

〈폭풍의 언덕〉 Wuthering Heights, 1939

에밀리 브론테의 동명 소설을 원작으로 윌리엄 와일러가 감독한 로맨틱 시대극 영화로 머를 오베른, 로렌스 올리비에 등이 출연했다. 뉴욕영화비평가상 최우수 작품상을 수상한 것을 비롯해 아카데미상 8개 부문에 후보로 올랐다.

〈폴로우 더 플릿〉 Follow the Fleet, 1936

항해를 주제로 한 RKO의 뮤지컬 코미디 영화로 프레드 아스테어와 진저 로저스가 파트너로 함께한 다섯 번째 영화다. 흥행에 엄청난 성공을 거두었다.

〈풋라이트 퍼레이드〉 Footlight Parade, 1933

로이드 베이컨이 감독한 뮤지컬 영화로 이 영화의 넘버는 버스비 버클리가 연출하고 안무를 맡았다. 제임스 캐그니, 조안 블론델, 루비 킬러, 딕 파웰이 주연을 맡았다.

〈프랑켄슈타인〉 Frankenstein, 1931

메리 셸리의 동명 소설을 원작으로 한 영화로 제임스 웨일이 감독하고 콜린 클라이브가 프랑켄슈타인 역을, 보리스 칼로프가 괴물 역을 맡아 연기했다. 여러 속편과 스핀오프를 낳고 대중 문화에 상당한 영향을 미쳤다.

〈플라잉 다운 투 리오〉 Flying Down to Rio, 1933

RKO의 뮤지컬 영화로 프레드 아스테어와 진저 로저스가 처음으로 콤비를 이룬 영화다. '카리오카'로 아카데미 최우수 오리지널 노래상 후보에 올랐다.

〈피니안의 무지개〉 Finian's Rainbow, 1968

프랜시스 포드 코폴라가 감독한 뮤지컬 판타지 영화로 프레드 아스테어가 주연을 맡았다. 비평적, 상업적으로 모두 성공했고 골든글로브 뮤지컬·코미디 부문 최우수 영화상 등 5개 부문 후보로 지명되었다.

〈필라델피아 스토리〉 The Philadelphia Story, 1940

조지 큐커 감독의 코미디 영화. 캐서린 헵번이 주인공 트레이시를, 제임스 스튜어트가 신문기자인 매컬리를, 캐리 그랜트가 트레이시의 전남편 덱스터 역을 연기했다. 이 영화로 제임스 스튜어트는 아카데미 남우주연상을 수상했다.

〈하비 걸〉 The Harvey Girls, 1946

조지 시드니 감독의 테크니컬러 뮤지컬 영화. 새뮤얼 홉킨스 애덤스가 쓴 동명 소설을 원작으로 조지 시드니가 감독했고, 주디 갈랜드가 주연을 맡았다.

〈하비〉 Harvey, 1950

메리 체이스의 동명 희곡을 원작으로 한 코미디 드라마 영화로 헨리 코스터가 감독을 맡았고 제임스 스튜어트, 조세핀 헐 등이 출연했다. 이 영화 주인공의 가장 친한

친구는 하비라는 이름의 거대한 흰색 투명 토끼로 키가 185센티미터에 달한다.

〈해변에서 생긴 일〉 Where the Boys Are, 1960

시네마스코프 코미디 영화로 엔리 레빈이 감독하고 코니 프랜시스 등이 출연했다. 미국 대학생들의 변화하는 성적 태도를 다룬 최초의 10대 영화 중 하나였다.

〈햇츠 오프〉 Hats Off, 1927

할 예이츠가 감독하고 스탠 로렐과 올리버 하디가 주연을 맡은 무성 단편 영화. 처음 개봉했을 때 엄청난 성공을 거두었으나 1930년 독일에서 마지막으로 공개된 후 분실되었다.

〈헐리웃 스토리〉 Postcards from the Edge, 1990

마이크 니콜스가 감독한 코미디 드라마 영화. 캐리 피셔의 1987년 동명 소설을 원작으로 한다. 메릴 스트립과 셜리 맥레인이 주연을 맡았다.

〈헬로 돌리〉 Hello, Dolly!, 1969

1964년 브로드웨이의 동명 작품을 기반으로 한 뮤지컬 로맨틱 코미디 영화로 손톤 와일더의 희곡 《매치메이커》를 원작으로 한다. 진 켈리가 감독하고 바브라 스트라이샌드, 월터 매튜, 루이 암스트롱 등이 출연했다.

〈화니 걸〉 Funny Girl, 1968

윌리엄 와일러가 감독하고 바브라 스트라이샌드가 주연을 맡은 전기 뮤지컬 영화. 동명의 뮤지컬을 각색했다. 비평적, 상업적으로 큰 성공을 거두어 아카데미 8개 부문에 후보로 올랐고 바브라 스트라이샌드는 여우주연상을 수상했다. 역대 최고 뮤지컬 영화 중 하나로 여겨진다.

〈화이트 크리스마스〉 White Christmas, 1954

마이클 커티스 감독의 뮤지컬 영화로 빙 크로스비, 베라 엘렌 등이 출연했다. 제2차 세계대전 참전용사들이 은퇴한 장군을 돕기 위해 크리스마스 공연을 준비하는 내용을 그리며 유명한 노래 'White Christmas'가 삽입되었다.

〈환타지아〉 Fantasia, 1940

월트 디즈니 애니메이션 스튜디오의 세 번째 장편 애니메이션으로 8개의 위대한 클래식 음악을 애니메이션으로 재해석한 실험적 작품이다. 1940년 개봉 당시에는 흥행과 비평 모두에서 실패했으나 현재는 재조명되어 디즈니 애니메이션 역사상 최고의 걸작 중 하나로 평가받는다.

〈황금팔을 가진 사나이〉 The Man with the Golden Arm, 1955

넬슨 알그렌의 동명 소설을 원작으로 오토 프레밍거가 감독한 누아르 영화. 프랭크 시나트라, 엘리너 파커, 킴 노박 등이 출연했다. 당시 금기시되었던 마약 중독이라는 주제를 다룬 데 대해 논란이 있었지만 아카데미에서 3개 부문에 후보에 올랐다.

〈황색 리본을 한 여자〉 She Wore a Yellow Ribbon, 1949

존 포드가 감독하고 존 웨인이 주연을 맡은 미국 서부 영화. RKO의 대히트작으로 아카데미 최우수 촬영상을 수상했을 뿐만 아니라, 미국작가조합에 의해 1950년대 최고의 미국 서부극 작품상 후보에 지명되었다.

〈황야의 7인〉 The Magnificent Seven, 1960

존 스터지스가 감독한 서부 영화로 아키라 구로사와의 1954년 일본 영화 〈7인의 사무라이〉를 옛 서부 영화 스타일로 리메이크한 작품이다. 율 브리너, 스티브 맥퀸, 찰스 브론슨 등이 출연했다. 가장 위대한 서부 영화 중 하나로 평가받았다.

〈회전목마〉 Carousel, 1956

동명의 뮤지컬을 원작으로 한 판타지 뮤지컬 영화. 페렌츠 몰나르의 1909년 연극 〈릴리옴〉을 원작으로 한다. 고든 맥레이와 셜리 존스가 주연을 맡았고 헨리 킹이 감독했다.

〈흩어진 꽃잎〉 Broken Blossoms, 1919

런던에 온 동양인 선교사와 권투선수 아버지의 폭력 아래 고통스러운 삶을 사는 소녀의 사랑을 다른 작품으로, 〈국가의 탄생〉(1915)을 감독한 D. W. 그리피스의 작품이다. 릴리안 기시가 주연으로 출연했다.

〈E.T.〉 E.T. the Extra-Terrestrial, 1982

스티븐 스필버그가 제작 및 감독하고 디 월리스, 헨리 토마스, 드류 베리모어 등이 출연한 SF영화. 칸 영화제 폐막작으로 초연한 뒤 흥행에 대성공하여 스타워즈를 제치고 역대 최고 수익을 올린 영화가 되었다. 아카데미상과 골든글로브상을 휩쓸었다.

옮긴이 **김세경**

미국 캘리포니아 주립대학교에서 언어학으로 석사 학위를 받았고, 럿거스 대학교에서 언어학 박사 과정을 마쳤다. 옮긴 책으로 《디.에이.》, 《베스트 오브 코니 윌리스》(공역), 《자신을 행성이라 생각한 여자》, 《정신병원을 탈출한 여신 프레야》 등이 있다.

❀앨리스의 모든 것

초판 1쇄 발행   2025년 3월 10일

지은이	코니 윌리스
옮긴이	김세경
펴낸이	박은주
디자인	김선예, 이수정
마케팅	박동준

발행처	(주) 아작
등록	2015년 9월 9일 (제2023-000057호)
주소	07236 서울특별시 영등포구 의사당대로 38 102동 1309호
전화	02.324.3945-6 **팩스** 02.324.3947
이메일	arzaklivres@gmail.com
홈페이지	www.arzak.co.kr

ISBN   979-11-6668-863-8 03840